U0509313

上海文化发展系列蓝皮书

THE BLUE BOOK SERIES ON
SHANGHAI CULTURAL DEVELOPMENT

# 上海文学发展报告
## （2022）

ANNUAL REPORT ON LITERATURE DEVELOPMENT OF SHANGHAI(2022)

## 后疫情时代的文学力量

主编/徐锦江

执行主编/袁红涛

上海人民出版社　　上海远东出版社

# 上海文化发展系列蓝皮书(2022)
# 编 辑 委 员 会

**总　编**　权　衡　王德忠

**副总编**　王玉梅　朱国宏　王　振　干春晖

**委　员**（按姓氏笔画排序）

阮　青　朱建江　杜文俊　李安方　李　骏

沈开艳　杨　雄　邵　建　周冯琦　周海旺

姚建龙　徐锦江　徐清泉　屠启宇

# 本 书 编 委 会

**执行总编**  袁红涛

**编　　委**  王光东　张炼红　陈占彪　贾艳艳

# 摘　要

　　《上海文学发展报告(2022)》着重对新冠肺炎疫情爆发以来上海文学、国内城市文学、网络文学等的发展状况和动态进行梳理和评析。2020 年以来，在疫情压力下，众多上海作家继续个人创作的脚步，坚持发表新作；上海的文学期刊与文艺出版业也陆续推出了题材和审美相当多元的作品，获得国内外评论界的广泛关注；上海的诸多文学活动在稍作调整后同样努力坚持，紧紧联络着作家和读者；同时，上海文学界又共同表现出空前的"面向现实"的创作精神，以不同的文体、多样的形式，记录抗疫经历，反映现实生活，凝聚文学力量。

　　时值建党百年纪念，回望与百年党史相交织的新文学历程，作家们一直在历史与现实的交汇中，探索着主题叙事的多种可能，努力呈现时代的斑斓画卷。现实主义精神的回归与坚持，书写时代的自觉意识，既具体体现在上海作家新近推出的作品中，也体现于中国城市文学书写的拓展与丰富中。观察 2020 年以来的女频小说，也可见其现实面向的社会关怀。此外，分析"网文"对"网络文学"的替代和简化，关注 Z 世代与网络文学的联结，也可见网络文学的变化与新质。

# ABSTRACT

*Annual Report on Literature Development of Shanghai* (2022) places focus on literary writing in Shanghai, city literature in China and online literature since the outbreak of the pandemic.

Though facing great pressure of the epidemic situation, Shanghai writers were still working hard and had many of their new works published since 2020, winning wide critical attention both domestic and abroad. Literary activities in Shanghai, after adopting new and more flexible forms, continued to connect writers and readers closely. Meanwhile, Shanghai writers with a common realistic spirit present in diversified ways how the pandemic is fought against, providing encouraging literary forces for the reality.

In 2021 we witnessed the centenary of the founding of the Communist Party. Not only the interaction of literary history and the history of the party was reviewed, but also the possibilities of narrative were probed by contemporary writers for a better literary truth. Besides Shanghai writers, the return of realistic spirit and the impetus to write on reality could be also found in the development of urban writings. Even a look at so called *female taste novel* will help find growing realistic concern. Additionally, his volume will reveal the new qualities of the online literature characterized by a substitution of web articles for web novels and a more active participation of the *Z* generation.

# 目 录

## 总 报 告

## 建党百年与中国文学

## 上海文学观察

# 城市文学空间

# 网络文学动向

# 附　录

# CONTENTS

## City Space in Literature

## Trends in Web Literature

# Appendix

# 总 报 告

## 面向现实，书写时代：
## 2020—2021 年的上海文学

贾艳艳①

摘　要　2020 年以来，在疫情压力下，众多上海作家继续个人创作的脚步，依然发表新作；上海的文学期刊与文艺出版业也陆续推出了题材和审美相当多元的作品，获得国内外评论界的广泛关注；上海的诸多文学活动稍作调整后同样努力坚持，紧紧联络着作家和读者；同时，上海文学界又共同表现出空前的"面向现实"的创作精神，以不同的文体、多样的形式，记录抗疫经历，反映现实生活，凝聚文学力量。时值建党百年纪念，作为生活在党的诞生地的上海作家，他们在更具历史感的视野中，在历史与现实的交织中，探索着主题叙事的多种可能，努力呈现时代的斑斓画卷。

关键词　上海文学　"面向现实"　主题叙事

---

①　贾艳艳，文学博士，上海社会科学院文学研究所副研究员，主要研究领域为当代文学、城市文学与文化，著有《悲剧意识与"新时期"小说》，编有《城市文学与时代症候》等。

2019 年末,新冠肺炎疫情爆发,随之笼罩全球。在疫情压力下,众多上海作家继续个人创作的脚步,坚持发表新作;上海的文学期刊与文艺出版业也陆续推出了题材和审美相当多元的作品,获得国内外评论界的广泛关注;上海的诸多文学活动在稍作调整后同样努力坚持,紧紧联络着作家和读者;同时,上海文学界又共同表现出空前的"面向现实"的创作精神,以不同的文体、多样的形式,记录抗疫经历,反映现实生活,凝聚文学力量。时值建党百年纪念,作为生活在党的诞生地的上海作家,他们在更具历史感的视野中,在历史与现实的交织中,探索着主题叙事的多种可能,努力呈现时代的斑斓画卷。鉴于文学创作、发表、阅读、评奖等与自然年度并不对应,本报告将以两年为周期,对上海创作状况进行整体性的扫描和简要评析。

# 一、小说创作扫描

## (一) 2020 年长篇小说提要

2020 年,上海作家王安忆、路内、滕肖澜、那多、唐颖、陶玲芬等纷纷推出了自己的长篇新作,上海的文学期刊与文艺出版业也陆续推出了国内外作家题材丰富的作品。

王安忆的新作《一把刀,千个字》荣登 2020 年《收获》文学排行榜长篇小说榜首。王安忆自述小说题目"一把刀"是"扬州三把刀"中讲究刀工精细的菜刀,"千个字"则取自袁枚《随园诗话》中对扬州个园竹趣的吟咏:"月映竹成千个字,霜高梅孕一身花。"小说讲述了一位靠一手厨艺在纽约法拉盛谋生的淮扬菜厨师陈诚的故事。他生于东北严寒之地,因避难而被携来上海亭子间,少时阴差阳错地入行肆厨,从上海弄堂亭子间到扬州高邮西北乡,从哈尔滨工厂住宅区到呼玛林场食堂,再到万里之外的纽约法拉盛,小说追溯了陈诚从童年到中年的成长历程,经由地域的变换与时代的更迭,借物起兴,反观人情、人性。对淮扬菜技艺的铺陈与描写,让这部小说接承了王安忆《天香》《考工记》中的写作思路,以文化遗产的渊源与传承为主题。小说中的淮扬菜因而也并不只是色相的点缀,具有一定的隐喻性,不可或缺而又自然地推动着情节发展与人物性格逻辑。不同地域的舌尖上的美味，其实联系着另外一番融汇了天地与自然体悟的精妙世界。小说在革命、理想、信仰与油盐酱醋、请客吃饭、人间烟火的张力中，写出历史、时代、个人的难以化解的纠结和持久的创伤，呈现了多重视角与评述下的民间记忆。这部小说一如王安忆一贯的叙事风格，针脚绵密，经纬交错，人物关系总是处于紧张的状态，眼神、言语、动作的进退之间，暗藏机锋；同时所有的细节与素材又被作者不断锤炼与升华，以丰富的层次被编织进个体与血亲、时代、历史密切相联的大叙述，再次展示了王安忆非凡的创作实力。

名列 2020 年《收获》文学排行榜长篇小说榜单第二、第三、第四名的作品，分别是王尧的《民谣》（《收获》2020 年第 6 期）、路内的《雾行者》（上海三联书店 2020 年 1 月出版）和迟子建的《烟火漫卷》（《收获》2020 年第 4 期），这三部作品同时都登上《扬子江文学评论》2020 年度文学排行榜长篇小说榜。迟子建的《烟火漫卷》收获了来自更大范围的荣誉与肯定，不仅荣登《当代》长篇小说年度论坛评选出的 2020 年度长篇小说榜首，还入选中国小说学会 2020 年度小说排行榜的长篇小说榜；入选《长篇小说选刊》杂志社举办的 2020 年第五届长篇小说年度金榜评选出的年度五部金榜作品；入选中国图书评论学会评选的 2020 年度中国好书；获得《中国新闻出版广电报》2020 年度好书荣誉。

迟子建的《烟火漫卷》描写了一群生活在现代城市哈尔滨的普通人的生活与命运。小说以细腻生动、从容洗练的笔触，讲述家长里短的生活之苦与岁月之甜。在哈尔滨独特的城市景观的映衬下，小说所刻画的城市的烟火气息与丰富的生活图景，以及普通人在此开启的命运交响曲，都使得现代城市成为这部小说中的主体，这在迟子建的长篇中并不多见，表现出作者对于"城市文学"的探索自觉与建构努力。小说的情节构思巧妙，独具匠心，由主人公刘建国以及"找人"的情节设计，串起看似不相关的、各自怀有秘密的人物。随着情节的推进，几个家庭的命运交织在一起，几组故事串联起来，演绎出生活的百态，共同谱写着古城中的人情、人性与命运交响曲。在不疾不徐的讲述中，作者所要描述的人间烟火，不仅体现在每个人的孤独与苦难、离合与欢笑、过错与怅惘，同时也深埋在人情的交往中，体现在人与人之间的相互关怀里,而这种人情经过了内化,更可以反过来为人的道德佐证。只是,作者写惯了万物有灵的传奇,从这篇小说的谋篇布局中不难看出作者对传奇式情节转折的过分依赖,多少是对人物塑造和现实主义品格的削弱。结局中基本上所有核心人物都不约而同地离开了哈尔滨,依靠逃离城市来实现圆满,与其说是给哈尔滨的赞歌,不如说更像是作者致以被钢筋塑胶蹂躏的小镇与自然生灵的哀悼。《烟火漫卷》的叙述有着浓厚的抒情色彩。它分为上下两部,上部题为《谁来署名的早晨》,下部题为《谁来落幕的夜晚》,不仅有着极对称的命名,在具体的行文中,这两部分的内容也与诸多细节互相呼应,有着诗一般的韵律感与节奏感。作者还不时以带有诗性色彩的语言展开叙述,流露出作者对自然生灵的偏爱,这些都使得小说表现出抒情长诗般浓厚的抒情性。

不同于《烟火漫卷》的城市建构,王尧的《民谣》描写的空间是乡村和小镇。据作者自述,他为其首部长篇《民谣》准备了二十余年,聚焦的却是一个少年"我"(王厚平)短短几年的成长片段。小说叙述的情节回到1972年,在漫长的雨季刚刚结束的江南,十四岁的少年"我"在码头等待去公社了解历史问题结论的外公,江南大队的人们则在等待石油钻井队的大船。日常生活中暗潮涌动,"我"在村庄与小镇间游走返还,在交织缠绕的队史、家族史间出入流连,生活终以脱离人们预计和掌控的方式运行。记忆发酵、生长,故事的跌宕起伏化为历史的烟云,呈现出来的只是琐碎的细节和无法复原的碎片。整部作品沉浸在缓缓的民谣调性中,作者以故事中人与故事看客的双重身份,杂糅评点、抒情与批判,岁月流逝中的碎片和碎片不断碰撞,显露出新的缝隙,由此拼凑出一条真正能够进入历史的现实路径。小说所讲述的是一个少年的精神成长史,以个体细微纤弱之小记忆呈现时代的宏阔酷烈,同时也是一个村庄的变迁发展史、一个民族的自我更新史,既从历史走来,也脱胎于每个日常,散曲民谣中包裹着唱不尽的人事变迁与世情冷暖。《民谣》的语言非常讲究节奏,叙事视角方面既有"我"成长时的视角,又有"我"长大后的视角,还有社会的视角、人性的视角……不同视角的转换搭建出小说的世界观,以及作者关于记忆、历史、时代、乡愁的咏叹。

路内的《雾行者》主要讲述了打工青年和文学青年1998年夏季到2008年

奥运前夕之间的故事，在地理上从江浙沪交界处开发区写到西南部废弃兵工厂，横跨了中国多座城镇。从1998年到2008年，正值新千年巨变的前夕到新千年后的互联网时代，人口的大规模流动，以及随之而来的身份流转、悬浮状态和不确定性，正是《雾行者》的时代背景以及作者所着力铺陈的时代巨变的内核。小说以一起牵涉伪造身份证的凶杀案为情节线索，围绕辗转于上海大都市与江浙沪小镇之间的打工青年周劭和文学青年端木云，串连起形形色色底层的、边缘化的年轻人的世界——仓库管理员、文学青年、流水线工人、身怀野心的帮派青年——在工业小镇和城市中偶遇、离开又重逢，捕捉世纪之交的动荡、喧腾和泥沙俱下，审视人口流动大潮中一代人的梦想与失落。小说以"雾"命名世纪之交的过渡时代；以"行者"指认流徙的江湖儿女们，如周劭、端木云、林杰、杨雄，是隐失在时代中的无名者和匿名人，却又是流动与混乱时世中的"当代英雄"。小说的结构精致而复杂，以五个风格迥异的章节，集合梦境、寓言、当代现实、小说素材、文学批评等多种文体，显然并不着意于忠实地记录时代，而是面向自我，审视混沌时代中身份或文化认同的困境。

引起读者与评论界关注、频频登上各种2020年文学评奖与图书推荐榜单的作品，还有冯骥才的《艺术家们》和张忌的《南货店》。《艺术家们》以出生在天津的画家楚云天、罗潜和洛夫从心灵交汇到逐渐离散的过程，讲述了国内半个多世纪以来艺术家们的生活故事和创作历程，呈现了当代中国艺术事业、社会环境的发展与变迁。在艺术和物质都极度匮乏的年代，几位青年艺术家的创作生活悄然起步；在新时期，纯粹的艺术激情和探索引领了时代和他们；而当市场化大潮袭来，他们又不得不面对新一轮的心灵考验，苦苦地寻求突破和自我救赎。小说以小切口写大时代，作品展示的生活领域较为单一，但小说对艺术人生的描绘折射出时代的风云际会与不同思潮的涌动，还是别具匠心的，不乏厚重之感，被认为是"一代人的生命史、心灵史和艺术追求史"（李敬泽语）。作者在故事中融入了其对于绘画、文学、音乐等多种艺术门类的独特体悟与思索，对画界那种急功近利、拜金主义表现出强烈的批判，对楚云天、高宇奇和易了然等坚持艺术理想与追求的画家则竭尽赞美之热情，通篇流淌着明亮的情绪，叙述饱含激情。

张忌的《南货店》描写了 20 世纪 70 年代末到 90 年代初一个南货店里极具烟火气的江南城镇生活图景。20 世纪 70 年代末,因为父亲的遭际,主人公秋林被分配到了偏远的南货店当售货员,在供销社系统的小天地中见识了各种人情世故,自身亦成为俗世众生相中的一角。小说致敬平凡人的生活,在各种器物以及售卖器物(或生意经)的描写上颇下了功夫,试图以此凸显普通民众日常生活的烟火气,揭示了与江南地域风俗勾连在一起的人情世态,并于从容与平静之中,写出了"文革"结束初期中国社会普遍的物质匮乏与经济乏力的状态,敏感地捕捉着时代变革之际底层人物的生活与命运。已经远去的供销社的故事,连同父辈的生活记忆,在娓娓道来的讲述中,展开着俗世的残酷与温情。作为一个写南方的小说,朴素自然的南方方言构成了小说的一个重要特点,让小说的叙述呈现一种浓郁的南方地域气质,读来别有一种韵味。

除了王安忆的《一把刀,千个字》,上海作家 2020 年推出的长篇新作主要还有滕肖澜的《心居》、唐颖的《个人主义的孤岛》、那多的《骑士的献祭》、陶玲芬的《浦东人家》和倪辉祥的《灿途》。滕肖澜被称为新海派小说家,她的《心居》写的是当下的上海,写出了新老上海人围绕房子衍生出的日常生活情态,普通人对"小日子"的不懈热望,渴求着更丰沛物质生活的同时,也寻找着灵魂的安居之处。小说从顾家的一次家庭聚会开始,以"居"为切入点,注重对一个个家庭封闭式空间的营造,以及这空间里随着各种话语的展开与碰撞所揭示的家庭伦理与社会伦理。小说尽管集聚于与"房子"有关的现实敏感问题,也写了"房子"所催化的亲情撕裂与人性扭曲,但并无剑拔弩张的尖锐,作者的抱负显然并不在于纠正某种被符号化的城市文化,而在对当下的体认与反思中试图为寻常人的生活状态找到一种特殊的表达方式,一种具有代表性的格调。它在很大程度上维护了一种市民生活的如常。夹杂着沪语词汇的叙述语言细腻软糯、从容不迫,对家长里短的细节描绘有种特有的"沪上味道",对话尤其精彩,表现这座城市和城中人那种不无温热的精明、无害的野心,处处洇散人间烟火的妥帖。滕肖澜小说中的女性,无论是强势的顾清俞、坚韧的冯晓琴,还是任性的李安妮、柔弱的葛玥,都具备在危机中撑起整个家庭的强烈的使命感和执行力。唐颖的《个人主义的孤岛》表现出更为浓厚的女性主义色彩。光彩照人的女主人公怀着难言的过往和心事成为不同时代的见证人，在时代的变迁中实现着自我的蜕变。悬疑作家那多的《骑士的献祭》将侦破推理与社会剖析交织，悲怆的犯罪动机背后是坚贞的人性，表现出悬疑小说写作的新高度。2020 年正值浦东开发开放三十年，上海作家陶玲芬的《浦东人家》、倪辉祥的《灿途》，是回应这一时代主题的长篇力作。《浦东人家》写浦东原住民唐引娣、奚祥生一家三代半个世纪以来的生活与命运，从平凡人物的日常点滴出发，细致地描摹了浦江两岸的生活风情，还原了几代浦东人前赴后继、奋发图强、勇往直前的成长历程与精神世界。《灿途》以倒叙的方式叙写了主人公姚明光弃文从商，创建欣荣电力公司的创业经历，反映了个人在大时代中奋斗的经历，也是浦东大开发进程中电力事业的礼赞之歌。

2020 年上海的文学期刊与出版社出版的长篇小说主要还有孙频的《我们骑鲸而去》、严歌苓的《小站》、须一瓜的《致新年快乐》、邵丽的《金枝》、徐皓峰的《大日坛城》、李宏伟的《月相沉积》、蒋方舟的《和唯一知道星星为什么会发光的人一起散步》、黑孩的《贝尔蒙特公园》、旧海棠的《你的姓名》、冯华的《倒影》等，其中不乏引起评论界关注的力作。这些作品题材、手法迥异，共同构成 2020 年中国文学的斑斓风景。

### （二）2021 年长篇小说提要

2021 年在上海发表和出版的长篇小说主要有鲁敏的《金色河流》、姚鄂梅的《十四天》、田耳的《秘要》、李锐的《囚徒》、王小鹰的《纪念碑》、葛亮的《燕食记》、萧耳的《鹊桥仙》、虞璐琳的《月光密码》、林棹的《潮汐图》、海飞的《江南役》、马伯庸的《长安的荔枝》等。

鲁敏的《金色河流》，首发于《收获》（长篇小说秋卷），荣获由凤凰出版传媒集团主办的首届"凤凰文学奖"。小说通过民营企业家穆有衡（有总）晚境时的人生回望，描写穆有衡、何吉祥及其儿女们近四十年的生活变迁。穆有衡当兵时结交的兄弟何吉祥遭遇车祸，临终前将全部身家和自己未出生的孩子托付给他,但何的家产被他挪用为"第一桶金"并就此发迹,亦导致缠绕其终生的罪与罚。不打不相识的特稿记者谢老师长年潜伏有总身畔,欲挖掘其资本毛孔里"血和肮脏的东西",最终却成了有总的知己与亲人,在不断推倒重来的红皮笔记本里,记录下有总披沙沥金、和光同尘的斑驳来路,更目睹和陪伴着他借一纸戏谑的"遗嘱",从阴差阳错到一步步自我选择的流沙散金。患有阿斯伯格综合征的大儿子穆沧、痴迷昆曲酸腐无为的逆子王桑、身世不幸野蛮生长的干女儿河山,均是有总扶不起又放不下的情感重荷。鲁敏以往的小说,常以敏锐甚或尖锐的笔触表达对人性的批判,这篇小说所描写的财富观的变迁,同样指向人性的隐疾和光亮。下一代内心的罪与罚,财富故事里人性的裂变,以及情爱关系里的伦理审视,鲁敏通过纷乱的世相讲述着从物质到非物质的代际相传,从不自觉到自觉的向善之心,细小不舍与千金散尽的艰难选择中交杂着民间智慧、商业精神的时代嬗变。在鲁敏的笔下,值得流传的价值必起于民间,有光彩的人格也挺立在人群之中。小说的结尾,善良终于得到温暖的回报与救赎,仿佛在重申那些在时代巨变中日渐消逝的价值,正在许多渺小的个体身上苏醒和重建。

自新冠肺炎疫情爆发以来,一些敏感的作家以小说创作的形式对新冠肺炎疫情的现实劫难进行了迅捷的回应,姚鄂梅的《十四天》是其中值得注意的一部长篇小说。这部小说巧妙地将新冠肺炎疫情期间人们被迫"隔离"的情景与对家庭、家族伦理的审视结合在一起,所有的故事非常紧凑地发生在十四天里,两个临时拼凑在一起过春节的家庭由于疫情的突降经历了一场意想不到的现实与人性的劫难。这部没有明确主人公的小说中,整个故事缘起鄂西南地区宜都市一位特别好面子的普通市民刘玉成,由于没有能力替自己的妻子"农转非",随着出人意料的时世变迁竟"歪打正着"地变成带有先见之明色彩的"正确"抉择,为了炫耀和展示自己的殷实,他邀请在武汉的大儿子子建与亲家全家、在南京的大女儿子夏一家及本地的小儿子子书一家,都来自己的新居过年。集合日临近,武汉的一家人却提前抵达,一到即摘下车牌号,遮遮掩掩,原来,新冠肺炎疫情爆发了。刘玉成把武汉客人藏匿在二楼,他们不得不一起度过与外界隔离的十四天,从第一天开始,不谐和音就不断冒出,几个家庭之间及各个小家庭内部种种不可遏止的矛盾冲突不停地爆发。新冠肺炎流行期间极具文学意味的"隔离"情景，如舞台剧一般被作家充分运用到这部长篇的构思里。楼内的人渴望"突围"而出，没有了工作社交的距离，日日相对，原本光鲜亮丽的生活表象背后的千疮百孔与人性之恶随之发酵，演绎出一幕幕笼罩在严重的亲情伦理危机下的人间活剧。

田耳的新作《秘要》讲述的是当下的网络拍卖行业以及"黑书"界的故事。叙述者是一位网络拍卖行业的从业者，也是高级的"垃圾佬"，到处收购废旧的东西，自从无意间淘到一批盗版武侠小说，便开始了他的"黑书"经营之旅。"黑书"是20世纪80年代各种粗制滥造的武侠小说的统称，由于网拍公司的运作，在当下的小众收藏界受到热捧。随着不同版本的"黑书"书目现身，"黑书"缺本渐渐浮出水面，由寻觅"黑书"界第一缺本《天蚕秘要》引出形形色色的人物及一系列故事。小说的选题较偏，但是主题并不偏，核心主题依旧延续了作家田耳以往小说（如上一部长篇《下落不明》）中的"寻找"主题。小说中的寻找有具体的指向性，也有很多抽象的指向，要寻找的不只是一本武侠小说的"缺本"，还寄寓着对一代人的共同记忆、逝去的理想与信仰的追寻。一面是对江湖、武侠的怀想，一面是浑浑噩噩、激情泯灭的日常，江湖的义气荡然无存，利益驱动下的险恶却轮番上演。小说写出了江湖侠义在当下的不合时宜，更以武侠的黄金岁月逝去为切入点，对逝去的时代、情怀与理想进行了怀念，表达了对现实与人性的深切关注。同时，小说所描写的理想与现实的冲突始终潜藏着一种深深的无奈感，流露出一代作家"青春不再"的中年写作心态。

李锐的《囚徒》接续了他十年前的长篇《张马丁的第八天》，讲述的是同一场悲剧，1900年的"庚子之乱"让两个世界、两种不同信仰的人陷入同一场劫难之中。小说描述天母河两岸经历大洪水之后良田万顷，见证过奇迹与浩劫的人们，却在炼狱与天堂之间开始了一场身不由己的生命跋涉。天母河畔的教案导致死伤逾百，知县孙孚宸被褫夺七品顶戴，押送赴京，沿途他必须戴着枷板去经过的每一座意、法两国教堂门前跪叩谢罪。而幸存下来的玛丽亚嬷嬷和马修医生寻找因为说出真相而被逐的张马丁执事的下落。一场大瘟疫到来，玛丽亚嬷嬷尽力救治病人，染病去世，"罪人"老三无法躲过自己的良心谴责，终于自戕，而悲愤地发出无解的"天问"的前任知县孙孚宸也来到了生命的终点。小说讲述的故事显然是一个关于人的寓言。

王小鹰的《纪念碑》以在改革开放初期，女主人公史引霄高票当选上海某区区长，积极开展工作为线索，展开了改革故事与革命往事的相互交叠，两代人的命运相互交织的丰富情节，描绘出一批新四军战士经历不同的历史阶段，始终以赤子之心报效祖国的壮阔画卷。小说所描述的时代处于新旧的交接点上，不同立场、阶层的人们都被新时期社会的大变革唤醒了生机，在大时代中面临种种变数和问题，历经蜕变和成长。小说在大的历史脉络上清晰的结构，并没有阻碍纷繁的故事和人物为读者留出的丰富想象空间，在历史正剧的故事走势之外，细致地描写了日常生活情景中的儿女情长与家族流脉，艺术的、政治的视角与市井俚俗的视角在叙述中实现了彼此校正和推动。

葛亮的《燕食记》讲述了香港茶楼的兴衰，小说以饮食文化为切口，以香港百年老字号茶楼主厨荣师傅与五举师徒二人的恩怨流转为叙述线索，将时间和空间叠加流变所牵扯出的前史与往事记忆，与半个世纪以来香港所经历的发展、机遇、危机、时代风云变迁密切联系起来。香港茶楼的流变，面临着恪守传统与求变创新的辩证与博弈，四面八方的影响不断融合、碰撞，其中也有上海、岭南、东南亚地区移民的种种迁徙聚散，以及穿插其中的商贾政客的故事，处处透露着香港的文化肌理与特质。

萧耳的《鹊桥仙》是一部充满江南调性的、氤氲着水汽和梦境的小说。栖镇是古老的江南名镇，处处枕河人家，人们彼此相识，推窗或者出门，穿行在曲折的小街和弄堂。各怀心事的少年少女经历成长、别离，以及一场场婚礼与葬礼之后，重返故乡。小说以清晰的时间刻度，细腻描摹了时代的更迭中码头边的江南小镇的变迁，以及充满灵性与流动性的运河文化。《繁花》里有无数的"不响"，这部《鹊桥仙》则有无数的"荡发荡发"。他们的人生姿态带着江南的温柔，有软玉温香的吴侬软语、丝丝入扣的江南灵性，如一场不愿醒来的梦。

虞璐琳的《月光密码》围绕芯片研制讲述上海浦东热土上的发展故事。

在 21 世纪初中国芯片产业的起步阶段，主人公张海潮带着创业团队自硅谷来到张江，立志要在通信芯片领域闯出一片天地。面对融资投入的困扰，竞争者的明枪暗箭、资本家的嗜血逐利、来自国际芯片企业的围剿，以及同伴的质疑与离去，所幸，中国芯片业几代人始终在他的背后支持他。一切荆棘最终都指向同一个方向——建立中国自主创新的通信制式，迎接通信新时代的到来。

80 后女作家林棹推出的长篇新作《潮汐图》以一位 19 世纪的蛙形少女为主人公，展开鸦片战争前南中国图景，书写大航海时代尾声，延伸至遥远的西方世界，堪称魔幻、寓言、博物学兼具的绮丽文本。这个根植于岭南风土的魔幻故事，从珠江水上人家，到广州十三行，在澳门奇珍园略作停留，又探向万物有灵的江河重洋，充满幻想、奇趣与想象力，中西在此相逢，各种各样的乌托邦相互碰撞。小说的叙述融合了竹枝词、俗谚口语的粤方言，以及雅正的国语官话，还有英伦文学翻译腔，三个章节呈现了丰富的语言变化，显示了作者较出色的语言才能。

近年来，作家海飞所构建的"谍战世界"系列小说逐渐走向漫画、游戏、声音和影视改编，甚至戏剧舞台，形成覆盖多类型文化市场的有效 IP。这个系列既包含"民国谍战世界"系列的《旗袍》《麻雀》《惊蛰》《醒来》等，也包含"古代谍战世界"系列中的"锦衣英雄三部曲"等。2021 年发表在《收获》长篇小说专号上的《江南役》便属于"古代谍战世界"系列的"锦衣英雄"系列第二部，将目光瞄准了古代战争中的细枝末节，以史料中的缝隙作为切入点，以想象力来构架惊心动魄的"古谍"故事。

## （三）中短篇小说创作

中短篇小说创作领域同样活跃而精彩。近两年来，上海作家在各地文学期刊上发表了一批较有影响力的作品，如王占黑的《去大润发》、薛舒的《后弄》、唐颖的《鹭鸶姐姐》、张怡微的《字字双》、陈楸帆的《看客军团》，入围各大文学期刊的年度中短篇小说候选名单。在这一领域，青年作家的崛起令人瞩目，如 90 后作家王占黑 2020 年出版的中短篇小说集《小花旦》、王苏辛出版的中短篇小说集《象人渡》,呈现出可喜的创作实力,广受好评。此外,上海文学期刊推出了一大批在全国文坛与各大文学奖项中得到关注与青睐的作品,如蒋韵的《我们的娜塔莎》、艾伟的《最后一天和另外的某一天》、双雪涛的《不间断的人》、班宇的《夜莺湖》、张惠雯的《玫瑰,玫瑰》、宁肯的《探照灯》、冯骥才的《俗世奇人之三》、尹学芸的《我所知道的马万春》等实力派作家的力作。2020年上海出版界还向当代文坛贡献了一批令人耳目一新的新人新作,如上海三联书店出版的陈春成的小说集《夜晚的潜水艇》、林棹的小说集《流溪》在豆瓣2020年度读书榜单中皆"榜上有名";此外上海文艺出版社出版的李诞的中篇《候场》、勔乐昊的小说集《时间的仆人》,上海人民出版社出版的淡豹的《美满》,这些青年写作者不拘一格的写作,展示了中短篇小说非凡的表现力与可能性。

90后作家王占黑出版的中短篇小说集《小花旦》(上海三联书店2020年版)是近两年上海中短篇小说创作的重要收获,这部小说集入围2021年第一届"凤凰文学奖",受到评论界关注。小说集《小花旦》收录近三年来创作的六部中短篇作品:《小花旦》《去大润发》《清水落大雨》《黑鱼的故事》《痴子》《潮间带》。这些小说里的人物在不同的城市空间里走来走去:在《小花旦》里,"我"跟着绰号"小花旦"的爷叔去定海桥,去人民公园,去嘉兴路;在《去大润发》里,"我"与穿黑T的男子在货架中穿行;在《黑鱼的故事》里,阿三搬出新村,又回到新村;在《清水落大雨》里,李清水从家里冲出来,坐上城际巴士回到自己长大的地方;在《痴子》里,三个残疾人一起走过报亭、桥洞、网红餐厅、拆迁地;在《潮间带》里,"我"从城市到了镇上,重逢故人……在《小花旦》之前,王占黑就很关心城市空间的问题,写出了一系列关于城市旧空间的小说,甚至被贴上了"老社区代言人"的标签。在小说集《小花旦》中,她笔下的人物从老社区走出来,在更广阔的城市空间里和自己对话,和时间对话。都是底色带着些许哀伤的故事,却又写出了人物内心的强健与带着几分无奈的乐观。作者的笔调时而年轻、活泼,时而世故、苍凉,根植于现代都市的细腻观察与沉郁情感,独特的叙述语调与叙述节奏也使得小说的质地更加开朗阔达,呈现出同代作家中稀有的、具有厚度和质感的美学风格。

　　此外，在上海出版的另一位 90 后作家陈春成的中短篇小说集《夜晚的潜水艇》（上海三联书店 2020 年版）也是一部引起广泛关注的作品，该书获得豆瓣 2020 年度中国文学（小说类）第一名、《亚洲周刊》2020 年十大小说，入选《文学报》2020 年好书榜、"新浪图书"2020 年度推荐图书，并在 2021 年获得第四届宝珀理想国文学奖。这部小说集收入了 9 个短篇，笔锋游走于旧山河与未知宇宙间，以奇崛瑰丽的想象、温厚清幽的笔法，在现实与幻境间辟开若干条秘密的通道：海底漫游的少年、深山遗落的古碑、弥散入万物的字句、云彩修剪站、铸剑与酿酒、铁幕下的萨克斯、蓝鲸内的演奏厅……独辟蹊径，以强烈的幻想性，空灵、通透而又缠绵的气质，将知识与生活、感情与理性、想象力和准确性结合于一体，精妙、流畅的语言和别出心裁的架构相互生发，展现了当代小说的一种新的路径及可能性。

　　2021 年，上海文艺出版社推出"上海作协口袋书"9 种，作为该系列的第一批，选取孙颙、陈村、程小莹、滕肖澜、薛舒、姚鄂梅、任晓雯、孙未、王若虚这 9 位作家的新近小说，有的讲述 20 世纪 70 年代的青春记忆，有的细数都市情侣的平凡日常，有的一探家庭的秘密……小到微观世界，大到芸芸众生，这些曼妙的文字为读者铺陈开一幅幅热气腾腾的生活画卷。9 本书以小说为主，主要是短篇和中篇，大部分是作家虽有发表但未成书的作品，也有少数首次收入的新作。在作家选择上，第一批 9 种"上海作协口袋书"呈现出明显的代际差异。既有老一辈作家，如孙颙、陈村和程小莹，他们成名较早，作品成熟度高，既拿得出经过时间洗礼的经典之作，又纷纷在新世纪尝试新的文学表达。如此次孙颙的《仙手》突破了现实主义写作手法，运用新武侠的表达方式，讲述"俗世奇人"的不凡故事；陈村的《第一只苹果》和程小莹的《初恋》回望往昔岁月，仍葆有着青春的激情和不被时光所掩盖的光芒。《百年好合》《越野》《基因的秘密》分别代表了滕肖澜、薛舒和姚鄂梅这三位上海文坛的实力派作家对平凡人生中细碎光华的书写，各具风格。任晓雯、孙未和王若虚，则作为沪上锐气十足的年轻一代尝试走得更远。此番推出的任晓雯的《药水弄往事》足以媲美其《浮生二十一章》，讲述上海弄堂里的历史烟尘、众生哀乐；《一次远行》是被疫情阻留在德国的孙未讲述的"异乡人的奇遇"，"白领男女的情感",其中包括悬疑百出的现实闹剧;王若虚的《守书人》充满想象与锐气,也是许多青年写作者追慕的书写形式。3月6日,"上海作协口袋书"在世纪天猫直播间之"文艺专场"被首次推介,引起了读者的广泛关注,是对当今轻阅读时代的一次颇为有效的回应,将一份轻盈可读的"沪上文坛文学名片"发到更多读者手中。

## 二、散文、诗歌与网络文学概况

2020年4月10日,上海作协、上海世纪出版集团联合举办的上海抗疫纪实文学创作研讨会在上海图书馆召开。新型冠状病毒肺炎疫情发生后,上海作协积极动员、组织广大会员和各方面的文学写作者投身创作,及时推出了一批上海抗疫题材的纪实文学作品,讲好上海防疫故事、传播上海经验、弘扬上海城市精神,电子刊《上海纪实》持续推送"抗疫"作品。会上发布了上海文艺出版社出版的何建明的新书《第一时间——写在春天里的上海报告》,多角度、全方位记录上海在守护这个国际大都市和2 400多万人民生命,以及驰援武汉、严控疫情"回流"等方面所作的巨大努力,对应对疫情的上海做法、上海经验进行了深入综合的梳理和提炼。

上海作家们迅速行动起来。与"抗击疫情"重大时代主题与时代精神相呼应,书写现实、有着强烈现实意识的非虚构叙事作品表现突出。例如发表于《收获》长篇专号上的程小莹的《张文宏医生》、熊育群的《钟南山:苍生在上》、袁敏的"燃灯者"系列专栏,以及袁凌的《生死课》(上海译文出版社),表现出深切的现实关怀,彰显了写作者与时代同呼吸,与人民、国家共命运的担当精神与情怀,引发文学界内外的强烈关注,其中多篇登上2020年收获文学榜的长篇非虚构榜。上海文艺出版社还重磅推出了中国作协副主席、中国报告文学学会会长何建明的报告文学《革命者》,用文学谱写的英雄诗篇,记录中共上海地下斗争风云,入选中宣部2020年全国主题出版重点出版物和2020月度"中国好书"。文艺社2020年重点推出的"四史书单"中,还有奏响共和国时代楷模赞歌的《可爱的共和国人》;讲述中国重工业崛起壮大创业史的《大国重工》；用故事描绘中华民族脊梁的《中国脊梁》；用镜头记录国产大飞机崛起之路的《大国之翼——中国大飞机研制历程》；记录小康路上一个都不能掉队的《山盟》；展现中国民航业新风貌的《飞往中国》；以温州金乡镇为样本，见证中国近四十年巨变的《金乡》等。此外，何建明的报告文学《上海表情》《第一时间——写在春天的上海报告》《浦东史诗》，也对上海城市的"抗击疫情""浦东开发开放三十周年"等重大时代主题与时代精神作出了迅捷的回应与献礼。

王安忆两本随笔新作《戏说——王安忆谈艺术》和《遥想手工业时代——王安忆谈外国文学》2021年由东方出版中心出版。《遥想手工业年代——王安忆谈外国文学》一书中共收录22篇文章，收集了王安忆从1988年至今的外国文学阅读史。书中，她以读者的心态，阐释了自己对勃朗宁姐妹、马尔克斯、伍尔夫、阿加莎、狄更斯作品的阅读体验；同时，她又以创作者的心态，解读不同时代作家的叙述技巧和描摹手段，抵达创作秘密的源头与彼岸。在《戏说——王安忆谈艺术》一书中共收录48篇文章，《魂断蓝桥》《雨人》《泰坦尼克号》《廊桥遗梦》《洛丽塔》《胭脂扣》《半生缘》……这些经典艺术作品，汇集了王安忆自1988年至今的观影史、看剧史以及艺术馆游历史。卢浮宫、维也纳艺术博物馆、梵蒂冈博物馆……一幅幅画作、一个个雕塑、一片片穹顶，仿佛在书中纸页间流淌起来。她以小说家的视角解读剧作，又以普通人的心态解读人性。在书中，王安忆既有对《斯通纳》《那不勒斯四部曲》《生命不能承受之轻》《百年孤独》《龙纹身的女孩》等经典名作的解读，也有对艺术现场细致入微的观察，还有漫谈生活和审美趣味。带领读者进行一场艺术之旅，一场戏剧之梦，也是其个人视角下的百年文学变迁史。

孙甘露2021年出版的文艺评论和诗集《我又听到了郊区的声音：诗与思》、随笔集《时光硬币的两面》，分别由华东师范大学出版社和上海人民出版社·世纪文景出版，记录了孙甘露30余年来的生活与思考。《我又听到了郊区的声音：诗与思》展现了孙甘露小说家之外的诗性一面，语言是先锋的，也是诗化的，仿若梦境。他感怀阅读的黄金时代，一次次为普鲁斯特、塞林格、卡佛、奈保尔、埃科等作家的语言所迷醉，在安东尼奥尼、基耶斯洛夫斯基、安哲罗普洛斯、李安、姜文等导演的电影中寻觅影像、音乐和文学的复调。《时光硬币的两面》分为三辑,第一辑"灵魂的气息"共 30 余篇短文,从眼镜、洗衣机、电话,到睡眠、运动、散步,谈论日常生活琐屑,不时闪烁幽默微光;第二辑"我所失去的时代"回溯 20 世纪 80 年代记忆,包含作者对文学、艺术和创作的深邃思考;第三辑"上海流水"将目光定格在上海,记录了时光流转中的一个人与一座城市。这两本书某种程度上可以说是上海文艺出版的笺注,其中很多对电影、文学作品的评价、对艺术的思索,见证了上海这座城市的时光流转,重拾缓慢的优雅。

此外,在散文创作领域,《解放日报》副刊《朝花》、《文汇报》副刊《笔会》、《新民晚报》副刊《夜光杯》、市作协属下的《收获》《上海文学》《萌芽》《思南文学选刊》杂志常年发表大量散文作品。上海作家毛尖 2020 年推出的散文集《凛冬将至:电视剧笔记》入选"2020 年深圳读书月十大好书"以及各类 2020 年度好书推荐榜单,在读者心中产生巨大影响。上海作家顾湘的散文集《赵桥村》获得"第五届华语青年作家奖"唯一的非虚构作品奖主奖。

在诗歌创作领域,也掀起了与"抗疫"相关的、突出现实意识的创作热潮,举办了多场诗歌交流活动。以"人类同心 共抗疫情"为主题的 2020 年第五届上海国际诗歌节鉴于新冠肺炎疫情的严峻挑战,改变往届的举办形式,利用互联网和数码、区块链等科技手段,通过"云端"线上信息传播的方式,开展线上、线下的联动。系列主题活动包括"天涯同心"诗人论坛、"海上心声"诗歌朗诵会、朵云书院旗舰店和思南书局诗歌店的观摩交流,以及"时间剧场:翟永明摄影与文学展"等诗歌活动。《上海文学》杂志社在上海市作家协会礼堂举办"天涯同心"中外诗人论坛,来自塞尔维亚、叙利亚、英国、爱尔兰、韩国、罗马尼亚、阿根廷、意大利、墨西哥、比利时、法国、意大利、摩尔多瓦、匈牙利、乌克兰、印度等世界各国和中国各地的中外诗人,通过现场网络连线的方式,讨论诗歌未来,展示上海与世界诗歌潮流和文学创作的精神衔接。论坛上同时举办了新出版的《上海文学》第五届上海国际诗歌节特刊的首发式,特刊中刊登了本届上海国际诗歌节所有中外诗人的诗歌新作,并刊发了有关诗歌创作的评论和随笔。这是 2020 年第五届上海国际诗歌节的丰富读本,也生动呈现了一场全新感觉的诗歌与文学的盛宴。

上海的诗界盛事,还有 2020 年 7 月 17 日在上海临港国际艺术园举行的第四届中国当代诗歌临港理论研讨会。此次研讨会由上海自由贸易试验区临港新片区管理委员会和上海社会科学院文学研究所联合主办。会议的主题是"断裂与转折:当代诗歌中的'当代性'",采用网络直播会议的方式,线上线下互动呼应。与会的有当代诗人、评论家、翻译家、诗学专家。王家铭、叶匡政、吉狄马加、伊沙、祁国、许德民、孙新堂、严力、余旸、沈浩波、陆渔、舒冲等出席了本次会议,对进入新世纪以来各种丛生的诗歌现象进行了及时的梳理与分析,深入地思考了诗歌与现实、诗歌与时代的关系以及当代诗歌的"当代性"等重大理论问题。

赵丽宏于 2021 年出版了新的诗集《变形》(人民文学出版社 2021 年版),收录了他最近两年创作的 66 首诗。多年来,赵丽宏一直坚持以手写形式进行诗歌创作,并且保持着在手稿上信手画图的习惯。他的诗集手稿真实记录了诗人多年的诗歌创作状态和创作过程。在其笔下,许多平凡庸常的物象被升华为生命的意象,甚至连气味和触感等无形的事物,都被巧妙地化为浓稠而明亮的呓语。《变形》中的 66 首诗充分浸淫"变形"母题的精髓,仍延续了平实的语言风格,却又充满张力与想象力,把生命过程中细碎平淡却耐人寻味的体验与感受凝结成诗句,不着痕迹地将目光转向对生命本质的探寻,折射出清澈澄明的精神世界。

在网络文学创作领域,2020 年 8 月 4 日首届"天马文学奖"揭晓,血红的《巫神纪》、齐橙的《大国重工》、猫腻的《择天记》、何常在的《浩荡》、吉祥夜的《写给鼹鼠先生的情书》五部作品获奖。其中,上海网络作家协会会长血红的《巫神记》是一部玄幻网络小说,强烈的"民族性"是《巫神记》获奖的重要原因。齐橙的《大国重工》和何常在的《浩荡》都是现实主义题材作品,反映了"中国改革开放四十年来的巨大变化和历史成就"。这几部作品都是这几年网络文坛既叫好又叫座的力作,或反映时代特征,或讴歌时代精神,显示了网络文学创作多样化的可能性。事实上,上海多家网文网站已吹响现实重大题材集结号。

近年来,"面向现实"已经构成网络文学的重要趋势,观照现实生活的作品越来越受到读者欢迎。自 2016 年起,上海连续举办了五届现实题材网络文学征文大赛,2020 年,聚焦中国工业发展史的《何日请长缨》、描摹金融资本行业发展的《投行之路》、根据疫情期间真实事件改编的《国家战疫》、聚焦医护工作者群体的《生活挺甜》、描写浦东生活的《浦江东》;2021 年,描写全球化背景下的职场青春的《与沙共舞》,描写扶贫的《华年时代》《致富北纬 23 度半》,聚焦社区的《故巷暖阳》《洋港社区》,关注女性成长的《婆家三十六丈厚》等作品充满昂扬向上的时代精神,表现出社会责任感与现实关怀。5 年来,现实题材网络文学征文大赛历届参赛作品总和超 4 万部,总计评选出 56 部获奖作品。2021 年网络文学中现实题材的比例迅速增长,极大丰富了文学生态。

上海是党的诞生地,改革开放的排头兵,也是中国网络文学的发祥地,如何充分发挥网络文学的传播优势,用网文讲述百年来党领导下的中国故事,传播中国声音,弘扬中国精神? 在中共上海市委宣传部、中国作家协会的指导下,"红旗颂——献礼建党百年·百家网站·百部精品"征文于 2021 年 7 月 8 日在上海市作家协会启动,征集优秀的网文作品献礼建党百年。题材包括:反映中国共产党从诞生、发展、成长到自我革新、自我净化的历史过程,体现中国共产党先锋队、中流砥柱和领导核心作用,生动表现建党 100 年来民族发展、时代变迁、改革奋斗、文化传承、人民生活等现实主义元素,以及社会各界在抗击新冠肺炎疫情中的事迹,讲述中国抗疫故事等。

## 三、重要文学评奖

两年来,因新冠病毒的阴影,文学评奖与文学活动受到影响,但上海文学依然保持着健康、良好的创作态势。不仅生活在上海的作家王安忆、路内、滕肖澜、薛舒、任晓雯、那多、唐颖、陶玲芬、周嘉宁、顾湘纷纷推出了自己的新作,上海的文学期刊与文艺出版业也陆续推出了题材和审美相当多元的作品,在各种文学评奖活动中成绩十分亮眼。

由中国出版集团、人民文学出版社、《当代》杂志社主办的第十七届《当代》长篇小说年度论坛评选的五篇"2020 年度长篇小说"中，迟子建的《烟火漫卷》（《收获》2020 年第 4 期）、冯骥才的《艺术家们》（《收获》长篇专号 2020 年秋卷）、张忌的《南货店》（《收获》长篇专号 2020 年春卷），这些发表于上海的文学期刊《收获》上的长篇小说占去了五篇中的三个席位，其中，迟子建的《烟火漫卷》荣获最佳。迟子建的《烟火漫卷》在《长篇小说选刊》杂志社举办的 2020 年"第五届长篇小说年度金榜"评选中，还入选了年度"金榜作品"。

中国小说学会 2020 年度小说排行榜揭晓，迟子建的《烟火漫卷》同样荣登长篇小说榜；此外，张楚的《过香河》（《收获》2020 年第 3 期）、上海作家周嘉宁的《浪的景观》、阿乙的《骗子来到南方》（《小说界》2020 年第 2 期）荣登中篇小说榜；莫言的《一斗阁笔记六则》（《上海文学》2020 年第 1 期）荣获短篇小说榜榜首；2020 年中国小说学会的小说排行榜新设网络小说排行榜，起点中文网爱潜水的乌贼的《诡秘之王》荣获排行榜榜首，起点网多部小说入榜。

《北京文学》杂志社主办的"2020 年中国当代文学最新作品排行榜"揭晓，共有中篇小说、短篇小说、报告文学、散文随笔 4 类体裁的 20 部作品入选，蒋韵的《我们的娜塔莎》（《收获》2020 年第 6 期）与艾伟的《最后一天和另外的某一天》（《收获》2020 年第 4 期）分别获得"优秀中篇小说"和"优秀短篇小说"。

由《青年作家》杂志社等主办的 2020 年"第五届华语青年作家奖"揭晓，刊发于上海文学期刊的孙频的《鲛在水中央》（《收获》2019 年第 1 期）、常小琥的《长夜行》（《上海文学》2019 年第 3 期）一起获得共两席的中篇小说奖提名奖。上海作家顾湘的《赵桥村》获得唯一的非虚构作品奖主奖，郭爽的《我愿意学习发料》（上海人民出版社 2019 年版）获得非虚构作品奖提名奖。此外，上海作家任晓雯的长篇《浮生二十一章》与林棹的小说集《流溪》（《收获》2019 长篇专号夏卷）入选 2020 年宝柏理想国文学奖的决选名单。任晓雯还以《浮生二十一章》入围 2020 年"南方文学盛典"（前身为创办于 2003 年的"华语文学传媒盛典"）的"年度小说家"。

2020 年收获文学排行榜揭晓，王安忆的《一把刀，千个字》、胡冬林的《山林笔记》、蒋韵的《我们的娜塔莎》、艾伟的《最后一天和另外的某一天》分别荣获长篇小说榜、长篇非虚构榜、中篇小说榜、短篇小说榜榜首。荣获 2020 年收获文学排行榜长篇小说榜单第二、第三、第四名的作品,分别是王尧的《民谣》（《收获》2020 年第 6 期）、路内的《雾行者》（上海三联书店 2020 年 1 月）和迟子建的《烟火漫卷》（《收获》2020 年第 4 期）,这三部作品同时都登上《扬子江文学评论》2020 年度文学排行榜长篇小说榜。

《上海文学》奖由《上海文学》杂志社主办,创立于 20 世纪 80 年代,旨在鼓励优秀中篇小说、短篇小说、诗歌、散文和文学评论的创作,在文学界和读者中颇有影响。2021 年 6 月,第十二届《上海文学》奖揭晓,本届获奖作品从近四年间在《上海文学》刊登的作品中遴选而出,获奖作者中有优秀作家,也有文坛新秀,莫言作品《一斗阁笔记》获特别奖,本届获奖作家共计 27 人。

华东师范大学中国创意写作研究院于 2021 年 6 月设立了"未来文学家"大奖,旨在评选出包括网络文学作者在内的多位最具潜力的未来文学家,在更广泛的领域推出青年写作者。据中国创意写作研究院副院长黄平介绍,"未来文学家"大奖提名作品须为小说,作家年龄在四十岁以下,含网络作家。在 2021 年 8 月公布的大奖"长名单"里,王占黑、孙频、张怡微、陈楸帆、吾道长不孤、郑执、周恺、爱潜水的乌贼、笛安、榴弹怕水这十位青年作家榜上有名,其中"90 后"接近一半。2021 年 10 月 11 日,华东师范大学-分众传媒"未来文学家"大奖揭晓：张怡微凭借《家族试验》、爱潜水的乌贼凭借《诡秘之主》共获大奖。

陈伯吹国际儿童文学奖（CICLA）是中国连续运作时间最长的文学奖项之一,该奖项由上海籍儿童文学作家、翻译家、教育学家陈伯吹（1906—1997 年）创立于 1981 年,旨在表彰为中国乃至世界儿童文学事业做出卓著成绩和巨大贡献的儿童文学作家、插画家及相关儿童文学专业人士。2014 年起被正式提升为国际性的儿童文学奖项,宗旨是促进国际文化交流、鼓励优美且鼓舞人心的儿童内容创作、在中国推广健康的阅读习惯。2020 年 11 月 12 日和 2021 年 12 月 8 日,该奖公布了第 32 届、33 届评奖结果,共有 20 种中外书籍获得年度图书（文字）奖和年度图书（绘本）奖。值得一提的是,2021 年也是该奖设立 40 周年,在颁奖仪式上,40 周年纪念活动同时拉开序幕,并宣布全市首个以陈伯吹为主题的陈伯吹儿童文学馆正式启动,陈伯吹国际儿童文学理论研究会也同时成立。

# 建党百年与中国文学

## 百年中国文学的红色基因

吴义勤①

**摘　要**　一百年来,中国共产党及其所领导的中国革命、建设、改革事业对新文学产生了深刻影响,从根本上决定了中国新文学的发展道路、呈现方式和基本形态。作为社会意识形态体系的一部分,中国新文学也以特殊的形式深度参与了 20 世纪中国革命史和社会发展史,成为中国共产党领导的革命、建设、改革事业的重要组成部分。二者在互动共生、相互促进中,共同书写了百年中国光辉灿烂的历史篇章。

**关键词**　中国共产党　新文学　红色基因

　　2001 年是中国共产党成立 100 周年,发端于 20 世纪初的中国新文学也走过了一百多年的光辉历程。一百年来,中国共产党及其所领导的中国革

---

①　吴义勤,文学博士,中国作家协会副主席、书记处书记,长期从事中国现当代文学特别是中国新时期文学的研究。

命、建设、改革事业对新文学产生了深刻影响,从根本上决定了中国新文学的发展道路、呈现方式和基本形态。作为社会意识形态体系的一部分,中国新文学也以特殊的形式深度参与了20世纪中国革命史和社会发展史,成为中国共产党领导的革命、建设、改革事业的重要组成部分。从百年党史与百年新文学史关系的角度回望历史,既能对党的辉煌历史和巨大成就有更加形象的认识,也能在对中国新文学道路和成功经验的总结中获得繁荣新时代中国特色社会主义文学的新启示。

## 一、中国新文学发展进步的历程与党成长 壮大的历程始终相生相伴、相互呼应

中国新文学和中国共产党几乎是在20世纪初中国社会风云激荡的历史和政治语境中一同诞生的,二者都是"古老中国"向"现代中国"转变历程中的必然产物。党的早期创始人李大钊、陈独秀、瞿秋白等同时是中国新文化运动的发起者和中国新文学的开创者。在提倡新文学的同时,对马克思主义的翻译、介绍和传播也是新文学作家的重要工作。在新文学发展过程中,新文化运动的倡导者们创立了一大批文学报刊,推动文学革命发展,这些报刊同时也成为最早的马克思主义思想传播阵地。

1915年9月,陈独秀在上海创办《青年杂志》(后改名为《新青年》),新文化运动由此发轫。陈独秀的《文学革命论》率先举起"文学革命"的大旗,以鲜明的革命立场和文学理念,给旧文学以准确而猛烈的抨击。李大钊与陈独秀紧密呼应,发表《什么是新文学》一文,将新文学与"社会写实"联系起来,赋予新文学以现实性和战斗性,而这正是百年中国新文学最重要的品质和特征。瞿秋白同样是新文学运动的重要推动者和实践者。在翻译介绍马克思列宁主义的同时,还写下了记述留学经历和心路历程的《赤都心史》《饿乡纪程》等堪称是新文学理念最早实践成果的纪实文学作品。

可以说,中国新文学在五四新文化运动发生伊始就拥有强烈的红色基因,为中国共产党的成立奠定了坚实的思想基础、文化基础和舆论基础。而

早期中国共产党人既是马克思主义的信奉者和传播者,又是新文学基因浓烈的文学家。他们同时拥有新文学基因和红色基因,二者相互融合、相互激发、决定了中国新文学发展进步的历程与党成长壮大的历程始终相生相伴、相互交织、相互呼应。

中国共产党成立之后就十分重视新文学推动革命事业发展的重要作用,十分重视对文学运动、文学社团和文学思潮流派的组织和领导,在积极推动新文学发展的同时,特别注重通过文艺作品来宣传和普及革命思想。文学研究会是新文学运动中成立最早、影响和贡献非常大的文学社团之一。该社团的发起人包括沈雁冰(茅盾)、郭绍虞等后来加入中国共产党的革命作家。文学研究会主张"为人生",以血和泪的文字揭露黑暗现实,在"启蒙"的意义上呼应了党教育、发动群众的使命。创造社是新文学运动中具有较大影响的另外一个文学社团,发起人郭沫若、成仿吾也是加入中国共产党的革命作家。1925年五卅运动后,创造社开始倾向革命或参加实际革命工作,大力提倡革命文学。《创造月刊》第1卷第3期发表郭沫若的《革命与文学》,第1卷第9期发表成仿吾的《从文学革命到革命文学》,成为提倡无产阶级革命文学的"战斗的阵营"。1924年,早期入党的革命作家蒋光慈与沈泽民成立春雷社,他们以上海的《民国日报》副刊《觉悟》为阵地宣传革命思想。春雷社是我们党早期直接领导的革命文学社团之一。

1930年,中国左翼作家联盟的成立是党领导文艺运动的一个标志性事件。左翼作家联盟的旗帜是鲁迅,实际的领导者是瞿秋白。在20世纪30年代初至抗战全面爆发前的几年间,"左联"作家在文化战场上勇敢战斗,通过创办《拓荒者》《文学月报》《前哨》《北斗》《十字街头》等刊物,开辟了一批传播革命思想的文艺阵地,对20世纪30年代的文艺发展产生了巨大影响,为党的革命事业作出了突出贡献。

抗日战争全面爆发之后,文艺界在武汉成立了中华全国文艺界抗敌协会。大会选出郭沫若、茅盾、夏衍、老舍、巴金等45人为理事,推选老舍为总务部主任,主持日常工作。"文协"成立大会上,提出了"文章下乡,文章入伍"的口号,鼓励作家深入现实斗争。"文协"有力地团结了各地各领域的作家、艺术家,使抗战初期的文艺活动呈现出蓬勃发展的新气象。作为对中华全国文艺界抗敌协会的呼应,延安革命根据地也成立了陕甘宁边区文化界救亡协会,组织推动解放区的文艺运动。"边区文协"成立之后,又组建了诗歌总会、文艺突击社、戏剧界抗战联合总会、民众娱乐改进会、文艺战线社、大众读物社、抗战文艺工作团等机构。党在解放区创立的文艺团体和机构及其所开展的文艺活动,有力地促进了革命运动的开展,很好地发挥了文艺的政治功能和社会动员功能。

1938年4月,为培养抗战文艺干部和文艺工作者,党在延安成立了鲁迅艺术学院。毛泽东在成立大会上指出,要在民族解放的大时代去发展广大的艺术运动,在抗日民族统一战线方针的指导下,实现文学艺术在今天的中国的使命和作用。"鲁艺"的成立,是党探索培养具有革命信念的文艺工作者的新的有效方式。在抗战时期,"鲁艺"很好地承担起了工作任务,完成了历史使命。

总之,从第一次国内革命战争到第二次国内革命战争、从抗日战争到解放战争,从国统区到解放区,中国新文学始终与党同步、与革命同步、与时代同步、与历史同步,在不断发展进步的过程中服务革命、服务人民、服务走向现代的历史进程,为党领导的革命事业作出了独特的贡献。

## 二、党在不同时期都从革命、建设、改革事业的实际出发,及时制定和调整文艺工作的方针政策,从根本上保证中国新文学的发展道路和发展方向

一百年来,我们党始终高度重视文学事业,始终把文学事业视为党的事业的重要组成部分。党的历代领导人都高度重视文学事业并且有着强烈的文学情怀。

1942年5月,毛泽东在延安文艺座谈会上指出:"在我们为中国人民解放的斗争中,有各种的战线,就中也可以说有文武两个战线,这就是文化战线和军事战线。我们要战胜敌人,首先要依靠手里拿枪的军队。但是仅仅有这种

军队是不够的，我们还要有文化的军队，这是团结自己、战胜敌人必不可少的一支军队。"

2016 年 11 月 30 日，习近平总书记在中国文联十大、中国作协九大开幕式上的重要讲话中指出，文艺事业是党和人民的重要事业，文艺战线是党和人民的重要战线。他强调，文运同国运相牵，文脉同国脉相连。实现中华民族伟大复兴，是一场震古烁今的伟大事业，需要坚忍不拔的伟大精神，也需要振奋人心的伟大作品。

党对文学事业的组织、领导贯穿党的全部发展历程。从新民主主义革命到社会主义革命和建设时期，从改革开放新时期到中国特色社会主义新时代，党在不同时期都从革命、建设、改革事业的实际出发，及时制定和调整文艺工作的方针政策，从根本上保证中国新文学的发展道路和发展方向。

党特别重视新文学人才和作家队伍的建设。百年来，在党的周围形成了一支强大的党员作家队伍和党的"同路人"队伍。百年中国文学的发展历程正是党对中国现当代作家的吸引、召唤、引导、培养的历程，是一代代党员作家与党同心同德、患难与共的历程，是一批批向往光明和进步的作家紧密团结在党的周围听党话、跟党走成为党的"同路人"的历程。巴金曾经说过："我们的现代文学好像是一所预备学校，把无数战士输送到革命战场。"

在新民主主义革命时期，有一大批优秀作家接受革命思想，在极其艰苦险恶的条件下，坚定地加入党组织，包括茅盾（1921 年入党）、蒋光慈（1922 年入党）、郭沫若（1927 年入党）、夏衍（1927 年入党）、冯雪峰（1927 年入党）、李初梨（1928 年入党）、冯乃超（1928 年入党）、邓拓（1930 年入党）、丁玲（1932 年入党）、田汉（1932 年入党）、陈荒煤（1932 年入党）、周立波（1935 年入党）、柳青（1936 年入党）。他们一边写作，一边投身革命实践，为革命事业发展作出了突出贡献，也付出了巨大牺牲。20 世纪 30 年代，丁玲、何其芳、萧军、艾青、田间、卞之琳等一大批作家奔赴革命圣地延安。在火热的革命实践中，他们的思想和认知发生了蜕变，很多人都投入党组织的怀抱，比如，刘白羽（1938 年入党）、田间（1938 年入党）、魏巍（1938 年入党）、何其芳（1938 年入党）、欧阳山（1940 年入党）、萧军（1948 年入党）。

中华人民共和国成立后,中华民族开启崭新篇章。广大作家被新生的人民共和国所鼓舞和振奋,满怀豪情投身于社会主义建设,用手中的笔为祖国建设添砖加瓦。党员作家队伍进一步发展壮大,比如陈白尘(1950 年入党)、端木蕻良(1952 年入党)、欧阳予倩(1955 年入党)、卞之琳(1956 年入党)、曹靖华(1956 年入党)、曹禺(1956 年入党)、黄宗英(1956 年入党)、季羡林(1956年入党)、宗璞(1956 年入党)、李准(1960 年入党)、秦牧(1963 年入党)、蹇先艾(1983 年入党)、王西彦(1986 年入党)。

与加入党组织的作家交相辉映,百年中国文学中还有一批在文学战线紧密团结在党的周围,与党同声相应、同气相求,与党的事业彼此呼应、彼此配合的"同路人"作家。他们虽然没有党员身份,但在革命者队伍中,同样发挥了非常重要的作用,是革命队伍不可或缺的一员。鲁迅、巴金、老舍、冰心、叶圣陶、闻一多等就是其中杰出的代表。

鲁迅是新文学运动的旗手和巨匠。他的《呐喊》《彷徨》深刻揭露了旧时中国的社会黑暗和国民劣根性,对广大民众产生了重要的启蒙作用。与此同时,他积极支持和投身党的革命实践,推动革命文艺发展,是中国革命最重要的"同路人"。毛泽东曾评价说:"鲁迅的方向,就是中华民族新文化的方向。"巴金也是党的重要"同路人"。他的长篇小说《家》《春》《秋》充满对旧社会、旧制度的批判,表现一代青年新人的"觉醒",具有强烈的启蒙意义。老舍则是一位一生都在积极要求入党的"同路人"。抗战期间,他毅然南下武汉,投身抗战洪流,担任中华全国文艺界抗敌协会总务处主任,并创作了大量面向大众的文艺作品。老舍的代表作《四世同堂》以抗战为背景表现人民的悲惨生活,控诉日军的残暴罪行,讴歌中国人民伟大的爱国精神。

在百年中国新文学发展历程中,具有党员身份的作家以及接受了革命思想的"同路人"作家构成了新文学史上最重要的历史主体,是百年中国新文学最重要的实践者和推动者,是中国新文学能取得巨大成就的人才保证。

党对文学事业的发展一直有着顶层设计和制度设计,党的文艺方针政策是马克思主义文艺理论与中国革命、建设、改革实践相结合的产物,始终有着与时俱进的实践品格。

党成立之初,就十分重视文化宣传工作,十分重视用文学的方式宣传马克思主义思想和党的主张,注重用文学作品动员、发动、教育、启蒙群众,批判、揭露敌人。中共一大就强调党的文化领导权对于革命事业的极端重要性,强调党对文学运动和出版物的领导。其后,党的文艺方针政策不断地随历史进程而进行着同步调整。第一次国内革命战争时期,党主张以各式各样的文艺形式推动宣传工作,启蒙大众,唤起人民的革命意识。第二次国内革命战争时期,党注重加强对国统区文艺的领导,注重建立文艺界的统一战线。抗战和解放战争时期,党倡导文学的大众化和战斗性,鼓励文学直接服务抗战、服务革命事业。

1942 年,毛泽东在延安召开文艺座谈会,发表了《在延安文艺座谈会上的讲话》,明确文艺要"为工农兵服务、为政治服务"的方向,从根本上解决了"为什么人"的问题。这一讲话不仅深刻影响了解放区文学创作,也对中华人民共和国的文艺创作产生了重要影响。在讲话精神指引下,党实现了对解放区文艺工作的统一领导,使文艺工作与革命工作更好地结合在一起。1943 年 11 月,中共中央宣传部发布《关于执行党的文艺政策的决定》,明确把《在延安文艺座谈会上的讲话》作为当时中国文艺运动的基本方针,这是中共历史上首次使用"党的文艺政策"概念。

中华人民共和国成立之后,党建立了完备的文学制度。党对文艺工作的领导,主要通过设立文艺领导机构和颁布文艺政策来施行。中国的文学制度是社会主义制度的重要组成部分,文学制度的优越性也是社会主义制度优越性的体现。

1949 年 7 月,中华人民共和国成立前夕,为进一步加强文艺工作,党中央组织召开了"第一次全国文代会"。第一次文代会产生了全国性的文艺界组织机构,即中华全国文学艺术界联合会(1953 年改名为中国文学艺术界联合会)。在文学领域,成立了中华全国文学工作者协会(1953 年 9 月改名为中国作家协会)。中国文联、中国作协以及文代会和作代会是党的文学制度的重要组织形式,是党和政府联系广大作家和文艺工作者的纽带,是社会主义政治体制的重要组成部分,为推动中华人民共和国文学艺术的繁荣发展发挥了重要作用。

1956年,毛泽东在最高国务会议上宣布将"百花齐放、百家争鸣"作为党发展科学、繁荣文学艺术的指导方针。这一方针的提出,深刻总结了我们党在多年的革命斗争中领导文艺工作的成功经验,体现了我们党对文艺自身发展规律的深刻认识。"双百"方针成为推动"十七年"文学繁荣发展最重要的文艺政策,在这一方针的指引和推动下,涌现了一大批优秀的现实主义文艺作品,比如"三红一创,青山保林"(即《红旗谱》《红岩》《红日》《创业史》《青春之歌》《山乡巨变》《保卫延安》《林海雪原》)等红色经典。

1979年,第四次文代会的召开是中国新文学发展史上又一具有特殊意义的重要事件,是党的文艺方针政策的一次深刻的调整与宣示。邓小平出席大会并发表了祝词,他明确指出,党对文艺工作的领导,不是发号施令,不是要求文学艺术从属于临时的、具体的、直接的政治任务,而是根据文学艺术的特征和发展规律,帮助文艺工作者获得条件来不断繁荣文学艺术事业,提高文学艺术水平,创作出无愧于我们伟大人民、伟大时代的优秀的文学艺术作品和表演艺术成果。1980年7月26日,《人民日报》发表了《文艺为人民服务、为社会主义服务》的社论,对新"二为"思想的含义作了具体阐述。从此,我国新时期文艺事业发展的方向正式表述为"为人民服务、为社会主义服务"。

2014年,习近平总书记主持召开文艺工作座谈会,并发表重要讲话。他号召广大作家要坚持以人民为中心的创作导向,深入生活,扎根人民。强调文艺要反映好人民心声,就要坚持为人民服务、为社会主义服务这个根本方向。这是党对文艺战线提出的一项基本要求,也是决定我国文艺事业前途命运的关键。只有牢固树立马克思主义文艺观,真正做到了以人民为中心,文艺才能发挥最大正能量。以人民为中心,就是要把满足人民精神文化需求作为文艺和文艺工作的出发点和落脚点,把人民作为文艺表现的主体,把人民作为文艺审美的鉴赏家和评判者,把为人民服务作为文艺工作者的天职。习近平总书记的重要讲话,科学回答了在新的历史条件下繁荣和发展社会主义文艺面临的一系列重大理论和实践命题,是对社会主义文艺发展经验的深刻总结,是马克思主义文艺理论中国化的最新成果,为新时代中国文学的发展指明新方向、开辟新道路。

## 三、党的百年历程中各个重要的历史时期、历史事件、历史人物，都在百年文学中得到生动形象的书写

党一百年波澜壮阔的历史和取得的巨大成就，是最精彩的中国故事，是中国新文学最重要的写作资源和书写对象。中国新文学史某种意义上正是形象化的党史、中国革命史、中国社会主义建设史和改革开放史。党的百年历程中各个重要的历史时期、历史事件、历史人物都在百年文学中得到了生动形象的书写，并产生了一大批红色文学经典。

讲好党的故事是中国新文学的神圣使命。新民主主义革命时期，新文学就开始了对党的革命历史的同步记录和书写。1921年，郭沫若的《女神》最早表达了对共产主义的呼唤，表现出摧毁旧世界、创造新世界的革命精神；1926年，蒋光慈的小说《少年漂泊者》最早描写青年知识分子投奔共产主义的历程；1931年，巴金的小说《死去的太阳》最早表现上海、南京等地的工人运动；茅盾的《子夜》全景表现20世纪30年代都市生活的方方面面，书写旧世界的崩溃和新生事物的诞生，成为革命启蒙教科书；1935年，萧军的《八月的乡村》正面表现东北抗战和东北人民的生活与挣扎；1945年，贺敬之、丁毅执笔的《白毛女》深刻揭示"旧社会把人变成鬼，新社会把鬼变成人"的主题；1946年，邵子南的《李勇大摆地雷阵》生动描写敌后抗日斗争；1948年，周立波的《暴风骤雨》和丁玲的《太阳照在桑干河上》真实表现解放区土改的宏阔场景。

"十七年"时期，是社会主义建设和革命历史题材小说创作的繁盛期。吴强的《红日》描写解放战争中发生在江苏涟水，山东莱芜、孟良崮的三次重要战役，表现了敌我之间的残酷较量；杜鹏程的《保卫延安》以延安保卫战为题材，描绘了一幅生动、壮丽的人民战争画卷；曲波的《林海雪原》展现了人民军队在东北进行的艰苦卓绝的斗争；柳青的《创业史》全面展现了合作化运动给当代农民命运带来的巨大改变；周立波的《山乡巨变》生动描写了土改给农民精神生活带来的变化；老舍的《龙须沟》通过龙须沟的新旧对比，表达了对中国的无比热爱。

新时期以来，涌现出许多全景式反映党的革命历史的优秀文学作品。金一南的《苦难辉煌》全景展现党建立红色政权、领导人民进行伟大长征和革命战争的恢宏历史；王树增的《抗日战争》《解放战争》全景反映抗日战争和解放战争的伟大进程。黎汝清的《湘江之战》以红军长征途中最惨烈的湘江之战为主线，真实再现了英勇战斗、不畏牺牲的红军精神。同时，对中华人民共和国成立及改革开放以来中国社会发生的翻天覆地的变化也有精彩的文学表达。梁晓声的《今夜有暴风雪》《人世间》、史铁生的《我的遥远的清平湾》表现一代人的青春和热血，致敬知青们的奋斗岁月；路遥的《人生》《平凡的世界》表现改革开放之初青年一代的奋斗历程；贾平凹的《腊月正月》、王润滋的《鲁班的子孙》、何士光的《乡场上》、高晓声的《陈奂生上城》表现现代化对中国农民和乡村传统价值观念带来的改变；徐迟的《哥德巴赫猜想》、谌容的《人到中年》表现新时期知识分子的精神历程。

党的十八大以来，中国社会发生了历史性变革，取得了历史性成就。陈毅达的《海边春秋》、赵德发的《经山海》、李迪的《十八洞村的十八个故事》、老藤的《战国红》、纪红建的《乡村国是》等描绘了脱贫攻坚伟大事业带来的历史巨变；肖亦农的《毛乌素绿色传奇》、李青松的《告别伐木时代》、何建明的《那山，那水》等讲述了当代中国践行"绿水青山就是金山银山"、建设绿色美丽家园的生动实践；刘醒龙的《如果来日方长》、熊育群的《苍生在上》等呈现了中国人民在抗击新冠肺炎疫情斗争中的伟大奉献精神和英勇斗争品质；徐剑的《大国重器》、许晨的《第四极：中国"蛟龙"号挑战深海》、曾平标的《中国桥——港珠澳大桥圆梦之路》、王雄的《中国速度》等展现了我国在航天、桥梁、高铁等多个领域的迅猛发展与巨大成就。

中国新文学在不同时期对党史的书写，既有历史的景深，又有当下的温度，共同构成了对百年党史的生动记录和形象再现。

回顾20世纪中国新文学史，我们看到，对英雄的塑造和歌颂是一条重要的文学主线，英雄人物特别是共产党人的英雄形象构成百年中国文学最具魅力的人物形象谱系之一。习近平总书记在中国文联十大、中国作协九大开幕式的重要讲话中明确要求，对中华民族的英雄，要心怀崇敬，浓墨重彩记录英雄、塑造英雄，让英雄精神在文艺作品中得到传扬。

党的一百年是英雄辈出的一百年,是一代代英雄儿女在党的领导下前赴后继投身革命、建设、改革的一百年。从新民主主义革命到社会主义革命,从改革开放到中国特色社会主义新时代,涌现了无数可歌可泣的人民英雄,他们感天动地的事迹和高尚的人格成为中国文学礼赞与歌颂的重要对象。文学对英雄的再现与复活,使百年中国文学具有了丰富多彩的文学英雄谱系。王愿坚《党费》中的黄新,丁玲《太阳照在桑干河上》中的张裕民,罗广斌、杨益言《红岩》中的江姐、许云峰,马识途《清江壮歌》中的任远、柳一清,梁斌《红旗谱》中的朱老忠,李英儒《野火春风斗古城》中的杨晓冬,郭澄清《大刀记》中的梁永生等,构成新文学中"革命者"的英雄谱系;而吴强《红日》中的沈振新,魏巍《东方》中的郭祥,李存葆《高山下的花环》中的靳开来等,构成新文学中"军人"的英雄谱系;柳青《创业史》中的梁生宝,周立波《山乡巨变》中的邓秀梅,草明《乘风破浪》中的李少祥,张天民《创业》中的王进喜,贺敬之《雷锋之歌》中的雷锋,高建国《大河初心》中的焦裕禄等,构成祖国"建设者"的英雄谱系;蒋子龙《乔厂长上任记》中的乔光朴,柯云路《新星》中的李向南,李国文《花园街五号》中的刘钊等,构成"改革者"的英雄谱系。

文学是人学。中国新文学的成就首先体现为典型形象塑造上的成就。百年中国文学成功塑造了众多经典性的典型人物,形成了丰富多彩的人物形象谱系。在这众多的人物谱系中,具有红色基因的英雄形象最为光彩夺目。他们是民族精神的化身,是党性和信仰的化身,是人格力量的化身,是百年中国新文学的魅力之源。

在一百年的发展历程中,新文学与党一同成长、一同进步、一同发展,新文学事业与党的事业息息相关、紧密同步。一方面,党的领导、组织、引领有力地推动了新文学的发展,赋予了新文学以革命性、现实性和战斗性,提升了新文学的社会功能和影响力。党所开创的波澜壮阔的革命、建设、改革事业也为新文学提供了生活土壤和创作源泉,极大地拓展了新文学的表现空间。另一方面,广大作家积极投身革命、建设、改革事业,努力创作弘扬中国精神、反映时代进程的优秀作品。二者在互动共生、相互促进中,共同书写了百年中国光辉灿烂的历史篇章。

# 百年党史与革命文艺

崔　柯①　秦兰珺②　李　静③　鲁太光④

**摘　要**　马克思主义经典作家高度重视文艺；中国共产党发展了马克思主义
文艺理论，使我们党能够正确地领导文艺、发展文艺，最后创建了革
命文艺，即不仅对文艺创作的主题、题材、语言、风格等进行再造，而
且创建了全新的文艺生产机制与文艺美学。革命文艺不仅发挥了
唤醒中国的作用，而且发挥了团结中国、组织中国、凝聚中国的作
用。在庆祝中国共产党百年华诞的时刻，回顾革命文艺传统，思考
革命文艺价值，借鉴革命文艺经验，推动当前文艺发展，对于党的文
艺工作者来说，意义同样重大。

**关键词**　马克思主义　革命文艺　文艺制度　人民文艺

2021 年是中国共产党成立 100 周年，中国人民迎来了"两个一百年"奋斗
目标历史交汇的关键节点。在庆祝我们党百年华诞的时刻，回顾革命文艺传
统，思考革命文艺价值，借鉴革命文艺经验，推动当前文艺发展，对于党的文
艺工作者来说，意义同样重大。

---

①　崔柯，中国艺术研究院副研究员，《文艺理论与批评》编辑部副主编，研究方向为文艺理论。

②　秦兰珺，中国艺术研究院副研究员，研究方向为比较文学。

③　李静，中国艺术研究院副研究员，《文艺理论与批评》编辑部编辑，主要研究方向为中国当代
文学史。

④　鲁太光，中国艺术研究院副研究员，马克思主义文艺理论研究所副所长，《文艺理论与批评》
编辑部主编，中国艺术研究院研究生院中国语言文学系主任，主要研究方向为中国当代文
学史。

## 一、马克思主义经典作家与革命文艺

纵观世界历史,没有一个政党像马克思主义政党这样重视文艺。这是因为马克思主义将文艺视为人类进步事业的有机组成部分,视为凝聚无产阶级精神、动员无产阶级革命、建设未来社会的必要手段,善于在整体历史结构中观察文艺,既重视美学价值,亦重视社会价值。这在马克思、恩格斯、列宁等马克思主义经典作家那里,都有鲜明体现。

马克思主义经典作家对文艺的思考和阐释,与无产阶级革命运动密切相关,他们都将实践品格视为文艺的基本特征,将文艺作为进步事业的有力推手。马克思将文艺作为一种具有能动性的意识形态表现形式,他在《政治经济学批判·序言》中指出:"随着经济基础的变更,全部庞大的上层建筑也或慢或快地发生变革。在考察这些变革时,必须时刻把下面两者区别开来:一种是生产的经济条件方面所发生的物质的、可以用自然科学的精确性指明的变革,一种是人们借以意识到这个冲突并力求把它克服的那些法律的、政治的、宗教的、艺术的或哲学的,简言之,意识形态的形式。"[1]可见,马克思主义创始人不是像西方现代文论家那样,单纯地从审美、形式等方面看待文艺,而是将其视为能动地反映社会生产发展过程中出现的矛盾、冲突的意识形式之一种,因此,在具体论述文艺问题时,他们总是从文艺与现实的关系出发,从中透视社会矛盾冲突和历史发展规律。比如,马克思认为,现代英国一批优秀的作家通过小说"对资产阶级的各个阶层,从'最高尚的'食利者和认为从事任何工作都是庸俗不堪的资本家到小商贩和律师事务所的小职员,都进行了剖析",所揭示的社会政治状况"比一切职业政客、政论家和道德家加在一起所揭示的还要多"[2]。恩格斯则留意到当时德国小说创作风向的变化,即主

---

[1] [德]卡尔·马克思:《政治经济学批判·序言》,《马克思恩格斯全集》第十三卷,人民出版社1962年版,第9页。

[2] [德]卡尔·马克思:《英国资产阶级》,《马克思恩格斯全集》第十卷,人民出版社1962年版,第686页。

人公不再是国王和王子,而是穷人和受轻视的阶级,文学作品开始表现穷人的生活和命运,因而称赞代表这一创作倾向的作家乔治·桑、狄更斯等为"时代的旗帜"。对于那些描写了无产阶级生活、使社会开始关注无产者状况的作品,如欧仁·苏的小说《巴黎的秘密》,恩格斯也及时给予充分的肯定。

"哲学家们只是用不同的方式解释世界,而问题在于改变世界。"①马克思、恩格斯认为文艺也应具有"改变世界"的能动性,他们非常看重在各个历史阶段人民反抗斗争中产生的、具有革命性质的文艺作品,对其进步内容和现实意义给予阐发、褒扬。比如,恩格斯指出,爱尔兰民歌记录了几百年中反对英国殖民者压迫的英雄行为,其内容、形式是由爱尔兰民族备受压迫的历史和现实所决定的,其风格则是爱尔兰民族现实处境的体现,他指出:"这些歌曲大部分充满着深沉的忧郁,这种忧郁直到今天也还是民族情绪的表现。当统治者的压迫手段日益翻新、日益现代化的时候,难道这个被统治的民族还能有其他的表现吗?"②而在南德的"人民自卫团"到处传唱的一段歌词中,则"描述了他们对于社会关系和政治关系的全部观点"③。

马克思主义创始人将无产阶级视为资产阶级掘墓人,指出无产阶级的历史使命就是通过消灭资本主义,解放自己,进而解放全人类。与此相应,他们认为文艺也应和无产阶级革命运动紧密联系。在赋予无产阶级新的历史使命的同时,马克思主义创始人也呼唤文艺上的无产阶级代表人物的出现。恩格斯在高度肯定但丁作为"中世纪的最后一位诗人,同时又是新时代的最初一位诗人"宣告了"封建的中世纪的终结和现代资本主义纪元的开端"的伟大意义后,紧接着就热情呼告无产阶级在日益蓬勃的革命运动中要出现自己的但丁:"意大利是否会给我们一个新的但丁来宣告这个无产阶级新纪元的诞生呢?"④

---

① [德]卡尔·马克思:《关于费尔巴哈的提纲》,《马克思恩格斯全集》第三卷,人民出版社1960年版,第6页。
② [德]弗里德里希·恩格斯:《爱尔兰歌曲集代序》,《马克思恩格斯全集》第十六卷,人民出版社1964年版,第575页。
③ [德]弗里德里希·恩格斯:《德国维护帝国宪法的运动》,《马克思恩格斯全集》第七卷,人民出版社1959年版,第129页。
④ [德]弗里德里希·恩格斯:《致意大利读者·"共产党宣言"1893年意大利文版序言》,《马克思恩格斯全集》第二十二卷,人民出版社1965年版,第431页。

当然，马克思、恩格斯也清醒地意识到，无产阶级完全取代资产阶级的历史条件尚未成熟，优秀的无产阶级文艺作品的出现有待于工人阶级斗争的进一步发展和历史意识的进一步觉醒，在致拉萨尔的信中，恩格斯同意拉萨尔所提出的"德国戏剧具有的较大思想深度和意识到的历史内容，同莎士比亚剧作的情节的生动性和丰富性的完美的融合，大概只有在将来才能达到"①。因此，马克思主义创始人对文艺的论述更多是从现实状况出发，考察文艺对无产阶级运动的促进作用。他们推崇那种直截了当地体现无产阶级革命意识的作品，认为这些作品有助于宣传社会主义思想、启蒙工人的革命意识。比如，马克思认为在西里西亚纺织区流行的革命歌曲中，无产阶级"毫不含糊地、尖锐地、直截了当地、威风凛凛地厉声宣布，它反对私有制社会"，这使得"西里西亚起义一开始就恰好做到了法国和英国工人在起义结束时才做到的事，那就是意识到无产阶级的本质"②。恩格斯则褒扬德国画家许布纳尔的一幅画，因为"画面异常有力地把冷酷的富有和绝望的贫困作了鲜明的对比"，体现了德国画家的社会主义倾向，并给观众灌输了社会主义的意识，它"所起的作用要比一百本小册子大得多"③。

"要扬弃私有财产的思想，有思想上的共产主义就完全够了。而要扬弃现实的私有财产，则必须有现实的共产主义行动。"④诚如此言，马克思、恩格斯的首要目的是改造现实世界，但由于客观原因，他们未能看到社会主义在一国的胜利，因而他们主要是在理论上为无产阶级革命和人类解放事业做了准备。十月革命胜利，社会主义制度在苏联建立，列宁不仅从思想上继承和发展了马克思、恩格斯的学说，而且领导了无产阶级革命运动，并取得胜利，进而将马克思主义从理论层面提升到现实层面。在文艺方面也是如此。和马克思、恩格斯一

① ［德］弗里德里希·恩格斯：《致斐·拉萨尔（1859 年 5 月 18 日）》，《马克思恩格斯全集》第二十九卷，人民出版社 1972 年版，第 583 页。
② ［德］卡尔·马克思：《评"普鲁士人"的"普鲁士国王和社会改革"一文》，《马克思恩格斯全集》第一卷，人民出版社 1956 年版，第 483 页。
③ ［德］弗里德里希·恩格斯：《共产主义在德国的迅速进展》，《马克思恩格斯全集》第二卷，人民出版社 1957 年版，第 589 页。
④ ［德］卡尔·马克思：《1844 年经济学哲学手稿》，《马克思恩格斯全集》第三卷，人民出版社 2002 年版，第 347 页。

样，列宁不是专门的文论家，却非常重视文艺，他对文艺的看法和俄国革命中出现的具体的现实问题密切相关，甚至是短兵相接的。比如，在列夫·托尔斯泰80 诞辰之时和他逝世后，资产阶级自由派将托尔斯泰吹捧成"公众的良知""生活的导师""文明人类的呼声"，却对托尔斯泰作品中提出的尖锐的社会问题视而不见。列宁则以充满革命精神的辩证法指出，托尔斯泰一方面是一个主张非暴力抵抗的地主，另一方面，他的作品真实地表现了俄国旧的宗法制急剧崩溃的现实、农民的悲惨生活和他们的情绪、观点、反抗行动，以及俄国社会现实存在的矛盾冲突、资产阶级革命的历史特点，为无产阶级革命提供了重要启示，因此可被视作"俄国革命的镜子"。对于伟大的无产阶级作家高尔基，列宁则赞美他"通过自己的伟大的艺术作品同俄国和全世界的工人运动建立了非常牢固的联系"①，不仅如此，列宁还努力帮助高尔基，当高尔基的思想游移不定，甚至出现错误时，列宁会跟他进行净友式的辩论，开展同志式的批评，甚至尖锐的批评。一战爆发后，高尔基在倾向错误的"反德宣言书"上签名后，列宁就发表了《致〈鹰之歌〉的作者》一文，提醒高尔基珍惜自己在工人阶级中的声誉，避免导致一些觉悟不够高的工人因为信任他而迷失方向。②

　　与其他马克思主义经典作家相比，列宁最突出的贡献是从党的工作实际和革命情势出发，提出应当"把文学批评也同党的工作，同领导全党的工作更紧密地联系起来"③，即提出了文学的"党性原则"。1905 年，在俄国资产阶级民主革命高潮推动下，沙皇政府被迫宣布允许人民有言论、集会、结社、出版自由。此时主持布尔什维克中央工作的列宁敏锐地意识到，应该抓住这个机会，加强党对革命运动的领导，改进党的组织和宣传工作。他发表了著名的《党的组织和党的出版物》，阐明了文艺在整个无产阶级革命事业中的地位与作用，明确宣称："对于社会主义无产阶级，写作事业不能是个人或集团的赚

---

① ［俄］列宁：《资产阶级报界关于高尔基被开除的无稽之谈》，《列宁全集》第十九卷，人民出版社 1989 年版，第 153 页。

② 杨柄：《［代序］文艺和美学的列宁主义时代》，杨柄编《列宁论文艺与美学》（上），漓江出版社 1988 年版，第 41 页。

③ ［俄］列宁：《致阿·玛·高尔基（1908 年 2 月 7 日）》，《列宁全集》第四十五卷，人民出版社 1990 年版，第 171 页。

钱工具,而且根本不能是与无产阶级总的事业无关的个人事业。无党性的写作者滚开! 超人的写作者滚开! 写作事业应当成为整个无产阶级事业的一部分,成为由整个工人阶级的整个觉悟的先锋队所开动的一部巨大的社会民主主义机器的'齿轮和螺丝钉'。"①

"齿轮和螺丝钉"的说法,一度被误解为文艺创作的个性和自由受到了束缚。其实,列宁提出这个论断的时候,是意识到了这个问题的,他指出,"齿轮和螺丝钉"是一个有缺陷的比喻,在文艺创作中,作家、艺术家当然可以保持个性和风格,但党的文艺事业绝不能脱离"党性原则"这个大前提,"无论如何必须成为同其他部分紧密联系着的社会民主党工作的一部分"②。针对当时资产阶级宣称"创作自由",鼓吹"非党的革命性"等观点,列宁指出,用"党性原则"武装起来的作家、艺术家,不依附于资本的收买和豢养,"因为把一批又一批新生力量吸引到写作队伍中来的,不是私利贪欲,也不是名誉地位,而是社会主义思想和对劳动人民的同情","它不是为饱食终日的贵妇人服务,不是为百无聊赖、胖得发愁的'一万个上层分子'服务,而是为千千万万劳动人民,为这些国家的精华、国家的力量、国家的未来服务"③。这样的文艺是真正自由的文艺。列宁的这一论述为革命文艺、社会主义文艺发展以及党领导的文艺工作,提供了充分的理论依据。

概而言之,马克思主义经典作家为理解、阐释文艺问题提供了唯物论和辩证法的科学理论基础,他们看重文艺的实践品格,尤其推重文艺介入现实、改造社会、推动无产阶级革命的功能,提出了"党的文学"原则,这为中国共产党人领导文艺运动提供了有力的思想资源。

## 二、中国共产党早期领导人、理论家与文艺

十月革命一声炮响,为中国送来了马克思主义,也送来了马克思主义文

---

① 〔俄〕列宁:《党的组织和党的出版物》,《列宁全集》第十二卷,人民出版社 1987 年版,第 93 页。
② 〔俄〕列宁:《党的组织和党的出版物》,《列宁全集》第十二卷,第 94 页。
③ 〔俄〕列宁:《党的组织和党的出版物》,《列宁全集》第十二卷,第 96—97 页。

艺理论。具体来说,中国共产党人在领导中国革命的过程中,不仅学习、借鉴马克思主义,而且"把马克思列宁主义的理论应用于中国的具体的环境",使之"在中国具体化"。① 进而发展了马克思主义,发展了马克思主义文艺理论,使我们党能够正确地领导文艺、发展文艺,最后创建了革命文艺。这主要体现在陈独秀、李大钊、瞿秋白等我们党早期领导人、理论家的论述中,而毛泽东则是其集大成者。

陈独秀是"新文化运动的总司令",也是我们党早期的主要领导人。意识到中国革命器物、制度层面的失败皆因缺少思想层面的支撑,他于1915年创办《新青年》,不仅为知识精英讨论启蒙救国思想提供了文化阵地,而且在五四后逐步发展为传播马克思主义的重要平台,为马克思主义文艺理论在现代中国的亮相,做了环境和文化上的铺垫。1917年,他在《新青年》发表《文学革命论》,提出"三大主义"——平易的抒情的国民文学、新鲜的立诚的写实文学、明了的通俗的社会文学——的新文艺主张,矛头直指旧文艺,呼唤新文艺的诞生。②

陈独秀的文艺论述集中在1920年从事政治革命之前,在精神实质上和马克思主义文艺观有诸多契合。首先,他十分注重利用老百姓喜闻乐见的文艺形式。早在办《安徽俗话报》期间,他就意识到了民间通俗文艺在开民智、造新人上的价值。在《论戏曲》中,他一改知识精英对通俗艺术的鄙夷,认为"戏馆子是众人的大学堂,戏子是众人的大教师",由此提出"多多的新排有益风化的戏""可采用西法"等戏曲改良方案。③ 其次,他十分推崇现实主义的文艺方向。在《现代欧洲文艺史谭》中,他以文学进化论为指导,认为"十九世纪之末,科学大兴,宇宙人生之真相,日益暴露,所谓赤裸时代,所谓揭开假面时代……文学艺术,亦顺此潮流,由理想主义,再变而为写实主义(Realism),更进而为自然主义(Naturalism)。"④他赞赏"文章以纪事为重""绘画以写生为

① 毛泽东:《中国共产党在民族战争中的地位》,《毛泽东选集》第二卷,人民出版社1991年版,第534页。
② 陈独秀:《文学革命论》,《陈独秀文集》第一卷,人民出版社2013年版,第202—203页。
③ 陈独秀:《论戏曲》,《陈独秀文集》第一卷,人民出版社2013年版,第67—69页。
④ 陈独秀:《现代欧洲文艺史谭》,《陈独秀文集》第一卷,人民出版社2013年版,第119页。

重"的现实主义方向,并以此为原则,对中西古今文艺展开批评。再次,他注重"实写社会",尤其是对下层社会的"实写"。他直言:"吾辈有口,不必专与上流社会谈话。人类语言,亦非上流社会可以代表。优婉明洁之情智,更非上流社会之专有物。"①他身体力行,翻译雨果的《悲惨世界》,撰写《贫民的哭声》,其新诗中更是洋溢着对劳工阶级的深沉爱意与礼赞。《答半农的〈D—!〉诗》中那"我不会做屋,我的兄弟们造给我住;/我不会缝衣,我的衣是姐妹们做的;/我不会种田,弟兄们做米给我吃……倘若没有他们,我要受何等苦况!"②的诗句,俨然是后来"劳工神圣"的前奏。

需要指出的是,陈独秀的文艺思想存在一定的复杂性,但这种复杂甚至矛盾的状态,一方面反映了新文化运动时期不同思潮并兴的时代特征,另一方面也体现了启蒙文艺自身的内在张力。这一切,都需在革命文艺的发展中得以克服。

李大钊则表现出更高的理论自觉性。作为在中国最早译介、研究、宣传马克思主义的先驱,在文艺方面,李大钊不仅亲自参与到文艺批评实践中,而且对马克思主义文艺理论早期中国化作出了自己的贡献。可以说,他的《我的马克思主义观》开启了马克思主义中国化的进程。在这篇文章中,他明确指出:"我们主张以人道主义改造人类精神,同时以社会主义改造经济组织。不改造经济组织,单求改造人类精神,必致没有效果。不改造人类精神,单等改造经济组织,也怕不能成功。"③可见,李大钊已认识到经济组织和人类精神的关系,认识到精神改造之于中国革命的重要性。不过,这里的马克思主义受到了诸如"博爱"等启蒙思想和诸如"仁爱"等传统伦理价值的影响。这种混合着人道主义的马克思主义也延续到了《什么是新文学》。在这篇开启了马克思主义文论中国化序幕的文章中,李大钊强调"我们所要求的新文学,是为社会写实的文学,不是为个人造名的文学;是以博爱心为基础的文学,不是

① 水如:《陈独秀书信集》,新华出版社 1987 年版,第 88 页。
② 陈独秀:《答半农的〈D—!〉诗》,陈独秀、李大钊、瞿秋白主编《新青年》第七卷(上),中国书店 2011 年版,第 162 页。
③ 李大钊:《我的马克思主义观》,中国李大钊研究会编注《李大钊全集》第三卷,人民出版社 2006 年版,第 35 页。

以好名心为基础的文学;是为文学而创作的文学,不是为文学本身以外的什么东西而创作的文学。"①可以看到,在对"文艺何为""何为文艺"这一对核心问题的回应中,文艺的意识形态功能、写实主义倾向、人道主义精神和文艺本位思想等这些并非完全兼容的元素,在这里是共存的。这是早期思想译介难免出现的现象。需要指出的是,尽管思想中存在人道主义因素,但这并没有影响李大钊明确指出十月革命是"庶民的胜利",而中国的"庶民"则是劳工阶级,是占劳工阶级大多数的农民,他们不解放则中国不解放,因而新文艺的主要服务对象应该是劳工阶级。在《劳动教育问题》中,他明确提出,现代的著作"必需用开[通]俗的文学,使一般苦工社会也可以了解许多的道理"②。在《青年与农村》中,他进一步提出:"要想把现代的新文明,从根底输入到社会里面,非把知识阶级与劳工阶级打成一气不可。"③由是可知,李大钊已认识到,劳工不仅是新文艺服务和描写的对象,更是文艺青年在思想情感上需要认同的对象,我们可以说,正是从这里开始,党的文艺的服务对象已开始指向工农。

如果说在陈独秀、李大钊那里,马克思主义文艺理论尚且处于自发状态,那么到了瞿秋白,中国化的马克思主义文艺理论则已初具雏形。

瞿秋白是五四之后首位系统译介马克思主义文艺理论的理论家,并率先运用马克思主义的立场、观点较为系统地论述革命文艺问题,初步建构了中国化的马克思主义文论体系,为我们党文艺思想的形成提供了必要条件。同时,他还积极从事文艺创作实践,提倡"革命文学",亲自领导"左翼"文化运动,是中国革命文艺事业的重要奠基者。瞿秋白较为成熟的文艺思想主要集中在 20 世纪 30 年代返回文艺园地之后。他的《现实——马克思主义文艺论文集》系统诠释了马克思主义文艺批评体系,被认为是"马克思主义文艺理论在中国第一次得到完整、系统而正确的阐释"④。在《"五四"和新的文化革命》

---

① 李大钊:《什么是新文学》,《李大钊全集》第三卷,人民出版社 2006 年版,第 129 页。

② 李大钊:《劳动教育问题》,《李大钊全集》第二卷,人民出版社 2006 年版,第 292 页。

③ 李大钊:《青年与农村》,《李大钊全集》第二卷,人民出版社 2006 年版,第 304 页。

④ 胡明:《经典的当时与未来——重读瞿秋白马克思主义文艺观的译介和诠释》,《清华大学学报(哲学社会科学版)》2007 年第 5 期。

中,他反思了新文化运动的资产阶级性质,认为它不能完成其所宣称的革命任务,进而提出"新的文化革命已经在无产阶级领导之下发动起来,这是几万万劳动民众自己的文化革命,它的前途是转变到社会主义革命的前途"①。《〈鲁迅杂感选集〉序言》将鲁迅杂文放在中国整体社会背景中加以分析,指出其产生原因、性质、作用等,突出其运动美学特色,高度肯定鲁迅在中国现代文艺史上的地位,这是从马克思主义文艺理论的高度对鲁迅杂文、鲁迅思想作出科学评价的最早文献。

需要特别指出的是,随着马克思主义的译介传播和国际国内革命形势的发展,瞿秋白的文艺思想呈现出更鲜明的立场性、斗争性和实践性。他明确提出了文艺的政治性和阶级性问题。在《文艺的自由与文学家的不自由》中,他直言文学是在经济基础上产生的上层建筑中的一种意识形态,因而文学的性质就是政治性和阶级性。在《普罗大众文艺的现实问题》中,他提出了大众文艺的方向问题,分析了建设无产阶级文艺要解决的现实问题,并给出了相应回答。不难看出,瞿秋白的文艺思想已开始尝试将一种抽象的观念落实为一种具体的实践,并试图以一系列可操作的运动和机制来保障其落实。我们可以感到它与《在延安文艺座谈会上的讲话》在精神气质上的诸多相通之处,呼唤着毛泽东文艺思想这一中国化的马克思主义文艺理论新阶段的到来。

讨论马克思主义文艺理论中国化问题,不能忽视左翼文艺家的贡献,其代表是鲁迅。鲁迅不仅以创作为中国现代文学树立典范,而且在文艺实践中,特别是领导左翼文艺运动的实践中,提出了自己的马克思主义文艺观。在《文学和出汗》中,他以"香汗"和"臭汗"的形象说法,强调了文艺的阶级性。在《"这也是生活"……》中,他以"无穷的远方,无数的人们,都和我有关"②,强调了文艺的人民性。在文艺与政治、文艺与宣传等方面,他也发表了许多精深见解。

马克思主义文艺理论进入中国,逐渐落地生根,一步步走向"中国化",是陈独秀、李大钊、瞿秋白等早期党的领导人和理论家集体探求的结果,也是鲁

① 瞿秋白:《"五四"和新的文化革命》,《瞿秋白文集》文学编第三卷,人民出版社1989年版,第22页。
② 鲁迅:《"这也是生活"……》,《鲁迅全集》第六卷,人民文学出版社2005年版,第624页。

迅等"革命同路人"、左翼文艺家孜孜以求的结果。经过 20 多年的艰难实践,逐步完善成熟,到了 20 世纪 40 年代的延安,到了毛泽东那里,到了《新民主主义论》,到了《在延安文艺座谈会上的讲话》,终于由量变到质变,呈现出"中国化"的科学形态。

作为党的领袖,毛泽东在文艺上投入了巨大精力,在不同年代都有相关论述,其诗词、散文、书法创作,古今作家作品评点更是贯穿生命始终。这样的持久度和涉猎面极为罕见。但和马克思主义经典作家一样,他很少就文艺论文艺,而是将其放到革命事业全局中统筹考虑,因而不同于一般的文艺理论家和具体的文艺工作者,表现出既精深又宏阔的特征。这在《新民主主义论》中体现得十分明显。在这篇马克思主义理论中国化的经典文献中,毛泽东在对国际国内时局和中国革命进程的辩证分析中,对中国革命发展阶段进行了科学定位——新民主主义,进而对其经济、政治和文化特点做了深入剖析,指出新民主主义文化应该是民族的、科学的、大众的。为了给其树立一个可感、可触、可学的典范,毛泽东还将鲁迅称为"文化新军的最伟大和最英勇的旗手",提出"鲁迅的方向,就是中华民族新文化的方向"[1]。

但只是指出方向、树立榜样还远远不够,重要的是如何落实,即中国共产党在领导无产阶级初步掌握政权,有条件推进大规模革命运动的阶段,该如何领导文艺工作,创造出符合时代需要、人民需要的新型文艺?在《在延安文艺座谈会上的讲话》中,毛泽东对这一问题进行了立体式回答,创造了中国化马克思主义文艺理论的完整体系。不同于一般的学究之见,毛泽东抛弃了"何为文艺"之类的抽象定义式讨论,首先将革命文艺定性为中国革命运动的有机力量,即革命文艺是"整个革命机器的一个组成部分","作为团结人民、教育人民、打击敌人、消灭敌人的有力的武器"[2]。这个问题一解决,文艺工作者的立场问题、态度问题、工作对象问题、工作问题、学习问题就迎刃而解。由此出发,毛泽东创造性地回答了"文艺是为什么人的"和"如何为"的问题。

---

[1] 毛泽东:《新民主主义论》,《毛泽东选集》第二卷,人民出版社 1991 年版,第 698 页。
[2] 毛泽东:《在延安文艺座谈会上的讲话》,《毛泽东选集》第三卷,人民出版社 1991 年版,第 848 页。

他明确提出,革命文艺要为以工农兵为主体的人民大众服务。这比笼统的"国民""平民""大众"都更具体可行。关于"如何为",他也没有拘泥于文艺内部来回答,而是要求文艺家转变情感和思想立场,与人民群众相结合。因为,生活是文学艺术取之不尽用之不竭的源泉,如果能与人民群众打成一片,就不仅解决了立场、情感问题,解决了文艺创作的源泉问题,而且也解决了普及与提高的问题。文艺与人民群众相结合,是马克思主义文艺理论的"元命题"。只有到了毛泽东这里,才得到了比较圆满的解决。即这不仅是一种理论要求,更是一种要在革命文艺实践中不断被落实、推进的创造性活动。正是对这个"元命题"的正确回答,使马克思主义文艺理论在中国发展到新阶段,初步完成了"中国化"的任务,指导革命文艺发展壮大。

## 三、中国共产党与革命文艺建制

马克思主义文艺理论中国化的成果不仅体现在理论创建上,更重要的是体现在我们党对革命文艺的创制上,即我们党在领导革命文艺的过程中不仅对文艺创作的主题、题材、语言、风格等进行再造,而且创建了全新的文艺生产机制与文艺美学。最重要的是,我们党创制文艺的核心目的,在于塑造"新人"——培育中华人民共和国的历史主体。从这个意义上看,革命文艺的创制不仅关乎"技",更近乎"道"。不过,千里之行始于足下,这一切首先要从我们党对文艺制度的创建说起。

在早期革命文艺中,文艺社团、报刊就开始发挥积极作用。春雷响,万物生。1924 年成立的春雷社已体现出鲜明的革命倾向。1930 年 3 月,在中国共产党领导下建立了全国性的左翼作家组织——中国左翼作家联盟(以下简称"左联")。"左联"作家在文化战场上纵横搏击,开辟了一批传播革命思想的文艺园地,对 20 世纪 30 年代的文艺发展产生了巨大影响,诚如茅盾所言:"'左联'在我国现代文学史上,有着光荣的地位,它是中国革命文学的先驱者和播种者。"①

---

① 茅盾:《在纪念"左联"成立五十周年大会上的书面发言》,中国社会科学院文学研究所《左联回忆录》编辑组编《左联回忆录》,知识产权出版社 2010 年版,第 1 页。

在帝国主义的催逼下,左翼文艺迅速发展,渐成燎原之势。中国共产党领导下的革命文艺也自觉地朝着高度组织化、纪律化的方向迈进,并致力于服务各阶段的革命任务。

进入全面抗战后,1937 年"陕甘宁边区文化界救亡协会"(以下简称"文协")成立,负责领导和推动边区文化运动。1938 年 4 月,毛泽东、艾思奇和周扬等人发起成立了影响深远的鲁迅艺术学院(以下简称"鲁艺")。"鲁艺"打破了旧有的文学艺术教育模式,创造性地将艺术与革命结合起来,兼顾普及与提高、艺术性与实用性,在文艺教育制度方面开创新局。何其芳认为"鲁艺"及时地培养了创作、理论和组织方面的人才,还强调"无论创作家,理论家,在整个文艺运动当中都应该起一定的组织作用"[①]。这刷新了大众对于文艺功能的理解,也更新了对于文艺创作者身份的认知。

"文协"和"鲁艺"等都体现出"延安的文学机构和文学社团具有高度的政治化、组织化和实践性特点"[②],这也为中华人民共和国社会主义文艺发展奠定了制度上的雏形。1949 年 7 月 2 日至 19 日,第一次中华全国文学艺术工作者代表大会(以下简称"文代会")成功召开,标志着中华人民共和国文艺制度的真正建立。这首先是文艺力量的汇聚重组:"从老解放区来的与从新解放区来的两部分文艺军队的会师,也是新文艺部队的代表与赞成改造的旧文艺的代表的会师,又是在农村中的,在城市中的,在部队中的这三部文艺军队的会师。"[③]在建设中国的赤忱热情中,这场跨时代的伟大集结,将各种文艺流派、力量团结在一起,组织为一体。进而以延安文艺为样板和标杆,在对传统、现代以及苏联文艺等内外经验进行借鉴、改造的基础上,新的文艺制度逐渐建立并完善起来。

在第一次"文代会"上,周扬总结解放区文艺工作经验时指出,需要加强对文艺工作的组织领导。会上成立了中华全国文学艺术界联合会(1953 年第

① 何其芳:《论文学教育》,《何其芳文集》第四卷,人民文学出版社 1983 年版,第 17 页。
② 王本朝:《中国当代文学制度研究》,新星出版社 2007 年版,第 14 页。
③ 周恩来:《在中华全国文学艺术工作者代表大会上的政治报告》,中华全国文学艺术工作者代表大会宣传处编《中华全国文学艺术工作者代表大会纪念文集》,新华书店 1950 年版,第 33 页。

二次"文代会"上更名为"中国文学艺术界联合会"），它是党和国家对作家和艺术家进行领导的机构。全国文学艺术界联合会下属的各协会也相继成立，《文艺报》《人民文学》等对文艺界进行引领的报刊，也在第一次"文代会"后相继创办，成为推行文艺政策、举荐优秀作品的阵地。

更具体地说，如果将文艺视为一项创造性的劳动，那么它的生产、传播、接受与评价，在 1949 年后都建立起了新的规范与管理制度。文艺运动的展开，文艺政策的实施，文艺决议的颁布，乃至作家个人的创作，无不接受党以及文学艺术界联合会、作家协会的领导管理。这就使得文艺可以更好地融入社会主义建设的整体方案中，更具计划性和目的性，而这必将从根本上改变原有的文艺观与创作观。其中，作家的能动性与创作空间，也与制度化的空间构成张力，不断激发出革命文艺应有的活力。

随着新的文艺制度的创建，新的文艺观在形成，新的创作者在出现。"鲁艺"成立不久，毛泽东就到此发表讲话，对"青年艺术工作者"劝诫道："艺术作品要有充实的内容，便要到实际生活中去汲取养料。你们不能终身在这里学习，不久就要奔赴各地，到实际斗争中去。"[1]这番话清晰地点明了革命文艺与生活的关系——中国共产党领导的革命文艺始终是在实践与行动中展开的，文艺不是书斋里向壁虚构的个人创造物，而必须在"实际生活""实际斗争"中汲取养料，获得灵魂。

这一思路贯穿在毛泽东 1942 年的《在延安文艺座谈会上的讲话》（以下简称"《讲话》"）里。这篇被诸多研究者视为中国当代文学起点的经典文献提出了新型文艺观，为"新的文艺大军"指明了方向。为了实现文艺为工农兵服务的目标，就要求知识分子出身的文艺工作者"把自己的思想感情来一个变化，来一番改造"[2]。这一强调直抵根本，意义深远。从近现代中国来看，科举制度的废止使得传统士农工商的社会结构瓦解，而新式教育制度的建立则培养出新式的知识分子，大众传媒与文学机构的出现，令"现代作家"成为新式知

---

[1] 毛泽东：《在鲁迅艺术学院的讲话》，中共中央文献研究室编《毛泽东文艺论集》，中央文献出版社 2002 年版，第 18 页。

[2] 毛泽东：《在延安文艺座谈会上的讲话》，《毛泽东选集》第三卷，第 851 页。

识分子里的一个重要类型,在中国追求现代的过程中扮演了"敢为天下先"的先驱者角色。但现代作家始终面对着"单向启蒙"的困境,亦即少数城市精英知识分子以沿海都市为中心展开的文艺启蒙实践,难以真正改变中国大多数老百姓的观念与意识,进而实现"立人"的目标。《讲话》则解决了这一困境,提出了"双向启蒙"的思路:"一切革命的文学家艺术家只有联系群众,表现群众,把自己当作群众的忠实的代言人,他们的工作才有意义。只有代表群众才能教育群众,只有做群众的学生才能做群众的先生。"①这彻底颠覆了数千年来"精英-大众"的文化等级结构,打破了"作家"相对封闭的身份认知,从而为群众赋予了文化上的能动性与正面价值。文艺启蒙要想成功,文艺创作者就必须先做"群众的学生",熟悉他们的情感状态、生活世界与日常表达,与他们"打成一片"。正是在与广大人民群众互动的过程中,文艺工作者才能安身立命,获得自身的意义。但这绝不意味着贬低文艺创作者的地位,这恰恰是赋予其极高的地位。因为这事关"新人",事关未来。由此也就不难理解,"人类灵魂的工程师""生活的教科书"这些对于作家、作品的描述,为何能够如此深入人心了。

赵树理的作品,被认为是践行了《讲话》精神的榜样,因此被标举为"赵树理方向"。周扬就赞誉赵树理是"一位具有新颖独创的大众风格的人民艺术家"②。赵树理熟悉农民生活状况,了解革命工作实际,且能够运用各种民间艺术形式,写出老百姓喜欢的作品,因而在他笔下我们可以看到鲜活的农民形象,读到一个真正属于群众的世界。如果说赵树理是本土性的创作者,那么柳青则为我们展现了文艺创作者彻底改造自己,投身于群众生活的卓绝努力。1951年5月,柳青毅然离开北京,去往陕西省长安县皇甫村挂职县委副书记,在那里一扎根就是14年之久。路遥曾这样描述他:"没见过柳青的人,都听过传闻说这位作家怎样穿着对襟衣服,头戴瓜皮帽,简直就是一个地道

---

① 毛泽东:《在延安文艺座谈会上的讲话》,《毛泽东选集》第三卷,第864页。
② 周扬:《论赵树理的创作》,黄修己编《赵树理研究资料》,知识产权出版社2010年版,第156页。

的农民,或者像小镇上的一个钟表修理匠。"①正因为全身心投入到合作化运动之中,柳青才能写出《创业史》这样的史诗级小说。他们的实践告诉我们,文学艺术不再是现代知识分工中彼此隔绝的专门化领域,而是认识世界、改造世界的武器,是个人与社会互动的媒介。

除了作家主体的思想改造,中华人民共和国成立后也大力培养了年轻的文艺工作者。以培养工农兵作家、业余作家为目标的群众性写作运动,实际上是要实现群众的文化赋权,使之在政治翻身后实现"文化翻身"。在改天换地的文艺制度与文艺观念下,新的文艺形式势必因时而生。

新文艺形式的涌现,是与具体历史情境分不开的。20 世纪是战争、革命与建设的世纪。追寻与建设中国的过程,也是重新认识与发现中国的过程。两万五千里长征、"农村包围城市"的战略转移与斗争策略,都令广阔的内陆腹地被发掘出来,而宣传动员的需要,使得文艺创作必须采取广大群众相对熟悉、易于接受的形式。在战时极端紧张、物资高度匮乏的情况下,文艺工作者必须根据实际斗争需要,创造性地融合多种形式,比如版画、快板、秧歌剧、活报、通讯等。周扬主持编辑的《中国人民文艺丛书》(1949 年 5 月)编选了解放区文艺作品 200 余篇(部),集中呈现了解放区文艺的经典之作。其中,包括歌剧《白毛女》《兄妹开荒》,小说《李有才板话》《李家庄的变迁》《桑干河上》《暴风骤雨》,诗歌《王贵与李香香》《赶车转》,曲艺《刘巧团圆》,评剧《逼上梁山》《三打祝家庄》,诗选《东方红》等。由此,我们可以直观地感受到解放区文艺形式之丰富与活泼。

所谓"凡一代有一代之文学",革命文艺始终是在马克思主义文艺理论与现实革命任务的交织中,创制最为合适的文艺形式,以便更好地发挥作用。以秧歌戏为例,以往的旧秧歌是充满民间情趣的农民自娱自乐的小歌舞形式,多在春节闹社火时表演,多以男女情爱为主题。在毛泽东"走出小鲁艺,走向大鲁艺"的号召下,"鲁艺"的艺术家们在民间秧歌表演形式中加入话剧与歌剧等要素,将之改变为表现革命教化内容的歌舞短剧。就这样,以秧歌

---

① 路遥:《早晨从中午开始》,北京十月文艺出版社 2013 年版,第 137、138 页。

戏为"容器",以革命为"内容",把旧秧歌改造为群众自我教育的新秧歌。1943年冬,伴随着毛泽东在陕甘宁边区劳动英雄大会上以"组织起来"为主题的讲话,延安兴起了大规模的新秧歌运动,在生产动员与革命宣教中扮演了重要角色,也开启了解放区群众文艺运动的先声。从1943年春节至1944年上半年,一年多的时间就创作并演出了300多个秧歌剧,观众达8万人次。几乎与此同步,延安还掀起了戏曲改造高潮,大型秦腔剧《血泪仇》和新编历史剧《逼上梁山》等获得一致好评。此外,翻身农民也利用民间形式表现自己的生活,部队战士则创作快板诗、枪杆诗等。总之,不仅有文艺工作者为服务民众而进行的形式创制,民众也亲自参与到形式的变革中来,积极寻找表达自己生活的话语方式。

中华人民共和国成立以后,历史情势发生改变,建立宏大历史叙事、展现崭新历史主体的表达需求变得迫切起来。社会主义现实主义成为重要的创作方法。在艾青、丁玲、赵树理、柳青等许多重量级作家那里,这种新型的写作实践"实际上包涵着相当丰富且自觉的形式探索,……恰恰是在文艺的'形式'问题上,创作实践与政治实践展现出更为复杂的内在关联,同时呈现出一种突破'文学/艺术'原有的概念边界与形式规定性的特点"①。社会生活、工作经验等并不能自动进入文艺创作中,这也是"一条从未有人走过的路",必须在艺术创作的过程中逐渐摸索。创作者除了在革命实践与日常生活中汲取典型性的题材与内容,更要考虑如何以艺术形式来呈现现实经验,如何赋予笔下的人物以血肉。作为历经无数艰辛而又富有开创性的新形式实践,革命文艺不断丰富自身的艺术形式,积累下了宝贵的艺术经验。

革命文艺不仅重视内容,而且重视形式,不仅重视社会价值,而且重视美学价值,因而在形式上、美学上也取得了为人瞩目的成就。"茫茫九派流中国,沉沉一线穿南北"(毛泽东《菩萨蛮·黄鹤楼》)。中国革命贯穿大江南北,重组了中国的地理空间。从沿海到内陆、从南方到北方,革命烽火迂回转移,

---

① 路杨:《作为生产的文艺与农民主体的创生——以艾青长诗〈吴满有〉为中心》,《文学评论》2018年第6期。

写就了以弱胜强的人间史诗。这种"革命地理学"也直接影响到文艺创作："'地理'上的这一转移,与文学方向的选择有密切关系。它表现了当代文学观念从比较重视学识、才情、文人传统,到重视政治意识、社会政治生活经验的倾斜,从较多注重市民、知识分子到重视农民生活表现的变化。这提供了关注现代文学中被忽略领域的契机,也有了创造新的审美情调、语言风格的可能性,提供不仅从城市、乡镇,而且从黄河流域的乡村,从农民的生活、心理、欲望来观察中国'现代化'进程中的矛盾的视域。"①

这是对封建中国文艺传统与现代五四传统的双重超越,也是文艺美学上的创新与升华。首先,这是在马克思主义理论中国化的自觉下,以人民政治为前提,涵纳中外传统的现代美学创造。具体来说,这是"为中国老百姓所喜闻乐见的中国作风与中国气派。"②中国作风与中国气派,是指深深扎根于中国现代性脉络中的风格、气质与特征,既具备开放的、世界性的革命视野,同时又扎根于中华民族传统的深处。

其次,创造了整体性的文艺观,尤其是发现和阐明了文艺与政治的辩证关系。在资产阶级文艺观中,美学是与社会生活无关的自律领域。但在我们党创制的文艺观中,美学是重要的革命武器,文化政治、文化领导权是革命展开的重要领域与目标。只有在政治、经济、社会与人互相交织的网络中才能理解文艺的位置和作用。文艺不仅是认识世界的途径,更是人们介入现实、改变现实的入口,具有强烈的行动色彩。

最后,从精神气质上来看,我们党所创制的文艺美学具有强烈的乐观主义情怀。中国革命从自发到自觉、由弱小而强大,历经重重考验,其中不乏生与死、血与火的考验,其艰难险绝,非一般言语所能表达。但现实严峻,理想绽放。革命文艺中始终洋溢着坚韧、乐观的精神。革命文艺为我们塑造了无数"大写的人",为我们高扬起理想的风帆,为我们描摹着未来社会的远景,从而以感性的形式建立起难能可贵的"光明史观"与"希望美学"。正是得益于

① 洪子诚:《中国当代文学史(修订版)》,北京大学出版社 2007 年版,第 29 页。
② 毛泽东:《中国共产党在民族战争中的地位》,《毛泽东选集》第二卷,第 534 页。

这样的史观与美学,今天的读者与观众才依旧能够从中感受到果敢之力与信仰之美。

# 四、革命文艺与人民中国

我们党在领导人民进行革命实践时重新"发明"了文艺,壮大了队伍,更新了组织,升级了内容,拓展了形式,最终创造了独特的文艺美学,使其在革命、建设、改革中,特别是在中国人民上下求索、改变命运,寻找中国道路、创建人民国家的过程中发挥了巨大作用。

其首要功绩,是唤醒中国。自近代以来,欲求中国之新变的先行者,面对的首要问题,就是唤醒中国,就是把中国人民从近代以来的迷茫中唤醒,睁眼看中国,睁眼看世界,看清眼前的现实,思考自己的命运。而文艺就成为这些先行者改造中国的重要依凭。早在 1902 年,梁启超就发出了"欲新一国之民,不可不先新一国之小说"[①]的呼声,倡导"小说界革命"。到新文化运动前后,由于八方求索,四处碰壁,先行者们对中国问题的认识更深刻,对文艺功用的认识也更到位。比如,胡适从进化论的角度入手讨论文学的演进,认为文学因时而变,故"今日之中国,当造今日之文学"[②]。陈独秀则更为激进,认为中国"经三次革命""而黑暗未曾稍减",其主要原因在于"盘踞吾人精神界根深蒂固之伦理道德文学艺术诸端,莫不黑幕层张,垢污深积"[③],因而大声疾呼,力倡"文学革命",并"愿拖四十二生的大炮,为之前驱"[④]! 正是在这些文化主将高倡躬行下,新文化运动取得决定性胜利,不仅以白话取代文言,以人的文学取代吃人的文学,而且使民主、科学思想在中国落地生花,并最终将共产主义引入中国。

"其作始也简,其将毕也必巨"(《庄子·内篇·人间世》)。由于发出了现

① 梁启超:《论小说与群治之关系》,林文光选编《梁启超文选》,四川文艺出版社 2009 年版,第 165 页。
② 胡适:《文学改良刍议》,陈独秀、李大钊、瞿秋白主编《新青年》第二卷,中国书店 2011 年版,第 329、330 页。
③ 陈独秀:《文学革命论》,《陈独秀文集》第一卷,人民出版社 2013 年版,第 202 页。
④ 陈独秀:《文学革命论》,《陈独秀文集》第一卷,人民出版社 2013 年版,第 205 页。

代中国第一声"呐喊",中国由沙聚之邦,转为人国,①从这个层面看,怎么肯定新文化运动的贡献也不为过。但客观地看,新文化运动只是初步完成了唤醒中国的任务。这主要体现在两个方面:一是从社会阶层看,由于偏重书写的文学,其影响主要在知识阶层,至多抵达大城市的市民阶层;二是从地域看,其影响主要在北京、上海等大城市,未能天下流传。当然,也正是从这个层面上看,可以说是中国共产党接过了新文化运动的大纛,并最终完成其伟大的历史使命——唤醒中国! 即中国共产党不仅继承了新文化运动的优秀成果,而且将传统文化、地方形式等纳入其中,进行创造性转化,不仅突破了书写文学的局限,将"文学"升级为"文艺",创造了为中国老百姓所喜闻乐见的"中国形式",而且,将被颠倒的历史重新颠倒过来,使工农兵成为文艺表现和接受的主体。由此,革命文艺突破阶层和地域局限,成为唤醒中国的最佳载体。正因如此,毛泽东才以五四为界,将中国文化分为前后两个阶段,认为五四以后"中国产生了完全崭新的文化生力军",这支"文化新军"在文学艺术方面"都有了极大的发展","锋芒所向,从思想到形式(文字等),无不起了极大的革命。其声势之浩大,威力之猛烈,简直是所向无敌的。其动员之广大,超过中国任何历史时代"②。而没有中国共产党对文艺的重新"发明",这是不可想象的。

在谈到物质与精神在改造世界中所发挥的不同作用时,马克思有个形象的说法:"武器的批判"与"批判的武器"。他认为虽然"批判的武器"不能代替"武器的批判",即物质力量只能用物质力量来摧毁,"但是理论一经掌握群众,也会变成物质力量。理论只要说服人,就能掌握群众;而理论只要彻底,就能说服人"③。从中国革命实践来看,理论要想说服人,除了要"彻底",还要"美丽",即正确的理论还要有完美的形式,只有这样才能说服人,才能改造世界。在中国,革命文艺承担了革命理论的完美形式,使其传遍大江南北、长城

---

① 鲁迅:《文化偏至论》,《鲁迅全集》第一卷,第 57 页。
② 毛泽东:《新民主主义论》,《毛泽东选集》第二卷,第 697、698 页。
③ [德]卡尔·马克思:《〈黑格尔法哲学批判〉导言》,《马克思恩格斯文集》第一卷,人民出版社 2009 年版,第 11 页。

内外,使其传入城市乡村、千门万户,使其深入人心、口耳相传。是文艺使"思想的闪电"击中人民,使其成为解放中国、解放自我的力量。

这样的事例不胜枚举。我们首先想到的是李桦创作于1935年的木刻版画《怒吼吧,中国》。画面上,一位巨人被绳索捆绑在树桩上,疼痛已令他醒来,他要挣脱这绳索。可这绳索捆缚得那么紧,以至于他挣扎得手脚都变形了,变成了虎狼的利爪。他的呐喊是那么猛烈,已经出离了人声,变成了狮虎的怒吼。想象一下这幅作品创作时,正逢华北事变爆发,日本帝国主义疯狂侵略中国,中华民族面临亡国灭种的危机,如此我们就不难理解这幅画的主题。但更重要的是,艺术家以遒劲的线条和完美的形式告诉我们,要战胜日本帝国主义的侵略,必须释放出所有的力量,甚至原始的力量,虎狼的力量,感染力直抵人心。再如歌剧《白毛女》,这部歌剧的主题是"旧社会把人变成鬼,新社会把鬼变成人"。可如果没有"北风吹"的悲凉旋律,没有漫天飞舞的雪花意象,没有那二尺象征幸福的红头绳,没有豆蔻年华的美少女瞬间变为"白毛仙姑",没有终场前那蓬勃升起的红太阳,如果没有这些完美的艺术形式,没有强大的艺术感染力,我们很难想象这个主题能如此深入人心,激发出那么强烈的革命热情。在中国革命文艺史上,歌唱,特别是大合唱,发挥了独一无二的作用,中国革命音乐的经典《黄河大合唱》为中国革命胜利发挥了巨大的作用。即使今天重听,我们依然为其澎湃的力量所打动,感觉其旋律充塞寰宇。——因此,我们也可以说,中华人民共和国是斗争得来的,也是"唱"出来的,"写"出来的。

革命文艺不仅发挥了唤醒中国的作用,而且还发挥了团结中国、组织中国、凝聚中国的作用。

中国现代文学的诞生与改造旧中国、呼唤新社会的革新行动密切相关,因而自其诞生之日起就带有强烈的实践品格,中国现代文学大家所追求的首先也并非"纯文学"的成功,而是文学的行动性,是文学启蒙人心的功能,正如鲁迅所坦言的,他不过是想利用文学的力量"来改良社会"[①],正是这个理想促

---

① 鲁迅:《我怎么做起小说来》,《鲁迅全集》第四卷,第525页。

使他弃医从文,将主要精力投入杂文写作——在他看来,杂文是在"为现在抗争",而"失掉了现在,也就没有了未来"①。

革命文艺进一步发扬光大了现代文学的这种行动精神,一是创造了诸如墙头诗、秧歌剧、木刻等"短平快"的文艺形式,使文艺能够迅速地为人民大众所接受,耳熟能详,迅速地发挥作用,而且还创造了一种独特的文艺美学。日本学者竹内好在研究赵树理的论文中,提出了一个特别有启发的观点,即不同于欧洲现代文学围绕主人公的个性展开戏剧冲突,随着"个性"被完成,小说主人公往往与其所存在的环境脱离开来,甚至对立,成为一个个孤独的"个体",赵树理小说中的主人公自始至终与其所生存的环境融为一体,就像雪花融入水中一样。他认为,正是这一特色,使赵树理文学成为"新颖的文学"②。实际上,不仅赵树理文学是"新颖的文学",许多优秀革命文艺作品中的主人公也往往与其生活环境紧密地结合在一起,因而也都是"新颖的文学"。其实,更具体地说,革命文艺的主人公有时也会从周围的环境中脱颖而出,但他们之所以脱颖而出,并不是为了要独立于周围的世界、人物,而是恰恰相反,要打破使他们与周围的环境、人物隔离开来的障壁,一旦这障壁消失,他们立刻回归环境。

这的确是一种"新颖的文艺",不仅与崇尚个体的欧洲现代文艺截然不同,更是与描写帝王将相、才子佳人的封建文艺判然有别。说得通俗些,革命文艺之所以"新颖",就在于其反对阶级差别,远离个人主义,在于其虽然从"人的文学"出发,却最终抵达了"人民文艺"。正因为如此,这种文学体现了一种"群"的精神,活跃于其中的不再是孤独的现代个体,即现代文学中常见的"零余者",更不是旧文学中作威作福的"老爷"和俯首帖耳的"奴才",而是日趋健朗美丽的人、人民。这种文艺也塑造自己的英雄,但不再是个人主义的英雄,而是人民英雄。

与凝聚中国相关,革命文艺还通过讲述中国共产党领导中国人民进行民

---

① 鲁迅:《且介亭杂文·序言》,《鲁迅全集》第六卷,第3页。
② 参见［日］竹内好:《新颖的赵树理文学》,黄修己编《赵树理研究资料》。

族民主革命的光彩故事,通过塑造朴实无华而又健朗向上的人民形象,通过润物无声的方式传播革命理论,生动地回答了马克思主义为什么行,共产党为什么能,新民主主义、社会主义为什么好的问题,逆转了近代以来的中国叙事,特别是关于中国积贫积弱的低级叙事,重新为中国锻造了筋骨强健的精神脊梁,解决了中国的自信力问题。

中国革命不仅重新发现中国,使广袤的农村浮现在世人面前,而且重新组织中国,打破阶级区隔,建立了最广泛的统一战线,特别是使广大农民浮出历史地表,成为革命主力。革命文艺完美地再现了这一历史进程,为中国塑造了不一样的主体。这在影像艺术方面表现得格外突出,古元的木刻《走向自由》可谓经典。这组作品由 16 幅连环画组成,完整地呈现了中国人民由忍辱求生到奋起反抗,由做奴隶牛马到做自己主人的过程。这组连环画的最后一张题为《自由的曙光闪耀在苦难者的脸上》,画面是一位背枪的战士,从身形上,依稀还看得出苦难的影子,可从那有力的双手、坚毅的眼神,我们更能够看出,他已摆脱苦难,成为自由的捍卫者。令笔者震撼的,还有一幅摄影作品——侯波、徐肖冰拍摄的《为保卫延安、保卫党中央而站在树上的哨兵》。这幅摄影作品画面十分简单,就是一名八路军哨兵站在一棵枝丫四开的大树上。由于拍摄距离比较远,我们甚至看不清这名哨兵的面容,但就是他那笔直的身姿深深地打动了我们。从这身姿,我们感到他好像跟脚下的大树、土地生长在了一起,获得了源源不断的力量,与脚下的树木、土地一起蓬勃生长。

在这样的作品中,我们看到的,一定是一个向上的中国、希望的中国,而不再是一个沉沦的中国、悲泣的中国。随着中国革命胜利,这种光明叙事、希望叙事,在革命文艺、社会主义文艺中得到更加长足的发展,中国精神的火光更加明亮,中国的脊梁也更加坚挺。

最后,值得提醒的是,以往的研究中有一个相对被忽略的视角,那就是由于革命历程艰难曲折,斗争残酷激烈,中国人民付出了极为沉重的代价,因而革命文艺倾尽全力唤醒中国、凝聚中国、强健中国,人民成为其主要表现对象。但即使如此,我们的革命文艺家也没有忘记风景,为我们留下了一些明亮的中国风光,不仅让我们在奋斗的人民中看到了中国的美丽,也让我们在祖国山河中看到了美丽的中国,也就是说,革命文艺在建设美丽中国方面,也做出了不容忽视的努力。提到这个问题,我们一下子就会想到茅盾的《白杨礼赞》,想到孙犁的《荷花淀》系列,想到古元的版画《菜园》《秋收》,想到吴印咸的摄影作品《彩云映延安》《驼铃叮咚》,想到庄言的油画《青涧美丽石窑山村》《陕北好地方》,想到中华人民共和国建立后次第涌现的"新风景",想到开阔昂扬的中国北方,想到那里的黄土、高原、白杨,想到清新秀美的中国南方,想到那里的碧水、青山、月色。一言以蔽之,想到整个中国,想到中国的历史,想到中国的现实,想到中国的未来。从这个意义上看,革命文艺中的风景叙事、美丽中国叙事,既是革命的"乡愁",以大好河山激发人们的爱国热情,从而保家卫国;又是革命的"远景",以祖国风光激发人们的未来想象,催人奋起。我们甚至可以说,这些风景叙事是为未来准备环境,意义不容小觑。

# 结　语

中华人民共和国成立后,以革命文艺为主体,兼收并蓄,大力发展社会主义文艺,为中国建设凝聚精神、提振信心。一是塑造了一批光彩照人的社会主义"新人"——共和国的党员形象,通过他们的劳作、他们的奋斗、他们的言语,鼓舞全国人民"在共和国大厦的""建筑架上""挥汗如雨"①,比如《创业史》《山乡巨变》《三里湾》。二是通过书写革命历史,塑造了大量革命英雄形象,提醒我们不忘来时路,走稳脚下路,比如《红岩》《红日》《红旗谱》。三是瞩目时代,树立中国的"当代英雄"形象,传达中国精神,比如长诗《雷锋之歌》之于"雷锋精神",长篇通讯《县委书记的好榜样》之于"焦裕禄精神",歌曲《我为祖国献石油》之于"铁人精神""大庆精神"。

在社会主义现代化建设的新时期,文艺在凝心聚力,使全体中国人民在围绕经济建设这个中心任务同心同德、奋发图强方面,功不可没。是文艺首先吹响了新时期的"迎春曲",逐渐融化思想坚冰,使人们重新正视现实,思考

---

① 贺敬之:《放声歌唱》,《贺敬之文集一·新诗卷》,作家出版社 2005 年版,第 318 页。

中国的命运,擘画中国的未来;是文艺密切把握时代脉搏,真情礼赞改革,塑造了一批改革"新星",也使作家、艺术家与其他战线上的众多开拓者一起,成为时代先锋。随着改革向纵深发展,我们的文艺家也努力开掘新的表现空间,让我们看到了"希望的田野",听到了"春天的故事";让我们看到了广大劳动者生命不息、奋斗不已的进取精神,看到了他们在奋斗中的收获与喜悦,也看到了他们生活中的艰难与不易,深深地抚慰了一代代普通劳动者的心灵,使他们能够以饱满的热情迎接新的生活、新的挑战,乃至新的挫折。

伟大的实践产生伟大的精神,伟大的精神推动伟大的实践。实现中华民族伟大复兴,是近代以来中国人民最伟大的梦想。今天,我们比历史上任何一个时期都更接近中华民族伟大复兴的目标,比历史上任何时期都更有能力、更有信心实现这个目标。然而,当前国际局势复杂变幻,国内挑战依然很多,实现这一目标需要我们凝聚全部精神,付出极大努力。这尤其需要广大文艺工作者感国运变化,立时代潮头,发时代先声,为亿万人民,为伟大祖国鼓掌欢呼。《在文艺工作座谈会上的讲话》中,习近平总书记号召广大文艺工作者"把创作生产优秀作品作为文艺工作的中心环节,努力创作生产更多传播当代中国价值观念、体现中华文化精神、反映中国人审美追求,思想性、艺术性、观赏性有机统一的优秀作品"[1]。在这方面,革命文艺提供了足够丰富、足够宝贵的经验,值得我们好好继承发扬。

---

[1] 习近平:《在文艺工作座谈会上的讲话》,中共中央宣传部编《习近平总书记在文艺工作座谈会上的重要讲话学习读本》,学习出版社 2015 年版,第 8 页。

# 独行者与个人主体性的发现

## ——评王安忆《一把刀，千个字》①

夏雪飞②

**摘　要**　王安忆的长篇小说新作《一把刀，千个字》，以一个生活在美国法拉盛的淮扬菜大厨陈诚为主人公，展现了孤独的众生相，彰显了王安忆的"孤独"美学。通过对孤独的母亲和庸众的对比，王安忆接续了五四传统中的"个人"和"启蒙"思想，同时，儿子陈诚拒绝意识形态的命名，在厨艺中实现自我的主体性，又可以看作是王安忆对"启蒙"的一种当代思考和改写。陈诚的厨师生涯，自苏北小镇高邮开始。在高邮，陈诚实现了寻找、发现和完善自我的过程。高邮是汪曾祺建构的当代桃花源，王安忆在文本中以诗意的语言复述了汪曾祺的高邮叙事，同时也将自己的苏北书写向前推进了一步，将苏北建构成了一个"期诣空域"，在其中寄予了自己的精神期待。

**关键词**　王安忆　孤独　个人　启蒙　空间认同

①　本文系国家社科基金项目"新时期以来中国文学中的江南书写研究"（21BZW155）阶段性成果。
②　夏雪飞，文学博士，同济大学国际文化交流学院副教授，主要研究领域为当代江南书写、当代江南文化。

王安忆擅长写边缘人,从《长恨歌》中的王琦瑶,《考工记》中的陈书玉,到《匿名》中流落荒野的上海男人,呈现了为历史所遗弃或者主动逃避历史的众生命运,他们的悲欢离合,是小人物的历史,对他们的描写表达了王安忆在政治史之外补足普通人生活史的创作意图。她的长篇小说新作《一把刀,千个字》①延续了她一贯的叙事风格,以细碎的日常生活触摸历史的脉动。但在普通人的生活史之外,王安忆还重述了"个人",揭示了革命浪潮之下,个人如何被戕害,个性如何被剿灭,而退守的个人,又如何以最大的可能保持独立。以淮扬厨子陈诚及其家庭为中心,王安忆描绘了孤独的众生相,写他们在与历史的博弈或者退守中的孤独与挣扎,进而将"孤独"从一种心理状态上升为美学追求和处身的立场。

# 一、孤独的众生相

《一把刀,千个字》,"刀"是扬州的厨师刀,"千个字"源自清代袁枚的对联"月映竹成千个字,霜高梅孕一身花",扬州袁枚的故居"个园"之名就出自这一对联。这是一个关于扬州的故事,故事的开头就在一桌淮扬菜中展开,推杯换盏中,陈诚出场,这桌菜就出自他手,他是淮扬菜名厨莫有财的传人。

酒席上,众人对淮扬菜和中国其他菜系各抒己见,但是,小说却并未延续王安忆在《天香》《考工记》中对文化传承的"大叙事",而是急转直下,写出了一种"匿名"和孤独的状态。酒席中的众人,都没有名字,只是冠以"做东的先生""国内来客""退位二线的某厅局官员""随员一名"。唯一的一个名字属于做这桌淮扬菜的厨子陈诚,然而,"陈诚"这个名字,却也"并非真实姓名","这地方的人,叫什么的都有。诨号,比如阿三阿四;洋名,托尼詹姆斯;或者借用,也不知道何方人氏"。众人散去后,唯余这位孤独的淮扬师傅一人,"沿缅街步行向西而去","他周身发热,方才喝下的酒在起效,还有席上的说话,更

---

① 王安忆:《一把刀,千个字》,人民文学出版社 2021 年版。

主要的,是静夜的独步"。①

孤独又有些神秘的淮扬菜厨子陈诚,踽踽独行于深夜的异国他乡,这是小说的开篇,同时也奠定了整个小说的基调,王安忆以此为着力点,衍生出陈诚以及他周围的一群孤独的众生相。在法拉盛,陈诚是一个接私房菜的大厨,无论是起初的黑身份,还是后来的移民身份,都决定了他是一个边缘者,他无法融入美国社会,同时也与华人圈子保持距离,唯一的消遣是去往大西洋城,输光自己所有的钱,即便在与师师结婚后,他也去大西洋城,在朋友倩西的蜗居,"独自喝一顿,睡一宿"。陈诚的朋友倩西,是个偷渡到美国的越南人,即便思念故土,她也无法再回去看一眼,唯有通过日复一日的工作,来让自己忘却。陈诚的姐姐,似乎是融入了美国社会,成为曼哈顿的一位精算师,也有了一个美国男朋友,但是,她对美国人的看法却是:虽然大街上"连乞讨的都像电影明星",其实,"变态、暴力、性侵"的人,"指不定就在这些人里面"。② 陈诚的父亲,常常参加华人圈子的联谊会,却因为对于历史的看法与旁人不同,变得"处境孤立",最终退出了聚会。师师为了拿到绿卡,和陈诚结婚,但是二人却"互相熟悉,又不熟悉",师师在寂寞中,与一个犹太老男人上床,以弥补内心对温暖的渴望。即便是联谊会的组织者,到法拉盛时间最长的文玩店老板胡老板和胡太太,二人之间也有深深的隔阂,彼此间也有不能揭开的"多少年的秘密"。把陈诚抚养长大的姑妈,曾经是旧上海一个富商家的儿媳,富商一家移居香港,她独自在上海生活,因为孤僻,邻居甚至不愿和她共用厨房,即便收养了陈诚,二人一起出行时,却也是一前一后如同两个陌生人。

而最为孤独的人,当属陈诚的母亲,一位被"匿名"的烈士。母亲出生于一个基督教家庭,从小受到良好的教育,她孩提时代,就跟着一位白俄的女老师学习音乐,并很快能为唱诗班弹钢琴伴奏。读大学时,她是"校花级的人物",无论是学业,还是政治上,幸运的天平似乎总倾向于她,她总能"独领风

---

① 王安忆:《一把刀,千个字》,人民文学出版社 2021 年版,第 6 页。
② 王安忆:《一把刀,千个字》,人民文学出版社 2021 年版,第 48 页。

骚",可是,"表面的辉煌之下,其实是无比寂寞的心"①,同学们对她敬而远之,她没有朋友,就连毕业时去给离校的人送别,也没有人喊她一起去。毕业之后,她因为突出的外语才能,成为了一名翻译,经常出入外交场合,成为了孩子们的偶像,在家庭中有着举足轻重的地位,但是因为工作繁忙,孩子们却很少与她亲昵。"文革"时,她去上海等地串联,回来后随即写了大字报,声明自己的主张,引发各派论争,但最终却将自己推向了刑场,也将丈夫和孩子们卷入了灾难。贴大字报的事情,她甚至未曾与丈夫商量过,她的丈夫也是听到传闻之后,才知道她的事情,去她的宿舍看望她,让她回家,可是那时候,"她已经身不由己,不得离开"。在组织的压力之下,丈夫和她离婚,儿女和她断绝关系,至此,无论是家庭,还是她的某种政治理想——"共产主义,消灭阶级,人类大同",都已经回不去了,世间再无她的侧身之所,留给她的,唯有孤独赴死。王安忆平静地描写了她留给丈夫的最后一眼:"日光从窗外照着她的头发,黑亮亮的,电烫的痕迹在发梢稍有残余,留下一个曲度,从耳后绕到脸颊,衬出白皙的肤色。"②白描的叙事方式、日光中女人的美丽身影与她最终的命运形成了对比,她留给她的家庭和世界的最后一眼,在表面的平静之下,却是如同鲁迅笔下如红彗星一跃而起的"死火",壮烈而又短暂孤寂。

王安忆擅长写被历史遗忘的普通人,写他们与历史进程的格格不入,他们在历史巨轮中的无力感和孤独感。从她历来的作品来看,这种孤独感的呈现,经历了一个过程,从以群像呈现的遗老遗少(《长恨歌》中的王琦瑶、《考工记》中的"西厢四小开"),到《匿名》中带有先锋色彩和寓言意义的流落荒野的上海男人,再到《一把刀,千个字》中孤独的众生相,王安忆显然要将她的"孤独"美学推向极致:没有了《匿名》中的那种极端的巧合,普通生活中的人们,也都孤独无依,形影相吊,无人能成为他人的那片芦苇,或者为自己觅得一片芦苇,众生平等,众生皆苦、皆孤独。

---

① 王安忆:《一把刀,千个字》,人民文学出版社 2021 年版,第 177 页。
② 王安忆:《一把刀,千个字》,人民文学出版社 2021 年版,第 225 页。

## 二、孤独者与"个人"之殇

《一把刀,千个字》中,母亲去上海串联,见证了文斗武斗的革命实践,去天安门见到了疯狂的人群后,她没有直接回哈市,而是转道天津,与以前的大学同学畅谈一晚。这是一个极有意味的转变,在去上海串联之前,母亲是一位革命的高光者,她是一名令孩子们崇拜的外交翻译,她在"左"和"右"的各种论辩中总被幸运眷顾,脱颖而出。然而,"表面的辉煌之下,其实是无比寂寞的心",正是这"无比寂寞的心",让她能够保持个性的独立和个人清醒的思考,因而在亲眼看见了革命实践后,决定振臂一呼或者螳臂当车,以生命捍卫真理的尊严。表面上看,革命虽然"众声喧哗"("文革"中各派的论辩、各种文斗和武斗,都表现出不同或者截然相反的论调),但这"众声喧哗"却并非百家争鸣式的走向真理的论争,而是有着内在的完全一致的逻辑:政治和意识形态至上以及随波逐流、明哲保身的庸众思想。这种思想以放弃了个人的思考、个人的自由为代价,其最终象征仪式,则是去一趟天安门广场,将个人放逐或者消灭到狂欢之中。

在天津与女同学的谈话中,母亲的一席话意味深长:"在上海,我也去了上海……目睹一幕,堪称天下奇观,修理电线的机械车,升降台上……低头谢罪,驶过闹市。沿途街道,还有两边楼房的窗户里,人头攒动,仿佛节日里的花车游行,又仿佛鲁迅先生文章里斩首的场面。"①这段表述,母亲用"鲁迅先生文章里斩首的场面"来比拟看批斗的人群,借此,新文化时期的"庸众"叙事重新发挥了思想的力量。在新文化时期的一些文学作品中,"个人"是与"庸众"相对的存在,鲁迅塑造的种种个人形象为人瞩目,发现"吃人"现实的狂人(《狂人日记》);为民众牺牲,但是自己的血却被做成了人血馒头的革命者夏瑜(《药》);一定要吹灭长明灯的"疯子"(《长明灯》);面对"无物之阵"的战士(《这样的战士》)。对这些代表"个人"的勇士的颂扬,与对"庸众"的批判或者

---

① 王安忆:《一把刀,千个字》,人民文学出版社 2021 年版,第 217 页。

嘲讽,是一体两面的关系。这既是鲁迅批判国民劣根性的叙事方式,同时,"个人"也是表达鲁迅孤独美学的重要意象,痛苦的"个人"是孤独者,但是同时也是先驱者,是打破黑屋子的呼喊者。

"个人"不仅与"庸众"形成对比,自省的"个人"也成为现代知识分子的重要表征。鲁迅弃医从文的初衷,是为了救治国民麻木的灵魂,然而,当启蒙运动收效甚微时,鲁迅认为"中国现在的社会情状,止有实地的革命战争,一首诗吓不走孙传芳,一炮就把孙传芳轰走了。自然也有人以为文学于革命是有伟力的,但我个人总觉得怀疑,文学总是一种余裕的产物,可以表示一民族的文化,倒是真的"①。这一论述是对其早期《摩罗诗力说》中肯定文艺伟力的反省,代表了鲁迅"个人"中的自省和忏悔精神,魏连殳、吕纬甫等形象的塑造,就是这种自省精神的表现,真正的"个人",是在即便堕入庸众之列时,也能掘心自尝,在痛苦和孤独中品味本心,反思自我。从这一角度看,王安忆《一把刀,千个字》中对母亲的刻画,也经历了这样一个自省的过程,她从辉煌走向孤注一掷,其实就是经过自省放大"寂寞的内心",从而实现个人的自由和发现,不随波逐流,保持独立的思考。因此,母亲形象的塑造使得《一把刀,千个字》接续了鲁迅的"个人"传统,其内在的叙事逻辑,是"个人"的发现、"个人"和"庸众"的对立,而这一切,又通过王安忆特有的"孤独"美学展现出来。

王安忆的孤独意识始于她敏感的内心,年幼时即跟随南下的父母来到上海,他们的革命家庭生活方式与弄堂中的老上海市民之间有着隔阂。在逐渐成长的过程中,她又因为个子太高而感到自卑,不能合群。甚至在年少成名之后,她"有时候,在最最热闹的场合我会突然感到孤独起来,觉得周围的人都与我隔阂着。那些高深的谈吐令我感到无聊与烦闷"②。无论是年少的生活经历,还是成名之后,孤独意识一直伴随着王安忆,内化为她的创作心理和经验。《一把刀,千个字》写孤独的母亲,很大程度上是王安忆用"孤独"美学

① 鲁迅:《南腔北调集·我怎么做起小说来》,《鲁迅全集》第 4 卷,人民文学出版社 2005 年版,第 526 页。
② 王安忆:《我的同学董小平》,见王安忆著《成长初始革命年》,译林出版社 2019 年版,第 88 页。

完成的一次审美想象,而将母亲更为立体化和现实化的思想资源,则源于现代文学中的"个人"话语。

## 三、孤独者与另一种"启蒙"

在张光芒教授和张宝明教授就新文化运动是"文艺复兴"还是"启蒙运动"的一次对谈中,关于"启蒙理性是让启蒙者和被启蒙者更好地生活还是凭借自己被唤起的勇气在生存与行动中扮演一种不易为环境所接受的角色"这一问题,张光芒教授认为"关键在于一个人是否有一种追求自由、反抗'此在'的勇气,而这一勇气又必然根源于理性的成熟"。张宝明教授则引用杜威的话来表达自己的看法,即"哲学教人生存的智慧,生存的智慧就是适应或说应付环境的能力",张宝明教授还进一步提出,"启蒙哲学还应有一个基本思路,那就是认识'人性'并'谋划'、设计'法治'"[①]。从这一角度看,《一把刀,千个字》中,母亲螳臂当车的行为,无疑带着着先知者和启蒙者的意味,属于张光芒教授所说的反抗"此在"和对"不易为环境所接受的角色"的扮演,是启蒙思想的一种表现。

发端于17、18世纪的欧洲启蒙运动,以其对封建教会的反抗以及对于理性的推崇而成为一场重要的思想解放运动,它是新文化运动的重要思想资源,"启蒙"二字,既指启蒙者,同时也指向被启蒙者,前者表现为"个人",后者则表现为"庸众",而个人对庸众的启蒙,又常常会出现夏瑜式的牺牲。鲁迅在《娜拉走后怎样》中,曾经如此谈论过牺牲:"我们无权去劝诱人做牺牲,也无权去阻止人做牺牲……群众,——尤其是中国的,——永远是戏剧的看客。"[②]启蒙者的牺牲和被启蒙者"永远"的"看客"身份,使得启蒙必然走向失败。从这一角度看,《一把刀,千个字》中母亲的牺牲,暗含着启蒙失败的逻辑,从上海等地串联回来的母亲,独自写了大字报并去张贴,不明真相的人群

---

① 张光芒、张宝明:《百年"五四":是"文艺复兴"还是"启蒙运动"?——关于五四新文化运动性质的对话》,《社会科学论坛》2003年11期。
② 鲁迅:《娜拉走后怎样》,《鲁迅全集》第1卷,人民文学出版社2005年版,第63页。

跟随、议论、帮助她张贴,甚至怀疑这是否代表了一种新的最高指示。但是,随着母亲的被捕,她贴的大字报马上就被撕掉,甚至连浆糊的痕迹,也被用水仔细洗掉。大字报的张贴是一次启蒙的行为,它的很快销声匿迹,象征了在庸众和意识形态的双重夹击下,理性的被驱逐和启蒙的失败。

然而,对于"启蒙"一词,王安忆有着特殊的理解,她的《启蒙时代》中"启蒙时代"的时间段,指的是红卫兵运动和上山下乡中间的一年,在与高旭东谈论《启蒙时代》时,她回应了很多人对"启蒙"二字的质疑:"因为人们公认这段时间是最苍白的,最混乱的,根本不可能给人启蒙的,"但是,"这的确是一个奇异的时代,世界大战期间都没有这样,学校全面停止教育。这对教条主义意识形态来说,说不定是福音呢,给一个机会和时间去自己感受生活。我写这些孩子——主要是写南昌,我就是让他自己的感性和这个世界接触"①。新文化运动时期的启蒙,有着双重意义,一是对个人的发现,还有一重是开启民智,某种程度上,前者是"小我",后者是"大我",唯有首先在理性的背景下发现个人,继而才能实现大我,实现对被启蒙者的启蒙。从这一角度看,王安忆的"启蒙",让"自己的感性和这个世界接触",其实也就是个人从"教条主义意识形态"剥离,并逐渐发现主体性的过程。

王安忆是一个有历史责任感和悲悯情怀的作家,刻画世俗人生,寻求世俗人生的诗意化,是她自觉与意识形态保持距离,并发现个人的书写策略。一直以来,启蒙话语似乎与宏大的历史叙事紧密勾连,但是,从王安忆对"启蒙"的重新定义和发现来看,对世俗人生的描写虽然是对宏大历史叙事的主动剥离,但却未远离启蒙,王安忆的"启蒙",是五四以来启蒙意义的部分销蚀,她所谓的启蒙放弃了开启民智的精英思想,她的日常叙事,是基于写实主义的基础,是对日常生活的合理性和诗性的确认。从以往她的书写来看,这是她的主要审美倾向和追求,王安忆所书写的世俗生活,并非是一地鸡毛的"新写实主义",在王爱松对"新现实主义"的批评中,他认为,"新现实主义""建立起了一种有明显缺失的'元日常生活'观念的霸权,仿佛日常生活只能

---

① 张旭东、王安忆:《对话启蒙时代》,三联书店 2008 年版,第 17 页。

是当下生活的这一模式,而不存在其他任何的合理性,不存在日常生活的美、崇高和戏剧性,只有苍白的、灰色的、无望的日常生活才是日常生活"①。"新写实主义"的一个主要缺陷,是没有超越日常生活并从中发现理性的色彩,因此,它也必将仅仅成为某一段时间的写作潮流而很快销声匿迹。然而,与"新写实主义"不同,王安忆对世俗生活的书写,是对日常生活的崇高性和理性的发掘。王安忆所要建立的,是日常生活史,但是这个普通人的生活史,却并未脱离历史叙事的逻辑,而是与历史、意识形态既即且离,形成一种叙事的张力以及独特的日常美学。《长恨歌》中,王琦瑶以及她周围的一群遗老遗少们,虽然在自家的院子怀念着旧时的生活方式,但是门外却有历史的车轮滚滚而过;上海弄堂中的柴米油盐、家长里短、一餐饭上的菜色、婚房中的布置,折射的是"社会的微粒"(王安忆语)在社会历史的变迁中的坚韧和从容,包含了王安忆独特的人文关怀和细腻朴素的人生哲理,因此也呈现出了独特的审美韵味。

从王安忆的"启蒙"思想看,这些世俗人生的书写很大程度上也就是"感性和这个世界接触"的过程,如果说王安忆以往写作中的市井小民甘于沉没于日常生活,某种程度上源自身不由己,人微言轻的被动地位,那么,在《一把刀,千个字》中,陈诚从"烈士的儿子"这一身份中剥离并走向孤独,则是源自内心发现之后的主动选择。"文革"之后,母亲被追认为烈士,"就在一夜之间,母亲的形象忽然变得清晰。在报纸头版、宣传栏橱窗、杂志封面,俯瞰着簇拥的人群,好像是全国人民的母亲,独独和他没关系。"曾经和他们划清关系的人也锦上添花地蜂拥而至,登门拜访试图重修旧好,姐姐被保送上了母亲曾经的母校上大学,陈诚被点名参加了全国的夏令营活动去往北戴河,记者们闻声而至,想要从他口中听到一些关于母亲的事迹。然而,他却仍然是沉默甚至乖戾的,他拒绝回答记者的问题,也拒绝夏令营中人们对他的关心,他还"常常忽略集结号,错过出发的时间。一整幢楼里只有他,院子里也只有他"。母亲的照片被登上头版、姐姐破格进入大学、陈诚参加夏令营,这些其

---

① 　王爱松:《当代文学的叙事立场与叙事艺术》,南京大学出版社 2004 年版,第 36 页。

实都是意识形态对自身纠错能力的展示,本质上,仍然属于意识形态的范畴。而拒绝烈士的儿子这一身份,甚至选择去食堂当一名普通厨师(按照烈士的儿子这一身份,陈诚可以得到任何他想要的工作),其实是陈诚拒绝被意识形态命名,坚持个人自主性的表征。个人自主性的表层显现,在陈诚这里,就是做饭,做饭使陈诚获得了巨大的自我满足感,"他加倍殷勤地烹煮,除了这些,还能做什么? 也不完全为平息事态,也为自己,厨事给了他安宁,更有满足感","人们都以为他过得闷,既不读书也不工作,没有同学和朋友。其实他有他的乐趣,那就是做饭"。姐姐对陈诚的举动很不满,她总是批评他"不像母亲的孩子",然而,在王安忆的书写中,陈诚"一整幢楼只有他,院子里也只有他"的孤独身影,与母亲坐在窗边的孤独身影成了最好的呼应,恰好是陈诚得其母亲的真传,保持独立思考的重要标志,只不过,母亲得新文化运动启蒙的嫡传,既发现个人,也启蒙庸众,而陈诚则是前者,是王安忆启蒙哲学的真实再现。

在评价王安忆的新作时,王鸿生教授说:"王安忆的写作历程已足够漫长,她与时代的纠缠已足够艰辛,但一次次能量再生,一次次化无形为有形。"[1]王安忆是一个不停思考的作家,"能量再生"是对她写作的最准确的注解,从对世俗人生的叙事来看,世俗人生仅仅是王安忆思考社会和历史的方式,她要做的,是要穿透世俗的表象发现其中的超越性和理性。在《一把刀,千个字》中,她的"能量再生"是对陈诚的描写,王安忆没有囿于对淮扬菜的民族文化传承书写的窠臼中,而是以其为基础,让它成为孤独者陈诚的表达方式,陈诚对厨艺的沉迷是他与烈士母亲隔着时空彼此呼应,坚持自我的表征,因此,王安忆的世俗书写也不同于以往的市井小民叙事,而是经由世俗书写弥合了历史的裂隙,同时也呼应了五四传统,并对启蒙哲学提出了自己的当代理解。

---

① 金涛:《一把刀,千个字,无非人间烟火》,《中国艺术报》2021 年 5 月 26 日。

## 四、孤独者的空间认同：苏北

作为一个成长于上海的女作家，王安忆的文学创作实践，始终是以上海市井作为描写对象，王德威教授在《落地的麦子不死——张爱玲的文学影响力与"张派"作家的超越之路》中，认为从体现上海的都市文化的角度来看，王安忆当属正宗的"张派"传人。① 陈思和教授认为王安忆和张爱玲的共同之处，在于写出了上海的城市精神，而上海的城市精神，是从民间生活的细节展现出来的，但是在审美和精神上，王安忆实现了对张派叙事的突破。② 汪政、晓华用"城市生态学"来定义王安忆的上海书写者身份。③ 王晓明的《从"淮海路"到"梅家桥"——从王安忆近来的小说谈起》，则从空间上揭示了王安忆的叙事转向。④ 显然，王安忆因为其独特的上海书写，对上海精神的审美表达而成为当代上海作家的代表。但是，对于上海的精神，王安忆的态度更多的是客观地展现，她既欣赏市井人生的坚韧，却同时也揭示了其封闭的一面，"在这繁华摩登的街市后面，却有着如此陈腐的风气。其实一点也不奇怪，这里的生活并不是完全开放，在某一面上，甚至是相当封闭。这也是使它们保持稳定和凝聚的因素"，"在经过了许多变故以后，淮海路上的生活还能相对地保持原貌，就和这封闭有关"⑤。在《一把刀，千个字》中，王安忆也说，"人们都说'大上海''大上海'，其实上海的眼界最窄了，逼仄的曲巷，头上只有一线天，日头和月亮都是挂在楼角上的"。从这个角度看，王安忆虽然是一个上海叙事者，但是她却并未将上海作为一个"期诣空域"⑥，并未将上海看作是一种超越了政治、道德以及经济等现实因素的精神期待。

---

① 王德威：《落地的麦子不死——张爱玲的文学影响力与"张派"作家的超越之路》，《张爱玲评说六十年》，中国华侨出版社 2001 年版，第 373 页。

② 陈思和：《中国现当代名篇十五讲》，北京大学出版社 2003 年版，第 397—398 页。

③ 汪政、晓华：《论王安忆》，《钟山》2000 年第 4 期。

④ 王晓明：《从"淮海路"到"梅家桥"——从王安忆小说创作的转变谈起》，《文学评论》2002 年第 3 期。

⑤ 王安忆：《妹头》，北京联合出版公司 2014 年版，第 149 页。

⑥ 朱寿桐：《江南作为期诣空域的意义销蚀》，《探索与争鸣》2019 年第 2 期。

然而，与上海相比，王安忆虽然对苏北着墨不多，但是苏北却在一定程度上被她塑造成了一个"期诣空域"。在《一把刀，千个字》之前，《富萍》和《民工刘建华》两篇小说最为典型。《富萍》中的奶奶和富萍都来自扬州，奶奶在上海帮佣了一辈子，其口音和生活方式已经俨然与扬州不同，富萍是奶奶的准孙媳妇，来上海玩的她决定留在上海，于是取消了和未婚夫的婚约，并最终嫁给了梅家桥的一个外来户，得以在上海生根。表面上说，奶奶不再带有扬州口音，富萍因为喜欢上海而留在上海，这些都似乎是上海的强势文化对外来文化的改造和消灭，但是，奶奶和富萍却又与本地上海市民完全不同，奶奶既仗义又精明，她为自己在上海争取到了一块养老之地，虽然生富萍的气，但是她却也原谅富萍的毁约；富萍嫁给梅家桥的那个跛脚男孩，并通过销售男孩做的手工艺品而撑起家庭的经济，这些都标志着一种务实、粗糙但是又有活力和韧性的外乡异质文化正在融入上海的城市文化中，充实着上海文化的开放性和多样性。王安忆准确地捕捉到了上海文化的原始内涵，上海是一座移民城市，这些外来人口带来的，正是对封闭的市井的冲击，异质文化为上海的都市文化提供了新鲜血液，维系了上海文化的活力。在《民工刘建华》中，刘建华是一个来自苏北的装修工，从当代现实主义作家对这类题材的处理来看，民工常常与"底层书写"相关，接受来自精英的同情、歌颂或者是批判，并成为揭示社会阴暗面、反抗意识形态的重要叙事策略之一。然而，与以往的底层书写不同，王安忆以平视的眼光描写刘建华，他手工艺的精湛、他坚决不用另一个师傅老黄买来的材料、他对城市人"我"不卑不亢的态度、他一边做工一边听歌的悠闲和从容，这些都是对民工或者底层的重新发现，是王安忆民间立场的展现。而展现其民间立场的苏北，就在某种程度上带上了一些乌托邦的意味，这种意味到了《一把刀，千个字》中，则显得尤为突出，得到了更为诗意的表达。

书名《一把刀，千个字》中，"一把刀"是扬州三把刀之一——厨师刀，另外两把分别为修脚刀和剃头刀，"千个字"来自袁枚的"个园"，前者是底层，后者是传统知识分子，二者在文本中不分伯仲，被不落痕迹地缝合，其中的缝合剂，是一个"个"字，这个来自扬州"个园"的"个"字，是陈诚的"个人"之始，同时也暗含了王安忆对苏北的地域认同。纵观整部小说,无论是在上海、哈市、还是法拉盛,陈诚都是以孤独者的身份出现的。唯有在他父亲的故乡高邮(无论是从历史地理的角度,还是从如今的行政区域划分来看,高邮都是扬州的属地),他才有一个形影不离的朋友——黑皮。高邮是陈诚父亲的故乡,陈诚从上海去高邮看望爷爷奶奶,王安忆用诗意的语言描写了陈诚第一眼看到的高邮:"堤岸上的大柳树,大柳树后面的河水,一泓金汤,光打着旋,水鸟飞进去,就不见了。那里有另一个天地。石板路面的画由墨线交织而成,小脚板底下噼里啪啦向后退,向后退;包子铺的蒸汽里,伙计拍着面团,梆梆响;黑洞洞的茶馆深处,评书先生说着'皮五辣子'的逸闻,扇骨子击在案子上,的笃的笃;女人们的叫骂,凶悍的音腔,句尾飞扬上去,却原来是调情!画面配上了词牌子,一曲套一曲。"①作为苏北的一座小镇,高邮因汪曾祺而得以进入当代文学史,王安忆对汪曾祺推崇备至,称他是"洞察秋毫便装了糊涂,风云激荡过后回复了平静,他已是世故到了天真的地步"②。高邮因为汪曾祺而成为了一种审美期待和精神寄托,芦苇荡中宁静的生活和生命力的飞扬,使得高邮成为了当代文学史上的一个"桃花源"。王安忆的《一把刀,千个字》中,陈诚回到爷爷奶奶家,在那里遇到黑皮,并从那里开启了厨师生涯,这其实就是陈诚精神还乡的过程,回到父亲的故乡高邮,完成了一次对父亲和自我的寻找。在高邮时,陈诚和小伙伴黑皮分吃一个咸鸭蛋,一起玩,一起端盆子倒洗脚水,黑皮的存在,某种程度上可以看作是陈诚长久以来被压抑的真实自我,他和黑皮的相处过程,也就是这一自我逐渐显现并形成个人主体性的过程,陈诚和小伙伴黑皮一起逛瘦西湖,在瘦西湖边的个园中,踩竹叶在地上"个"的影子,这一场景点明了《一把刀,千个字》的题旨所在。接着陈诚就开始跟着舅公学习厨艺,将做饭作为自己的精神寄托,并最终成为了法拉盛一个孤独又神秘的淮扬菜大厨。在文本中,做饭的细节虽然随处可见,但是其意却不在弘扬淮扬菜文化,而是通向个人,对厨艺的沉迷使得陈诚"不像母亲的儿

① 王安忆:《一把刀,千个字》,人民文学出版社 2021 年版,第 53 页。
② 王安忆:《汪老讲故事》,《扬州文学》2006 年第 10 期。

子",并彻底拒绝了意识形态的命名,母亲被追认为烈士之后,他拒绝了唾手可得的工作却甘于当一个食堂师傅,去参加夏令营时拒绝别人的帮助,拒绝记者的采访,最终远走异乡,其内在的精神力量,来自高邮,来自那一次返乡的寻找和发现。因此,这个苏北小城,先辈汪曾祺建构的当代桃花源,在这里被王安忆借用和复述,推进了她的苏北书写,并成为她孤独美学的最佳注脚。

# 作为文学形象的"世纪交替"

## ——或周嘉宁、路内新作的意义

黄德海①

**摘 要** 很多小说里的时代认知，并非写作者自己的独特发现，所谓的人物也不过是证明过程中的他者赋予，并非真的生成，因而也就没有真正的痛痒相关感。正是在与此相反的方向上，周嘉宁的近作《基本美》《浪的景观》与路内的长篇小说《雾行者》一起，用因为不熟悉所以乍看有点怪异的笔墨，在理想、记忆和现实中雕镂出了人们独特的行迹，并以此勾勒出一个或许只能出现在小说里的世纪交替中的文学形象。把这个形象置放到一个更大的写作群体之中，我们或许可以推测，一个不同于此前的、由世纪交替标志出的时代，已经悄然在小说中出现。

**关键词** 世纪交替 文学形象 周嘉宁 《雾行者》

一

20 世纪末的最后四年，我在海边的一个小城读大学。学校靠海，周围已经建起很多整齐而堂皇的高楼，却不知为什么还是一派集市的感觉。每到傍晚，街道两边就挤满了各种摊贩，卖服装的、卖水果的、卖旧书的、卖馒头的、卖肉夹馍的、卖驴肉火烧的、卖鸡脖子的、卖盗版软件的，各式各样，价钱也便

---

① 黄德海，《思南文学选刊》副主编，中国现代文学馆特聘研究员；著有《世间文章》《诗经消息》《书到今生读已迟》等。

宜得恰到好处,正好跟我们瘪瘪的钱包相配。还有临时搭起的仅堪避雨的棚子,里面卖简单的凉拌小菜,偶尔坐的时间久了,店主也下厨做个干煸头菜,转过来一起喝两杯。不止摊贩,即便是租下的店面,里面也一派乱哄哄的气息,仿佛店主们早就知道,这里不过是一个特殊时期的过渡站。我就曾经在一个规模颇大的书店里,在女老板说不清是轻蔑还是迷离的眼神下,从一堆法制故事的杂志缝隙里,抽出过《致命的自负》。

因为在海边,不时有人拿各种品相不佳的海鲜来售卖,据说是从返航的船上包下的残次品,虽不好看,却实在新鲜。有一种专卖海虹的,底下放一个蜂窝煤炉子,上面架一个脸盆样的器皿,里面盛满煮熟的海虹。望过去,在青黑色贝壳的映衬下,是开口处露出的淡黄色肉,加上不断冒出的袅袅热气,颇能引动食欲。可海虹并不好吃,不但什么味道都进不去,嚼在嘴里还像咬着棉絮,不过对准备喝点儿扎啤的我们,却是再合适也没有的选择——好歹是口肉,还每斤只要一块钱,差不多是理想的情形了吧?找个卖扎啤的摊子坐下,或者去临时搭起的棚子里找相熟的老板,点一碟花生米,拍一盘黄瓜,每人就着三斤海虹灌下十大杯扎啤,把肚子塞得满满当当,才恋恋不舍地回去宿舍。

不只是校外,校内也有很多小店,尤以各种卖吃食的为主。从教室或图书馆回宿舍的路上,买俩包子带回去,就是简单的一顿饭了。有一年暑假,我在学校假模假样地学习,包子铺老板不知什么原因也没走,每天只做几屉,维持个日常开销。有时候我中午下去买包子,还跟他在露天的乒乓球台上打几局,很快就熟得跟自家兄弟一样。有一天中午,我买了包子回去,吃完后忽然肚痛如绞,随之上吐下泻。不知道是什么原因,只好赶紧躺下,等着不舒服自己过去。感觉好一点了,就起来喝点热水,没想到紧接着就是又一轮上吐下泻。这过程一直持续到当天深夜,我被折腾得筋疲力尽,在床上奄奄一息地睡去。第二天能动了,跟包子铺老板说起来,他啊呀叫了一声,说昨天的包子是芸豆馅的,可能没有熟透,我对这个敏感,应该食物中毒了。接着他跟我说,食物中毒很危险,弄不好会引起脱水和休克,不该这么大意。我第一次听人说起食物中毒这回事,结果还这么严重,想想自己都后怕了很久,但我当时丝毫没动过向那老板问责的念头,只觉得自己倒霉,不巧碰上了这么一件事。

这种零零碎碎的事,我原先并没有觉得有任何需要注意的地方,并不经意地认为,每个人的青年时期都是如此吧,总是一边潦倒一边开心,既生机勃勃又混沌嘈杂。因为年龄和经历的关系,我们天然地在一段时间内享受着这种气氛,世界理所当然就是这个样子,没什么好奇怪的。如今时过境迁,偶一回首才发现,并不是每个人都恰好能碰到一个一两百年来的特殊阶段,尤其还是在年轻的时候。或者也可以说,我们幸运地在年轻时置身于一个特殊的时段之中,而这时段恰好是世纪之交,社会正艰难地转身,一大段时间累积起来的能量喷发,到处都是飞扬的可能,与此同时,来自不同方向的寻求整饬的力量,也慢慢逼近过来,只是因为我们没心没肺,才没有充分意识到。

拉拉杂杂写了这么多,其实我要说的差不多只是,当对这一时期的感受慢慢被写进文学——不是物理时间的世纪交替,也不是平常所谓的如实记录,而是作为理想,作为记忆,作为现实,自此成为可供反思和比照的文学形象——我们或许才察觉到,这样的情形并非(现代以来的)每一代人都必然经历的,而是一个长期的、逐步累积的结果,一不小心,这几乎就要成为一个文学上称谓的时代。如果不知道珍惜,不把这一切郑重地记录下来,这样既亢奋又松弛的状态,说不定就会在现实、记忆和文字中大面积消失。

## 二

周嘉宁的《基本美》和《浪的景观》,像是从记忆里打捞出来的一段经历,有不太显著却能明确感受到的怀念之感。不过,这怀念之感并非小说的指向,更像是在诉说一段记忆时偶尔流露出的情绪。或者更准确地说,因为准确的叙述让人看到了存在于世纪之交(严格说来,这两个小说故事发生的时间主要在 2000 年到 2008 年间,但起点都在 20 世纪末,差不多开始于 1997 年香港回归之时,处理的主题也属于此文称谓的"世纪交替"范围),却在后来一个时期逐渐失落的某些东西,因而难免会在阅读中生起对诸多即将成为历史的情境的怀念。

周嘉宁的小说差不多始终保持着某种诚挚,这个特质让她的小说有一种天然的澄清气象,即便是痛苦和悲伤,也因为根柢里的诚挚,很少显现为怨愤和夸张,而有着思无邪的干净率真。这大概跟她专注内心的状态有关,也跟她一直追求准确的努力有关,无论是人物的心理状态还是对外在的描述,作品大部分时候都铢两悉称,能把两方面都清晰地勾画出来。在以往的小说中,这一特质较多地表现为向内的一面,她似乎从一开始就能站在人物内心深处,人物和周围的环境都从属于内心的感觉,因而作品保持着稳定的基调。这种写作方式,虽然让小说显出某种可贵的矫然不群,却也可能在转而大量书写外在事物时,变得进退失据甚至支离破碎。幸运的是,在几乎可以称为转型的两个中篇《基本美》和《浪的景观》里,那向外的大面积伸展不但没有导致此前准确的崩溃,反而因为外在事物的明显增多而有了更为准确的感觉——内外间的关系达至新的平衡,人物居留的空间也随之扩大。

不妨先从《基本美》谈起,因为在这个小说里,前面说到的对内心的关注还大面积保留着,类似独白的文字在作品里大量存在——"他被全新的东西震动。意识到这是自己第一次在酒吧喝酒,也意识到这里有一种他不曾拥有的天真。""不是虚构,他们成为了确确实实的朋友。即便他清楚地知道这份友谊存在着明确的边界和他不愿再去探讨的地带。"[①]与此前作品有所区别的是,这些内心感受不再只是产生于自我或亲密关系者的小范围,而是牵连着更开阔的地带,"他们一起坐火车,住卫生情况糟糕的连锁旅馆,却都怀有磨砺自我的决意和快乐……起初是听他们交谈,之后他也参与进去。他不得不承认自己从交谈中获得了快乐,并且感觉自己在认真地活着,思考,创造"。也就是说,在以往诚挚的人物内心基础上,这篇小说的周围环境与人物产生了更为复杂的互动关系,"不排他,不污浊,不愤怒,不傲慢,有着青年身上少见的对外界的参与感,以及置身其中的热烈的同情心"。

或许是因为人物内心的诚挚,或许其实就是小说本身的准确,我们在阅读时相信,在此基础上展开的对世界的观察值得信赖。跟每个处于迷茫期的

---

① 周嘉宁:《基本美》,广西师范大学出版社 2018 年版。本节凡引此篇者,均出于此,不另注。

年轻人一样,这些人"不清楚自己要做什么,或者成为什么,又似乎相当清楚,在每天重复到被质疑和瞧不起的生活中搭建着什么坚固的东西"。可是,他们也并不就此放弃,而是觉得,"这个世界再污糟也没有讨厌,相反觉得四处都是有趣的地方,甚至觉得为了维护这个世界的可爱之处,无论如何都要努力才行"。相应地,尽管有时候会觉得一切都"崭新到离奇,像一个建立在虚构上的平行世界",却也并不亢奋,对很多看起来不可思议的经历,他们"既不傲慢,也不拘谨,把各种事情都当成平凡的烦恼与快乐"。这些感受,或者小说中的人物经受的一切,看起来并非庞大生活中最重要的部分,甚至是爱好提炼典型的作品恰好忽略的那些,不过是"平凡的烦恼与快乐",却居于末位而没被淘汰,深深牵连着他们身经的那个世纪交替中的世界。

这个世界什么样子呢?"恰逢时代的洪流冲击旧的体系,允许热切盲目的年轻人在短暂的松动中创造一些无意义的空间","北京的风干燥凉爽,携带着灰尘的气味,令人想象在遥远的某处,有人正在空旷的野地里焚烧整个夏天落下的枯叶和荒草。而这里的风来自四面八方的大海,无序,陌生,带着大自然的决意",因而是一番"杂乱和生机勃勃的劲头,规则没有闭合,各种形态的年轻人都能找到停留的缝隙"。在这样的情形下,人才有可能在高考之前还去参加庆典排练,才可能允许一个人东奔西走而不用考虑前途,也才有可能让一个女孩在屋顶上搭蒙古包——"蒙古包是从呼和浩特联系了厂家运过来的,真的草原蒙古包,不是钢筋铁皮搭起来的冒牌货。里面用木架做成网状支撑,围毛毡,再覆盖结实保暖的外皮。顶上有个天窗。门往东南方向开,既是避寒,又是吉利……照理里面可以放火炉,小马放了取暖器,设置了无线网络。即便是暴风雪的天气也能安然度过。"是的,这就是当时的情境"带来的微小的轻松",杂乱无序中有着可供停留的缝隙。有这样的缝隙存在,人的天性就有可能较为肆意地伸展,然后一个牵连着另一个,人心可以在其中找到略作停靠的空间——"一个自己存在、选择、决定的最后小小空间,不侵犯别人,亦不被别人侵犯"[1],同时准备好承受维护住这空间的一切后果。

---

[1] 唐诺:《重读:在咖啡馆遇见14个作家》,广西师范大学出版社2015年版,第405页。

　　如果说《基本美》在某种意义上呈现了世纪之交的内景,或者说是由外景折射而成的内景,那么《浪的景观》则可以看成这一时期的外景。这样比较,并不意味着作品从内在关注转向了外在描写,而是说,在这篇小说里,周嘉宁放弃了她最惯常处理的富有艺术气息的青年,转而写两个倒腾衣服的小贩。小说并没有因为离开舒适的区域而丢失一贯的准确,我甚至猜测,为了让不熟悉转为准确,周嘉宁对人物内心的揣摩和对外界事物的验证更加苛刻,因此,我们又一次触摸到了世纪交替时一些熟悉的情景,荒芜,野性,带着显而易见的开辟气息——"地下城是九十年代中期建造的新型防空洞,面积等同于半个人民广场,分区域招商,缓慢拓展。一半已成规模,另外一半还无人管理。""我们从浦东江边的仓库出来,珍惜春天仅剩的几个夜晚,没有着急回家,反而往纵深处越走越远。周围的一切都是新的,刚刚浇灌的道路甚至还没来得及命名,我们有一搭没一搭地讨论大陆的尽头是什么,便来到了尽头。那里是一个通宵开工的地铁工地,冷光灯像好几枚巨大的人造月亮,不见人影,但是机器全力运转,一根根直径惊人的管道将那里的泥浆源源不断地输送到卡车上,再运送出去。我们无所事事,在吞吐的轰鸣声中看得如痴如醉。"①

　　在这样的情境之中,人也有了舒展的空间,尽管远远不够让人满意,却朝气蓬勃得让人振奋:"去小饭馆里吃刀削面,旁边坐着一群穿匡威球鞋的朋克。特别野,特别贫穷,特别嚣张,让人不由自主想要成为这个公社的一员。""老谢的朋友们普遍过着既浪漫又务实的生活,在金钱的热浪里翻滚,却愿意为一些特别抽象的事物一掷千金。"当然,我们很快就会知道,这样的情形不是开端,而是一个宽厚时期算不上委婉的结尾,"周围的事物正在不可避免地经历一场缓慢的持续的地壳运动,塌陷,挤压,崛起,我们身处其中,不可能察觉不到"。似乎总是这样,梦想还没来得及好好展开,就已经悄悄来到了它的尾声,"我们今天在这里也算是见证一个时代的落幕了,从今往后里面所有的人都要重新考虑接下来的打算"。尽管作品里有些人物已经开始下一步的计

---

　　① 周嘉宁:《浪的景观》,《钟山》2020 年第 3 期。本节凡引此篇者,均出于此,不另注。

划,也参与了新事物的形成过程,但总有很多人的心情发生了不小的变化:"我失去了无所事事的勇气,也没有其他任何重要的事情要去完成。"或者,像《基本美》里更为谨慎的说法,人们已经触摸到了什么:"仿佛一桩事件或一个小小时代接近尾声时那样,流露出愈发激烈也愈发厌倦的神态。"

不过又能怎样呢,春秋仍然代序,"后来大家都开始使用互联网了,感觉是一夜之间,每个人都取了不同的网名,比自己的名字酷多了,从此再也不需要在现实中见面了","继论坛之后,博客也消亡了,仿佛一场物理性的删除。大家抱怨挣扎了一会儿,便也高兴地去往了下一个时代"。人们高高兴兴去往的下一个时代会是什么样的呢?或许,是像《基本美》里香港的情形——"十年前的香港可能还不是这样。电影里也没有不得志的老警察,反社会的杀手,忧心忡忡的新移民。而现在每个人都被固定在自己的位置上,扮演自己的角色。赌彩的好运仿佛再也不会降临。没有人尊重彼此的愿望。"或许,是像《浪的景观》中那样似乎突如其来的新冲击——"从襄阳路涌入一批实力雄厚的摊主接手了半边地下城,抹去了这里最后一些浪漫和无序的气象,行业内不正当竞争白热化,从此成为真正的角斗场。"

社会发展大概可以像自然选择一样,不用依赖全知的理论和公共的权威,而由"盲眼钟表匠"选择,"没有事先预见,也没有计划顺序,更加没有目的"[1],最终形成复杂的样式,像《基本美》和《浪的景观》里的实际交替那样,虽然不够完美,却几乎在每一个地方都给人提供着星星散散的可能,有人生适意的机会隐隐约约存在。可惜的是,人们往往在短暂失败或遇到障碍的时候,渴望严整的秩序或某种外来的威权,给出一个或许最终只是符合意图的远景。这时候,人们往往会忘记,世上从来没有免费的午餐,当要求来的一本正经的秩序到来时,首先受到约束的,不是我们不满的那一切,而是自己较为自如的空间。更何况,一个群体非常可能"因遵循被该民族视为最智慧、最杰出的人士的信念而遭致摧毁,尽管那些'圣人'本身也有可能是不折不扣地受

---

① [英]理查德·道金斯:《盲眼钟表匠》,王德伦译,重庆出版社 2005 年版,第 23 页。

着最无私的理想的引导"①。没错，那个渴望来的整洁的秩序，总是带着阴沉的缠缚能力，弄不好会先捆住我们的手脚。

或许应该再次强调，这个记忆中的世纪之交，仍然是文学形象，并非天然如此。新的人们会以各自独特的方式进入新的世界，形成新的记忆，写出新的形象。可以推测的只是，刚刚过去的世纪交替通过这些小说留存了下来，成为一个时期的见证。当然，作为文学形象出现的世纪交替并非没有问题，就像"庞大的小区里住着的几乎都是贫穷，却对美好生活抱着破釜沉舟般的决心的年轻人"（《基本美》），那经历也"根本称不上是光辉，只是更贫穷，更混乱和更诚实"（《浪的景观》）。就像我在世纪之交，因为懵懂，还不知道生活的厉害，把贫穷也算进了美好的经历。或者，如阿城在云南时所见，"每天扛着个砍刀看热带雨林，明白眼前的这高高低低是亿万年自为形成的，香花毒草，哪一样也不能少，迁一草木而动全林，更不要说革命性的砍伐了"。或许，对这样高高低低，会遇到各种问题的宽松时期，真需要懂得珍惜甚至或明或暗地维护，否则，这些情境总有消失的一天，要过很久之后才发现，"成长期中最珍贵的东西都在失去，而且会消失得无影无踪"（《基本美》）。细心一点，我们甚至会发现，记忆不知何时已经突破自己的界限，成为了庞大的现实。

## 三

乍读路内的《雾行者》，几乎会不经意间产生某种负重感，仿佛接手了一样沉实而珍贵的礼物，还没来得及适应它的分量和意义，一度处于错愕之中。很快，一种不太常见的光照射进来，人物的命运开始吸引你，深邃的空间开凿出来——或许，这正是一个庞然之物该有的样子。那看起来有点儿迟缓的起身，恰好是巨兽准备长时间奔跑的前奏？稍稍适应了这个长篇略显缓慢的开始，开阔的世界、丰盈的细节、复杂的人生将在眼前展开，无量的现实从作品里涌现。

---

① ［英］哈耶克：《自由秩序原理》，邓正来译，三联书店 1997 年版，第 78 页。

　　如果说周嘉宁对无序、失控中的生机表现了相当的好感，那么在读路内这个长篇时，我虽然挣扎着努力，可也只好先收敛起这几乎可以不假思索而预先拥有的态度。我们无法只看到事情美好的一面，而忽视那些在潮流中逝去或崩溃的人们，就像我自己回忆中的世纪之交，一旦遇到那次（其实很可能是很多次）痛不欲生的食物中毒，再怎么自信，也无法说服自己那是美好的另一种形态。或许，当我们在《雾行者》中迎面碰到一些词，流水线、假文凭、火电厂、洗头房、美发店、保健品，遇到经济管理、血汗工厂、扣押证件、啤酒女郎、江湖儿女、萍水聚散，遇到职校、假人、下岗、斗殴、黑帮、包养、嗑药，应该有说不出的熟悉，又有说不出的百感交集。这些已变为世纪之交证物的词语，几乎可以说是社会生动的毛细血管，当时在在可见，几乎跟任何人都有关。后来，这些曾经无比熟悉的东西消失了——其实也不能说是消失，甚至都不能说是过时，因为我们还生活在与此相关的时代中，只是这一切变成了隐藏在背景里的什么东西，不再频繁出现在时代前台。

　　《雾行者》从 1995 年一直写到 2008 年，无疑也处于我们称谓的世纪交替之中。在四十多万字的长篇里，这十多年作为一个巨大的转折期——由丰富、嘈杂、无序逐渐变为单纯、平静、整齐——缓缓浮现出来。再深入一点，此一阶段的无序和由无序引发的混乱非常明显，瞽眼可见的不公与或明或暗的抗拒变得抢眼。细心读下去，我们几乎能听到这一转折期骨骼艰难扭动时咔咔作响的声音。或许也可以说，在这个小说中，无序带来的困境更为具体而切实，携带着一个庞然而至的世界所有的污秽，所有即生即止的生活，所有可能或不可能发生的事情。你要对这时代问责吗，却似乎不知道该问谁；你要赞美吗，却真的没什么值得自豪的，能说出来的，不过是一些经常翻腾上来的感觉——"自由，草根，骗子横行，到处是车匪路霸，在街头卖假药的人也能发大财，开一间黑网吧可以活一辈子……我以为这样的时代很适合我，鱼龙混杂，每个人想的都是捞第一桶金（那时我们讨论过，赚到第一个一百万，就算第一桶金了），可是具体用什么办法捞金，鬼知道。"

　　这鱼龙混杂的时期，当然不应该被轻易评断，每一个阴影里都可能隐藏着一个微型生态。或许可以通过一个比方来看："有诸多否定大排档这类社会空间的理由，例如治安，例如卫生，例如管理。但是，如果一个城市没有大排档这类社会空间，这个城市就是一个死的城市，就是一个不文明的城市，或者简单说，是一个落后的城市。落后的理由是，这个城市的管理者，是没有人文感觉的，是见物不见人的，是忽视由社会最底层至整个社会的自发创造力、生命力的。这样的现代城市，是现代之死。"①没有一个时期会完全令人满意，但就像每个城市的大排档，"虽然有个大字，其实是由无数的小聚集成的"②，而无数的小的聚集就难免有各种各样的不如意，你不能摘除污秽只留下纯净，也不能忘掉疼痛去感受幸福。从这个方向看，《雾行者》用泥沙俱下的方式，把书中所写的十多年时间变成了一个文学形象。可能是为了把这一存在于虚构中的形象运送回现实，路内在小说中提供了一个独特的证物——一、二代身份证的更替——有了这证物，世纪交替时期的转折痕迹一目了然，那个存在于虚构中的形象也就有了回到现实的绝大可能，甚至会成为我们思考自己置身的现实的特殊起点，并由此成为某种富含深意的世间隐喻。

差不多可以说，第一代（相对于第二代）身份证是一个人在世界里隐遁的法宝，可以随时凭借造假的证件成为"假人"或让自己凭空消失，在无序的空间里隐藏起自己，或者在令人不安的环境里讨得一份逼仄的可能性。不过，这个可能性却建立在基础性的弥天大谎之上，难免所有的事情都笼罩在谎言之中，只是近乎在灾难和贫穷的缝隙里凿出的小孔，稍微可以透口气而已。可就是这样无数由无奈挤压出的小孔，爆发出某种不可遏制的生机，世界由此变得多样了一点。也就是说，我们能从小说中感受到无序以及无序之中的活力，活力以及活力之中的巨大疼痛。这个意思几句话说不清楚，其间的是非颇难一言而决，"解释它们需要巨量的因果关系"③。可以推测的是，这个秩序的漏洞在某个范围打破了趋于凝固的社会结构，给诸多无望无告（当然也难免会有无法无天）的人们创造了可能，让他们不再只是打工仔、农民工或者其他什么笼统的身份——尽管在别人看来他们还是长着同一张脸，却有了各

---

① 阿城：《脱腔》，江苏凤凰文艺出版社 2016 年版，第 11—12 页。
② 阿城：《脱腔》，江苏凤凰文艺出版社 2016 年版，第 11 页。
③ 路内：《雾行者》，上海三联书店 2020 年版。本节凡引此篇者，均出于此，不另注。

自独特的样子，"自己能分清自己，相异的眼神，不同的口音，各自命名的来处或去处"。也因此，《雾行者》就不只是牵连着空间广阔的城市、郊区与乡村，也包含着各种混乱中生而为人的劳苦和无奈，牵扯着不同人的喜怒哀惧。

如此显而易见的喜怒哀惧，是因为《雾行者》不只是书写人物的行动，也同时勾勒出了他们的精神轨迹。那群在命运流转中不知前途的年轻人更年轻的时候，以文学的形式摸索着自己的精神生活，也以此不自觉地更改着自己实际的生活路径。我们慢慢会发现，小说在粗糙日常中带有思索意味的行事特征和叙述语调，原来自有其来处，思考与行为密切联系在一起，正是这群人独特的生活方式。确切点说，不只是那些曾经参与过文学活动的人们，这本长篇里几乎所有的人物，都好像过着一种思考与行为联系在一起的生活。这样的方式是不是有些特殊？可有意思的是，我们在阅读过程中并不觉得突兀，不觉得违背了小说的什么天条，不觉得这是与我们生活不同的另外一种生活，而恰恰是我们生活的样子。沿着这个方向，似乎可以说，《雾行者》更改了某种小说习见的形态——思考（思想）不再是某些虚悬的理念，也不再是某些人的特权，而是变成了每个人的日常。这一精神日常的出现，让每一个人物都清晰地带着自己的背景出现，因而变得更为鲜明，也同时牵连出一个复杂的社会形态。

当然，这并不是说，《雾行者》中的人物辨析的是什么天理人欲、主体客体，思考的是什么家国前途、古今之变——以往关涉思想的小说设定的高端人物通常会关心的问题——而是思考本身成了他们的习惯，最终变成了一种日常行为。这一小说习见形态的更改，恐怕最终是因为时代发生了变化，那些父母吵架时躲走的孤独孩子们，当年就不再跟父辈年少时那样，整天在大街上疯玩，而是在大多数情况下继续接受教育，躲进自己的房间读书，思考着自己的未来。如今，他们已经长成了大人，有了不同于上一代的、属于自己的世界。尽管并不是小说中的每个人都接受了完整的教育，但跟面对问题起而行之的大部分上代人不同，他们中的相当一部分因为教育变成了能够反省自己命运的人，内心生活变得丰富，也因此能更准确地感受到自己遭遇的疼痛或委屈。只是，虽然感受的能力提高了，但社会并没有提供消化或应对这些负面情感的方式,这些学会了思考并感到疼痛的人,虽然占人群的比例并不低,却仿佛被弃于一个特殊的时空之中,得默默忍受或独自摸索属于自己的解困良方,并因此难免会有自社会习惯看来的怪异主张或行为——进一步而言,《雾行者》本身,是不是也可以看成一种忍受或摸索的看起来怪异的方式?

我们大概得好好想清楚,这种忍受和摸索的看起来怪异的方式并非本能,而是长期观察和坚持的结果,对这些敏感者"出格"的行为的忍耐,弄不好是人们在寻求某种状态时不得不面对的"长期请柬":"单纯拒绝向习惯屈膝,它本身就是一种贡献。正因为言论的专制已使怪异成为一种谴责的口实,为要突破这种专制,也更需要人们有怪异的主张。凡在性格力量充沛的时候和地方,怪异的行为和主张也充沛;而社会上怪异行为和主张的多寡,也和它所包含的天才、智力和精神勇气的多寡成正比。现在极少数人敢有怪异的行为和主张,正是标明这个时代的主要危机。"①或许应该说,路内耐心接受了这份"长期请柬",在人物命运展开的过程中,有效避免了对社会或人的怨怼,不把任何挫折或霉运当成恶意,而是紧紧贴着每个人的行踪,扎扎实实地写下他们的困顿、委屈、不甘、意气、思索和行动。似乎只要愿意,我们便可以追随小说里每一个具体的人,重新走过自己当年并不明晰的悠长年轻岁月,从而在反思中感受到我们自身处境本来就有的怪异或复杂。

伴随着人物复杂怪异的生存状态,时代实际上也悄悄来到了一个明显变化的边缘地带,新的时期早已迫不及待地等在前面——经济重心发生变化,工业不再是小镇的支柱产业;二代身份证广泛推行,社会秩序变得整饬;电脑屏幕上话语四溅,文学的低维民主驾临……回首一望,小说中的十几年近乎一场梦,你无法知道,此后干净整洁甚至无限划一的世界,是否还会对这群人保持基本的善意,或者起码记得他们。可以肯定的只是,在善于深思的人那里,那些或好或坏的历史时刻,那些曾经流经我们的生活,并不会陡然消失,其中的"历史、身份感和语言方式,都包含外人难以洞悉的深层逻辑,也可以

---

① [英]约翰·密尔:《论自由》,郭志嵩译,(中国台北)脸谱出版 2004 年版;转引自唐诺:《重读:在咖啡馆遇见 14 个作家》,广西师范大学出版社 2015 年版,第 406 页。

称为'共享的精神能量'。它缓缓流淌,犹如弯曲的长河,浑浊、幽深;从潜潜暗流中,时而溅出血色的浪花。从一个比较熟悉的水面上,很难揣测清楚另一条陌生河水的颜色和形状"①。他们的经历和思考,或许将以一种更为深层的语言参与此后的时代,也由此让这部小说确认了作为文学形象的"世纪交替"的坚实基础,并由此涂写出一个此前见所未见的时代。

出于常见的对后知后觉的错误前置,我们通常会忘记,一个能够在写作中被辨认的时代,是写作创造出来的,并非必然。或许,诸多写作者会认为,自己写出的必定是独一无二的时代感觉,却几乎总是没有耐心去检查,那些自我追认的特殊感觉,很可能是某种已陈的刍狗。很多小说里的时代认知,不过是若干年前某位拙劣学者(或某种有意引导)的叙事性证明,并非自己的独特发现,所谓的人物也不过是证明过程中的他者赋予,并非真的生成,因而也就没有真正的痛痒相关感。正是在与此相反的方向上,《基本美》《浪的景观》以及《雾行者》一起,用因为不熟悉所以乍看有点怪异的笔墨,在理想、记忆和现实中雕镂出了人们独特的行迹,并以此勾勒出一个或许只能出现在小说里的世纪交替中的文学形象。把这个形象放置到一个更大的写作群体之中,我们是不是可以推测,一个不同于此前的、由世纪交替标志出的时代,已经悄然在小说中出现?再谈起某个年龄段的写作者的时候,是不是可以不用——因为对此前的过于熟悉而喜欢和对新事物的不够熟悉而忽视——再照例说,他们还没有自己的独特声音?

---

① 王昭阳:《与故土一拍两散》,中信出版社2013年版,第170页。

# 书写在共同体与主体的缝隙中

## ——论项静《清歌》

辛 颖① 黄 平②

摘 要 小说集《清歌》描绘了一个异于高度现代化的都市社会的、以"傅村"命名的乡土空间，以及一系列生活在、或是来自于这一空间中的人形形色色的生命轨迹。傅村并非一个全然封闭的空间，从中走出来的人也已不同程度地融入到更具有现代性色彩的生活方式和社会组织形式中去；然而在他们的生命体验和生存状态中，仍能看到"傅村"这一乡土空间留下的不可磨灭的印痕。本文从《清歌》文本描写中透露出的主体与共同体间复杂的关系入手，通过对文本的分析一窥现代人所面临的精神困境，并探求一个部分存在于现代性之外的乡土空间可以给这样的困境以何种启示。

关键词 《清歌》 共同体 主体性 现代性 乡土空间

## 一、未曾抵达的共同体幻象

《〈清歌〉后记》中，作者项静自述："小说集中有抑制不住的抒情和评价，重复最多的是'傅村人'，他们是一个未名的群体，有时候是批评它的，它见风使舵，现实势利；有时候它又温情脉脉，牵涉着说不清楚的情绪。它是一个行将消失的空间，我期望他们在其他地方还有重新聚集的可能。"③这样的描述

---

① 辛颖，华东师范大学中国现当代文学专业博士研究生。
② 黄平，博士，华东师范大学中文系教授，主要从事中国当代文学研究与批评。
③ 项静：《清歌》，山东画报出版社 2021 年版，第 240 页。

带有强烈的对过去的怀念和对回归的祈盼之色彩,作为乡土空间代表的傅村在文本中被追忆、被寻唤,被赋予了一种精神家园的内涵,是脱离了傅村漂泊在外的个体试图重新回归的意义之根。如同《地平线》里的叔叔,他离开傅村已有几十年的时间,却仍在努力地维系与旧年好友和亲人晚辈之间的关系,希望保有一个如童年记忆的傅村般"能体会到彼此和安全"的、"属于他的集体"①。

但事实上,真正的"傅村"并不是一个具备如此强大的感召力和凝聚力的共同体,它更多的只是一个缥缈的共同体幻象。《清歌》正是写于共同体与主体的缝隙中,写于主体逃逸的瞬间、共同体支离破碎的时刻。滕尼斯曾在《共同体与社会》中列举血缘共同体、地缘共同体和精神共同体三种共同体类型,哈贝马斯将建立在语言基础上的交往活动作为实现共同体的道路;作为一个集体空间而存在的傅村,其中的成员有着相近的血缘,共同的地缘,类似的习俗和一致的言说方式,具有形成紧密共同体的条件和潜力;然而这种潜在性最终也只是停留在未生发的状态里,傅村从未能真正有机地统一整合在一起。

血缘黏合力的失效在文本中表现得尤为鲜明。在大多数角色的生活世界里,家庭所能提供的统摄力十分有限。且不说《清歌》中几乎是完全抛弃了家庭进入傅村、又与傅村人没有任何血缘关系的外来者刘老师,或是《本地英雄》中甫一出生就被父母抛弃、永远与家庭之间存在裂痕的令箭,就算是《地平线》里浓墨重彩描绘着在傅村亲人膝下度过童年的叔叔,也始终是家人试图想要将其拉回到傅村惯性中来的异类。"叔叔们都没有农民的样子,这是他们自觉的追求。"②叔叔和他的同龄人们用强有力的主体性自觉地反抗着共同体为他们提供的确定性,他们从未能真正作为共同体的有机组成部分,归顺其中。

"叔叔是我们傅村世界里走出来的行侠仗义者,随时施展他对别人的爱与义。……他在朋友、家庭中随意播撒他的爱,并要求同样热烈的回报,溺爱

---

① 项静:《清歌》,山东画报出版社 2021 年版,第 214 页。
② 项静:《清歌》,山东画报出版社 2021 年版,第 202 页。

儿子是反求溺爱，帮助别人而希求感激和回报。"①或许正是因为意识到自己的外在性，叔叔才那样努力地想要以这样的方式拉近与他者的距离。然而童年珍藏的连环画被晚辈毁掉，返乡时老人完全认不出他，甚至他自己也将大白遗忘得一干二净，无一不显示着叔叔这份努力的失败，无论生活世界中显示出何种亲热的表象，他终究无法归属于傅村。主体无法求得他者给出的保证，世界不能确定以主体对待它的方式给出主体回应。对于主体而言，他人之存在只是一个"联结各种经验的达不到的系统"，"我们不能把握这个他人与我的关系，而且他也从未被给出"②。他人是无法按照叔叔所期待的方式行动的。叔叔自豪的教育方式"我"却不能认同，叔叔看重的家族亲情在"我"这里只是一条被遗忘的拜年微信，在被彼此的审视、评价对象化了的主体间关系之中，"投桃报李"式的共同体联结只是一个单向度的幻梦。

小说集中绝大多数文本都有出走傅村的内容。马山、马林、令箭、梁宇、方元、大伯、叔叔……人们在不同的时间节点远离了首先作为一个地理意义而存在的傅村，脱离了傅村空间各自展开自己的生活。《壮游》中的刘月清在傅村生活了一辈子，她步入老年的人生已经可以看到终点，孙子都已是交上女朋友的年纪，她却一次离开傅村的远行都不曾有过。在叙事的终结处，她正期待着一次远离傅村的旅行，无论最终她是否能够成行，至少在这一刻，刘月清在精神上已经离开了傅村所能掌控她的范围。同时，由于现代私人空间的独立，很多时候同一地域也难以在主体关系中生效，如《本地英雄》中梁宇和何林争执后互相甩上门的房间，或是《三友记》中信运和母亲在门里门外各自相对的电脑和电视。一道墙壁，两侧的世界各自独立，无法互通，无论是梁宇与何林身在的上海，还是信运所生活的傅村，现代社会系统分隔带来的原子化危机渗入每一个缝隙，让同一家庭内部的成员都失去了有效介入对方生活之中的能力。

因为主观性的介入，在习俗、观念、语言和交往上建立起来的共同体联系

---

① 项静：《清歌》，山东画报出版社 2021 年版，第 215 页。
② ［法］萨特：《存在与虚无》，陈宣良等译，三联书店 2007 年版，第 290 页。

在面向主体间关系时不可避免地暴露出自身的脆弱。《人间粮食》中,从奶奶嫁给爷爷的时间节点开始,家庭成员之间由差异而产生的矛盾同步发生;爷爷奶奶步入晚年后,这些矛盾逐渐消磨,然而,爷爷奶奶在远离"贫穷、饥饿、劳动"的同时,也与支撑了他们前半生的"操心子女"①断开了联系。家庭成员间和解的表象不是共同体形成过程的表征,恰恰相反,是共同体联结破裂的体现,是其中一方话语权丧失的结果。在爷爷奶奶从家庭共同体形式中退场后,看似在他们之间可以诞生真正的有机联合时,爷爷毫无征兆的先于奶奶去世,将一切尚未实现的抛回虚无当中,宣告这联结终究只是无法抵达的幻象。在理想化的交往共同体落入现实中时,建立在共同理解上的精神无法跨越不能共享的记忆和情感关系,以死亡之经验为代表,所有无法言说的生命体验都成为主体间的阻碍和隔膜。

另外,作者也极力展现了爱情的无力与苍白,爱情在文本中只显示了它的偶然性和随机性,浮于生活形式的表面,无法深入到主体内部。《清歌》中刘老师的妻子直到刘老师去世方才真正登场;《宇宙人》里马林对爱情的浪漫化想象随着马山的离世而消亡;《三友记》中对方元所娶妻子的描述唯有一句"外乡女人";《见字如面》里的大伯或《地平线》中叔叔的婚姻都十分仓促。他们所有人仿佛都是被动地被推入到婚姻和家庭关系之中,自身的主观性在这一过程中没有任何显现。这种情况在婚姻的维系过程中也呈现出来,《本地英雄》中梁宇和何林的关系异常淡漠,对话关系需要以家庭日程表的契约来束缚才能够践行。如此种种,无一不彰显着爱情在《清歌》构建起来的叙事空间中的失败,它无力维系发生在两个主体之间的亲密关系,遑论推广至更大的公共性空间之中维系一个更加普遍的共同体。

爱情的空洞化在实际上是交往关系失败的一个侧写。在交往活动上建立起来的共同体,其基础是以语言为媒介的相互认同。"交往行动模式,首先把语言作为直接理解的一种媒体,在这里,发言者和听众,从他们自己所解释的生活世界的视野,同时论及客观世界、社会世界和主观世界中的事物,以研

---

① 项静:《清歌》,山东画报出版社 2021 年版,第 229 页。

究共同的状况规定。"①然而文本中以语言来勾连生活世界的诸种组成部分、形成共同体的尝试最终也是失败的。

> 那天,振国提前下班去送孩子到镇上补课,方元收拾药箱出诊,诊所只剩下信运和我。听说你会写文章,我有好多故事素材,哪天拿给你看看。你自己写的吗?信运说,是,取名叫《三友记》。……

> 我问他,那个《三友记》什么时候发给我?他说,你还记着呢,我再修改一下,写得太凌乱了。接下来有几次因为琐事打电话,我刚要提及这件事,他像有预感一般匆匆收了线。他好像不愿再提这件事,我也不方便再问。②

信运和"我"的交流隐瞒了被他纳入到叙述范围之中的另外两人,这是一个只有"我"和信运知道的秘密。然而几经翻覆,这份故事素材最终也未能到"我"手上,信运的讲述随着他的离世成为了永远的秘密。"我"的笔下最后写出了以"我"的视点出发的《三友记》,征用了信运对他自己讲述的命名,"我"的书写完全地替代了信运的叙述。这一过程是话语权力的覆盖,而非交往活动言语行为的双向交互,被"我"的言说对象化了的信运无法再使用语言澄明自身,语言交往活动作为一种共同体联结的可能在这一刻失去了其效力。

种种共同体联结作用力的失效并非可避免的偶然。当主体意识到自身处于共同体之中时,他就将自身作为一个对象总体化了,他对自己的定义性认知"使他重新归类,把他置入某个团体的主体性当中,并引入了一个与价值有关的价值论系统","这给他预示了一种未来,并迫使他介入"③,因此,主体自身关于未来的可能性和超越性都湮灭了。

> 刘老师在傅村学会了吸烟。刚开始他在街上吸,村里的男人遇到就给他点上,还会纠正他的姿势和吞吐烟气的方式;……他经常被人叫去

---

① ［德］尤尔根·哈贝马斯:《交往行为理论(第一卷)》,曹卫东译,上海人民出版社 2004 年版,第 135 页。
② 项静:《清歌》,山东画报出版社 2021 年版,第 154 页。
③ ［法］让-保罗·萨特:《什么是主体性?》,吴子枫译,上海人民出版社 2017 年版,第 40 页。

喝酒,拗不过众人的热情,他只能放开自己喝,一喝就醉,醉了还歪歪扭扭地跳上自行车,往家赶。

......

她们聊到此处,掉下泪来,孙太太抽泣起来:"如果他不到傅村就不会落到如此下场,他原本是不会喝酒,不会吸烟的,干干净净一个小伙子。"①

当《清歌》里的刘老师真正进入到傅村人世界中去后,他的生活在共同体观念的规训下发生了改变。然而如此一来,他被固定了的行为方式将他引入到确定好的未来中,主体关于未来的其他可能性被共同体的总体性征用并压抑。因此,主体性萌动的环节中向彼岸世界进发的超越性被取消,被确定性僵化下来的主体性也必然走向衰亡。刘老师在傅村学会了喝酒,他最终死于喝酒,这正是他作为一个外来者、一个异于傅村共同体的主体,在自我指认了让自身归类固定的身份后,无力再以自身主观性创造超越共同体所规定的未来可能性的必然终局。同样的过程在《三友记》中被家庭重新规训的振国身上也有体现。

因此,想要获得超越性、不使自身被概念固化为对象、超脱共同体所提供的确定性框架的主体必然地向共同体之外溢出,为此而生发的行动也必然不断削弱着共同体对主体的统摄力,直至其完全失效。然而,在原有的共同体形式溃散之后,主体却发现自身并不能顺利延展,获得本质性的自由,反而因为确定性和总体性的取消而堕入到无法绵延、难以超越的状态中。"从主体性要成为主体性的时候开始,这个世界就会开始呈现为一个人们可以斗争的世界,一个人们可以相互反对、相互欺骗和相互统治的世界。"②因此,傅村成为了一个逃离这样的世界真实面貌的抓手,成为了傅村人不断在自己的精神世界中构想、追忆的共同体幻象。无论身处何方,在傅村人的内在性之中,始终存在一个等待共同体去填补的空缺。

① 项静:《清歌》,山东画报出版社 2021 年版,第 23 页。
② [法]让-保罗·萨特:《什么是主体性?》,上海人民出版社 2017 年版,第 66 页。

## 二、永在寻觅中的精神故乡

所有离开傅村的人心中仍然保有一个未能实现却始终渴望实现的整体性傅村。有内在深度的主体依然寻求着共同体的有机联合,寻求着共同体为主体提供的确定性,寻求着一种不会在其他主体的注视下被机械地对象化的主体之自由。《本地英雄》中,早已远离了傅村的梁宇看似已经完全将自我之主体融入到现代化都市分离、割裂的生活形式当中,但实际上,她依然在怀念着、渴求着自我与外在世界之间的情感联系。

> 梁宇递给他一本家装杂志,专栏上的一段话梁宇用黄色荧光笔做了记号:"装饰生活的细碎哲学——那种雨丝沁润土地后绿色藤蔓缓慢扎根的感觉,洗衣机、冰箱、地板,连书架、灯泡都在隐秘地建立与空间、自我的感情。"何林啧啧两声:"读起来费劲。"梁宇转到懒人沙发上刷美剧,何林在楼下戴着耳机打网游,家里又是两个人的安静……周末晚上六点以后,家庭日程表上不允许看电视、打游戏,两个人换上外出服准备出门遛狗。①

在长久的生存环境迁移中,梁宇的外部生活已经完完全全被现代性的原子化社会架构方式规训。她的家庭内部成员之间关系极为淡漠,尽管有着一致的生活空间,他们的生活内容却彼此分离,极度缺乏共同理解与认同。何林不能理解梁宇标注出来的句子,他甚至连提取触动了梁宇的文字背后的意义都无法做到,简单地从语言形式上即对梁宇的认同加以否定,拒绝和梁宇之间以言语建立联系的可能。同样地,文本结尾处,两人在只有一句话的争执后,以互相甩上房间门告终,也是语言交往无法充分生效、从而主体只能征用行为来进行自我表达的具体表现。这也正是梁宇将家装杂志标记出来的原因。她无法和以家庭为缩影的公共空间中的其他主体建立有效联系,只能将希望寄托于客体,建立空间与自我的感情,这恰恰是梁宇寻求一种有机主

---

① 项静:《清歌》,山东画报出版社 2021 年版,第 100 页。

体间联结关系而不得的表征。然而,对于自身处境没有自觉的何林不理解梁宇的需求,他总是在评价中将他者对象化,却从不面向自我进行反思性的认知;他不追求主体间关系,自然也就不需要找寻任何替代品;他无法满足梁宇在感情与精神世界中的匮乏与需要。

> 他们互相赠送的第一个特殊的礼物,是彼此的周岁照。何林家里只有一张周岁照,特别去影楼找人重新制作的,梁宇觉得分享童年照是一种隆重的表示,于是也把周岁时的一张照片做成一幅炭笔画附在一本书里给他。①

随着生活世界本质的被抽离和意义的被架空,何林与梁宇的日常生活需要以附加的仪式来填补缝隙以寻求空幻安慰。他们给彼此的第一份特殊礼物都是在当下被重制了的版本,是以真实性为假象、实际上却是被渗透进主体间情感联结的过程中的现代技术制造出来的产物。在这样的情感交互过程中,主体不可避免地被理性规训,正如梁宇提出想在家中招待令箭时,何林首先想的却是金融安全问题。长久生活在这样的环境中,践行着这样的行为方式,梁宇的感性主体也被现代都市日常生活中冷硬、不近人情的利益考量包裹起来。

> 两个人聊一聊停一停。梁宇问了一句:"你来找我,有没有其他事情?"令箭抬头看了梁宇一眼说:"没有没有,就是来看看你。"梁宇拿纸巾拭了拭嘴巴,把面前的盘子向里推了推,这顿饭吃得有点超量。她抬起头第一次长时间看着令箭的眼睛。②

在与令箭的会面中,梁宇预先为这场叙旧预设了一种利益交换的立场,两人在见面后大部分时间中的彼此谈话总是虚与委蛇,不触及真正的精神内核。这顿吃了三个钟头的饭充满了让梁宇不自在的沉默和停顿,只有在令箭对她的问题给出否定回答之后,梁宇才能够长久看着令箭的眼睛,一种可以

---

① 项静:《清歌》,山东画报出版社 2021 年版,第 104 页。
② 项静:《清歌》,山东画报出版社 2021 年版,第 124 页。

提供平等、相互、无保留的沟通条件的交往基础才在此刻得以建立。然而，即使在这一瞬间之后，梁宇内心萌生出了让令箭再坐一会儿的念头，甚至有了对没有邀请令箭回家的悔意，她们的会面依然还是在这里结束，结束在真正向着对方打开内心的一瞬间。在互动交往中产生有机联结的可能性浮现出来的那一瞬，它也被同步地骤然掐灭。如同令箭最终没有真正进入到梁宇家中，进入到梁宇私人空间的内部，令箭所代表的来自傅村的向心力也在这样的现代化城市之中失去了再度生发的能力。但梁宇的渴求和怀念毕竟还是真实发生了，她依然有着与外在于主体的世界发生联系的需求。"傅村"作为精神故地的标志，作为对于共同体生活的期待，必然地成为孤独的梁宇怀念、追寻、无法抵达又不能舍弃的目标。

"主体性的本质，就是只有从外部，通过其自身的创造，才能认识自己，而从内部永远无法认识自己。"①这一过程不仅仅适用于发生在自我内部的主体层面，也同样适用于作用在共同体上的社会层面。主体性的显现必须要在普遍性与特殊性、总体化与个体化的无尽反复之后才得以实现，主体间关系也永远处于建立与他者之间的关系、被关系对象化或通过关系对象化了他者、主体为反抗这一对象化过程而破坏或挣脱关系性束缚、主体为确立自身之存在与自由而向他者寻求关系建立的循环当中。在这样的过程里，主体一方面让自身之主观能动性在外在的世界中显现，一方面永远无法脱离让其自身显现出来的外部世界与他者存在。正如同《壮游》中一方面将全天时间都投入到对孙子归来的等待和期盼中、一方面又迫切地想要打破她长久被固定在家庭中与后代生活的刘月清，又或是《宇宙人》中在马山遥远的信件牵引下畅游在与现实脱节的精神世界中、而最终随着马山的离世不得不落入他曾试图摆脱的庸俗化社会关系中的马林，他们都深陷在这样的关系反复当中，主体性一面向着精神超越性自觉生发，一面在现实世界中走向湮灭。

因此，尽管无法彻底被规训的主体不断逃避着共同体之普遍性和确定性的规定对主体的约束，主体仍然永远处于对接近他者、联结他者的渴望和追

---

① ［法］让-保罗·萨特：《什么是主体性？》，上海人民出版社 2017 年版，第 52 页。

求中,处于对主体间关系有机结合的探寻中,处于对真正具有包容性和完满性的共同体的想象和寻觅中。愈是自觉的主体,愈是感受到自身对于他者的需求,从而试图在理性规训了的现代契约性主体间关系之外寻求新的联结之可能。

> (方元)跟小朋友打交道多,脑子里备着些稀奇古怪的招数儿,逗弄怕打针的孩子。……他还喜欢聊成绩……被比得一败涂地,我在方元家大哭。……被比得大哭又成了一个把柄,接下来被他念叨了好几年。①

《三友记》中的三位乡村医生当中,方元距离傅村人最远,他家中传统的高门大户仿佛将他和傅村人的生活隔绝为两个世界,连叫卖的小商小贩都不会进入到他家老宅的小院墙之间。然而,这正意味着经济契约对方元主体间关系建立的束缚效用的衰微。方元和病人之间的关系也不是简单的被经济利益约束的交易契约,他与孩子的互动有鲜明的非工具性交往活动色彩。在方元身上,靠外在的他者对象确立自我之存在的需求强烈地体现出来,他乐此不疲的成绩比较实际上是回应傅村人对他的注视。他试图通过这种途径让自身从被对象化的"看"当中解放出来并面对他人加强自身的自由,其中一方面是对他者之存在的反抗,一方面又是对他者之存在的需求。但方元这种让他人之超越性流向自我的尝试注定是失败的,无法形成平等的主体间关系和和谐有机的共同体。表面上,"他人变成了我所占有的并且承认了我的自由的存在","我能以成千种方式使他体验到我的自由",然而实际上,只有主体所承认的自由才具有超越性和意义,只有他人的主观性才会成为主体之自在存在和为他存在的基础,一个被对象化了的他者已经失去了为主体提供自由体验的可能性,这样的对象他者"是在承认我的自由这种状态之外的"②。这也就是方元为何长年累月对哄小孩子的游戏和比较他儿子与"我"的成绩乐此不疲的原因,这是一种永远不能达成目的而又永远处于渴望之中的追寻。

这一无法完成的努力最终以方元离开傅村而告终。然而,在方元儿子生

---

① 项静:《清歌》,山东画报出版社 2021 年版,第 137 页。
② [法]萨特:《存在与虚无》,陈宣良等译,三联书店 2007 年版,第 466 页。

活的城市里,在距离傅村千里之外的地方,方元在微信上除了发带娃的照片和跳操的视频,也还在坚持不懈地发着养生保健知识。他以这样一种方式延展着傅村输液室中的对话和他作为医生对病人的把握能力,但这被高度技术化了的"交流"方式早已失去了在主体间建立联系的根基。它甚至不是引起主体和他者之间因注视而发生的异化,而是将主体和他者一同被化为了对象,从根本上剥离了有机主体关系生成的可能。越是深入到现代化社会当中去的人,越能感受到自身所处环境的危险,越是无法独立于他者之存在而存在,同时也越能萌生出确定性和超越性的寻求。

然而,如同主体无法直接在自我内部发现、观照自我,仍身处傅村中的人不会对自己的生存处境有所察觉,离开了傅村的傅村人却不约而同地试图贴近还残留在傅村的过去的生活状态,而不是面向令人眼花缭乱的现代都市生活寻求慰藉。对于现代人和现代城市生活而言,傅村无疑是一个陌生的空间,然而就是在这样的空间里,主体才能发现解放自我之自由、确立存在之意义的潜在通路和实现可能。

## 三、乡土空间的现代性启示

傅村并非作为整体而又混沌的联结状态而存在,在其内部,实际上也有具备鲜明现代人特征的主体。《三友记》中出生于深宅大院的方元却成长为了生活在傅村的人当中最具有现代性色彩的一个,这不仅仅体现在他媲美城市医院医生的现代医疗知识和技术手段上。

> 诊所里都是相熟的人,……看完病不急着回家,到输液室里闲坐一会儿。方元一般会出面"驱赶",不舒服还不回家躺着,都是感冒发烧的,别被传染了。
>
> ……
>
> 很多次晚上大院的敲门声响起,犬吠连成一片,方元却没有出来应诊,只得去找振国。傅村人说他资产阶级习气,不喜欢人家半夜打扰他。白天方元听诊、开药、包药、打针,动作娴熟轻巧,一气呵成,跟城里医院

的医生相比也不差什么，傅村人又原谅了他晚上不出诊。①

方元把"公"与"私"区分得极其鲜明，不容许两种场合混杂在一起纠缠不清。将理性的社会化组织分工和私密化的个人感性活动分开、将不同的职能和身份从主体中剥离出来正是现代人的重要特征之一。"在一个仅仅要求人胜任他自己特殊社会职能的社会里，人就会变得和这种职能等同起来；而他的存在的其余部分充其量任其自然——通常被弃置到意识表层的下面而被忘却。"②将职能与生活严格分开，看似是要让人的主体性从被工具理性支配下的利益链条中解放出来，保留还具备对主体自由和超越性的追逐能力的特殊主体性存在，然而，这实际上却只是进一步加剧了主体的分裂，将主体在异在的世界中孤立为一个片段化存在。"为了把存在的整体作为工具安排在我们周围，为了使这个整体分成互相关联和能使用的不同的复合物，否定就不应该作为许多事物中的一个事物，而是作为支配着那作为事物的大块存在的排列与分布的某类范畴而涌现。"③因此，被分割开来的碎片化了的世界和主体从肯定转向了否定，虚无成为主体显现时的底色。然而越是如此，主体在存在中越是想要抓住能使自身有所依凭的确定性，就越是不可避免地在主体间关系中体现出向心性。这也正是方元始终乐于并坚持与傅村的孩子们建立联系的原因。

方元热衷于同孩子们交往，其重要原因之一便是孩子们尚未完全成熟的主体性。他们还处在自身主体性形成和觉醒的过程中，这样的阶段对于方元而言具有明显的异在特征。同样，作为"医生"的方元在面对作为"病人"的他者时也是如此，病人的身体作为如其所是的存在向医生展现出来，而被呈现出来的整体性的身体正是人之处境的综合。"在这个意义下，他人的个性是作为被超越的东西而提供给我的"，"我们超越的东西，不仅是他人的人为性，而且是他的超越性"④。对处境差异的认知造就了不同主体间不同的"个性"，

① 项静：《清歌》，山东画报出版社 2021 年版，第 138 页。
② ［美］威廉·巴雷特《非理性的人》，段德智译，上海译文出版社 2012 年版，第 45 页。
③ ［法］萨特：《存在与虚无》，三联书店 2007 年版，第 53 页。
④ ［法］萨特：《存在与虚无》，三联书店 2007 年版，第 433 页。

正是因为"个性"之差异,他者之超越性才能够成为主体的超越对象,自我之主体性才得以显现出来。而对于童年的"我"而言,"我"是在被方元拿来同他儿子比较的过程中体验到这一点的;在比较的过程中,原本对世界未经反思的意识因他者的闯入而意识到"我"的存在,而这种意识必然地将自我对象化,使得"我"脱离了自我而成为反思之对象。脱离了的"我"并未消失,说明在"我"之外,自我仍有存在之基础。因此,"我"将永远追求那个不能抵达的在"我"之外的自我,而这样的认知过程,正是"我"在他人的作用下感受到的。"正是羞耻和骄傲向我揭示了他人的注视和这注视终端的我本身,使我有了生命,而不是认识被注视者的处境。"①《三友记》中,"我"因取得好成绩而骄傲,又因比不过方元的儿子而羞耻大哭,这两种体验共同交织成了童年的"我"初步对自我主体性之察觉和认知。相似的,在《本地英雄》中,在几乎已经完全成为一个标准的"现代人"的梁宇身上,也一样展现出了因他者而重新流动起来的精神世界与被重新激活的生命过程。

> 梁宇大部分时间都去墙角的杂物中翻看报纸,有一沓码得整整齐齐的废旧《齐鲁晚报》,副刊连载《永不瞑目》。梁宇之前看过同名电视剧,然后又一集不落重新看了一遍。那天梁宇看到的是卧底肖童在房顶上大声朗诵……梁宇第一次发现高声朗诵里的美感:空阔辽远的天空下,一个内心激动的人,面对一个陌生的世界踌躇满志。梁宇感觉周围的世界看起来确实存在却又虚空,肖童那个看起来不真实的世界对她而言却是真切的。
>
> ……
>
> 梁宇平时看到这类花里胡哨的图片和真真假假的鸡汤文,大部分都会自动略过,现在把图片和文字换上令箭的语气在脑子里过一遍,跟那些夸张了功能的消费品之间好像有了一些亲缘关系。②

事实上,已经组建了家庭的梁宇生活中并不缺乏他者。然而何林与梁宇的生活高度同质化,梁宇只能在对何林将她对象化的凝视中观照自身、发现

---

① [法]萨特:《存在与虚无》,三联书店 2007 年版,第 328 页。
② 项静:《清歌》,山东画报出版社 2021 年版,第 126 页。

自身而无法超越自身；只有在令箭突兀闯入时，梁宇死水般的生活世界才被搅动起来，让她发现存在于自身之外的异在。"人是参照别人进行选择的；而在参照别人时，人就选择了自己。"①，然而，在对他者进行参照时，对未来诸种可能性的选择不能被固定下来，一旦固定，人的超越性就会被取消，自由本质就会被限制。因此，主体永远向着异于自我且永不能抵达的方向进发。这与梁宇在晚报上看到《永不瞑目》的连载时的感受类似，正是因为梁宇无法抵达令箭和肖童的世界，他们才会具备将梁宇的主体性催动起来的力量。

"现代人让自己的整个世界观受实证科学的支配，并迷惑于实证科学所造就的繁荣"②，这就是现代人梁宇，在面对令人眼花缭乱的现代消费品时所能体验到的自身处境。在主体以自主沉醉其间的方式被体现为现代化科学技术的工具理性支配的时刻，发现自身主体性的感性欲望，从工具理性的专制统治中解脱出来，实现主体自由和自我超越的目的显得尤为重要。而主观超越却无法局限在主体内部完成，"人始终处在自身之外，人靠把自己投出并消失在自身之外而使人存在；另一方面，人是靠追求超越的目的才得以存在"；主体的超越性"不能反求诸己，而必须始终在自身之外寻求一个解放（自己）的活着体现某种特殊（理想）的目标"，唯有如此，"人才能体现自己真正是人"③。对于令箭而言，她酒店周围的环境、人头攒动聚餐、朋友圈里繁复多样的照片和文案未必真的为她的生活提供了意义框架、超越可能和将生命完整包容其中的圆满，但对梁宇而言，令箭异于她的生活方式被她征用为主体间有机关系的潜在动力，因为令箭所引入的异在，梁宇才得以发现能够重新使主体性流动起来的更广阔的可能性，体验到一种主体与客体、自我与他者、个人与世界之间关系的贴近，感受到与消费品，以及消费品所代表的这个外在的世界之间的"亲缘"。

对现代社会而言，傅村背后的乡土空间无疑代表着一种陌生化的生活方

① ［法］让-保罗·萨特：《存在主义是一种人道主义》，周煦良、汤永宽译，上海译文出版社 2012 年版，第 30 页。
② ［德］胡塞尔：《欧洲科学的危机与超验现象学》，张庆熊译，上海译文出版社 1988 年版，第 5 页。
③ ［法］让-保罗·萨特：《存在主义是一种人道主义》，上海译文出版社 2012 年版，第 35 页。

式和联结形态。它或许不完满,或许迟钝滞后,或许在组织形态和架构方式上都存在诸多问题,然而它面对现代社会而存有的异在性本身,即是催动和生发脱离现代性困境的力量源泉。要解决人面对现代性降临时深陷的精神困境,道路就无法向高度现代化的社会系统内部求得。傅村人在对傅村的想象中寻求一种摆脱虚无的存在和匮乏的意义诱发的现代性危机,原子化个体渴望回归早已长久离开了的总体性时代。"那些时代的一切都是新鲜的,然而又是人们所熟悉的,既惊险离奇,又是可以掌握的。"①回忆中的傅村还带有这样一种整体性的色彩,人与人在矛盾中亲近,在差异间勾连,相异的个体之间、主体与他者之间的有机整合依然是可能的。傅村,以及傅村所代表的乡村共同体,是现代人心中精神高地残存的投影,是被现代隔绝了的总体性世界之启示的余音。事实上,《清歌》中的文本并非全部都严格地从属于虚构文类,其中诸多篇目带有明显的生活世界印痕。事实上,作者也曾自述:"在写作的过程中,总是不由自主地滑向虚构与纪实的临界状态,介乎散文与小说之间,我决定不考虑小说与散文的界限,延续了部分散文的外貌,充实进去背景、人物、细节和场景,想通过这种写法,固定下那些几近消逝的人与事。"②小说与散文的界限在许多时刻变得模糊不明,正表征着为"现代"立传的小说难以将游离在现代之外的傅村全部纳入其中。"小说是这样一个时代的史诗,对这个时代来说,生活的外延整体不再是显而易见的了,感性的生活内在性已经变成了难题,但这个时代仍有对总体的信念。"③散文化的文本特征,正是与文本内容相呼应的、在形式上向着那已逝去的"总体的信念"发出的寻唤。

现代社会中孤立的主体深深陷于关系性的悖论之中。一方面,主体拒绝着让自己被共同体固定,拒绝着来自于他者的对象化注视,另一方面,主体又始终渴望着共同体所能提供给主体的确定性,渴望着被他者主体承认的自我之自由。主体并非生来就降落在完全现代化的社会环境之中,——离开了傅

---

① [匈]卢卡奇:《小说理论:试从历史哲学论伟大史诗的诸形式》,燕宏远、李怀涛译,商务印书馆 2012 年版,第 19 页。
② 项静:《清歌》,山东画报出版社 2021 年版,第 238 页。
③ [匈]卢卡奇:《小说理论:试从历史哲学论伟大史诗的诸形式》,商务印书馆 2018 年版,第 49 页。

村、却依然指认着自己傅村人身份的人们在最初的社会之外体验过一种并不圆满但截然不同的生活方式,在他们的意识深处保留着向异于西方现代性的方向迸发的可能。行走在这样的矛盾中,他们一面被打碎散落的生活轨迹推动向前,一面仍试图在其中连缀起可以为主体之超越提供底座的总体性意义。抗争或顺从都是他们脱离正消磨他们主体内在能量的生活的尝试,就算最终走向失败,但这尝试本身依然蕴含着无限自我生发的可能。身处在对人而言疏离又陌生的现代社会中,即便完满的意义世界只存在于构想,这构想本身也已是莫大的慰藉,如黑夜中的萤火,永在前方指示着归乡的道路。

# 上海城市文学的海派文化特征[①]

张屏瑾[②]

**摘　要**　上海城市文学的发展与海派文化的底蕴有着密切关联,海派文化作
为中国近、现代历史上的一种特殊的文化形态,体现了上海的空间、
视觉与物质文化现代性,海派文化具有两方面的重要特征,一方面,
是以新潮思想和理念为中心的知识分子启蒙文化,另一方面,是以
通俗文艺和日常生活经验为中心的市民大众文化,两者在都市空间
中同步完成意义生产,构成了海派文化独有的创造力资源。

**关键词**　上海文学　海派文学　海派文化　大众文化

　　观察和认识当代上海的文学作品,总会涉及"海派文学"或"海派文化",
海派作为一种丰富的历史资源,从多重意义上构成了上海文学、艺术与文化
现象的坐标。研究海派,总要从一个问题开始:海派是从什么时候开始形成
的? 如果从"海派文学"的角度来定义海派,那么它源自中国现代文学史上的
一次争论,即20世纪30年代的"京""海"之争。但今天对海派的讨论,通常不
会局限于文学场域,而是着眼于范围更广的海派文化,甚至海派精神。这样
来看,海派的起源就远远早于20世纪30年代,可以追溯到晚清,而且这种起
源与艺术有更直接的关联。19世纪末就有海上画派,又称为沪派,位列其中
的几名画家并没有一个艺术上的统一风格,而是各有各的特点,这可能就留
下了"海派无派"最早的伏笔。

①　本研究受到中央高校基本科研业务费专项资金(编号:22120200371)资助。
②　张屏瑾,文学博士,同济大学人文学院中文系教授,主要研究领域为中国现当代文学、城市文
学与文化。

"无派"或许确实是海派的一个特性,但这并不意味着海派是不可概括的,尤其是从一百多年以后的当代社会,再去回望海派的发展历程,人们渐渐会把海派的特点朝一个方向上去归纳,通常会有如下这些评价:兼容并蓄、融会贯通、求新求异、不拘一格、雅俗共赏、多元并存等。这些评价并不难懂,但还应该进一步追问的是,这个总体上的方向又是怎么形成的? 这就不能仅仅满足于描述其表象,还须做一些深层次的理论总结。好在一百多年来,海派文化为人们提供了丰富多彩的文学与艺术作品,从这些作品中可以再去探索海派文化的重要特征。

# 一、视觉、空间与物质

海派的起源与艺术有关,一个更重要的环节是京剧。京剧是在中国古老的戏曲艺术迈向近代化的过程中繁荣起来的,成为了风靡一时的国剧。从徽班进京开始,京剧在北京、天津和上海等城市都受到热烈欢迎。欣赏京剧,在北京称为听戏;在上海则称为看戏。一个听,一个看,从这两个不同的动词中我们已经可以感受到南北文化的差异,这种差异是属于现代社会的。但上海人的看戏并不单指看京剧,在晚清到民国初年这段时间,上海出现了戏剧方面的飞速发展。除了京剧,还有话剧的流行,以及电影的引进。话剧被称为文明戏,而电影被叫做影戏,对当时上海的观众来说,看电影、看戏、看文明戏(话剧),几乎都是"看戏",有着相同的感觉结构。

既然是看,那么京剧在上海的看点就会变得多起来,伴随着一系列的艺术革新,比如"时装新戏"的出现,这个时装并非指时装秀,而是指改良的"南派"京剧。当时上海的一些著名的演员,如汪笑侬、潘月樵、盖叫天、周信芳等,都热衷于排演时装化的京剧,内容跟当时的国内历史事件紧密结合。比如秋瑾就义后,汪笑侬排了一部叫《秋瑾》的时装新戏;宋教仁遇刺后,《宋教仁遇刺》的时装新戏随即出现了;还有袁世凯称帝后,也很快出现了一部叫《王莽篡位》的戏,而在五四运动爆发以后,还有过直接描写五四运动的戏。所有这些时装新戏里演员穿的都是时装,而不是传统京剧戏服。

除了话剧的成分外,上海的新派京剧里电影的成分也不少,虽然第一部被拍摄成电影的京剧《定军山》是在北京拍摄的,但大规模的戏曲电影拍摄却是在上海。1918年商务印书馆成立了影戏部,把很多京剧拍摄成电影,演员多是"南派"。梅兰芳曾在1930年去美国考察,重点考察了好莱坞,他回到上海以后,还加入了联华电影公司。而周信芳更是以喜欢看电影而著称,他也最善于在自己的戏里模仿外国电影里的人物表现,还曾加入过南国社,南国社的前身则是南国电影剧社。京剧(京戏)、话剧(文明戏)和电影(影戏)这三者在当时紧密交融在一起,演出者和从业人员之间有非常密切的交往,更重要的在于它们的观众是同一批人,用同一种接受方式、审美趣味和感觉结构,来接受这样的文明戏、电影和时装新戏,这一有趣的状态的基础就是视觉。

周信芳在京剧表演上有一条著名的宗旨,叫做"知道世事潮流,合乎观众心理",这里的"观众"定义很广泛,不只指京剧的观众,在京剧被拍成电影,或者与话剧有了更多融会贯通之处后,它面对的是城市空间中非常注重视觉效果的观众,通过观众的视觉要求来揣摩观众的心理,这是海派重要的特点。海派京剧于是变得非常"好看",传统京剧强调写意,舞台道具很少,而在周信芳、盖叫天的京剧里,哪怕是传统戏,也会在道具上做很大的文章。比如周信芳表演《琵琶记》,戏里有一个骑马送行的情景,传统京剧会让人物拿一根马鞭来表示骑马,但在拍摄周信芳唱的《琵琶记》时牵了一匹真马到舞台上。平时在舞台表演的时候,海派京剧也会呈现各种各样的,声光化电的新技术,在舞台上放烟火、加设一些灯光变幻,甚至杂技、马术等等。当然这种做法也被人诟病,这就是为什么"海派"一开始是一个略带贬义的形容词的原因,这种贬义在后来关于京派、海派文学的争论中也可以明显地看到。

与视觉联系在一起的另一个概念是空间,在特定的空间里才会发生那么多的视觉效果与目光的凝视。上海早期建造了一座"新舞台",是专门为海派京剧而设的一个西洋式的、话剧式的舞台,这不是我们所熟知的老北京的戏园子——像茶馆一样,演员在表演,观众随意就坐,吃瓜子、聊天,这显然不适合海派的、话剧化的京剧演出,所以在上海新建了很多话剧化、歌剧化的新舞台。又如"丹桂第一台",原来是上海的一个茶楼,但在新舞台越发受人欢迎的形势下,它也改成了一个与观众面对面的话剧式的舞台。之所以把这种舞台视为空间,是因为它还形成了一种文化上的隐喻。汪笑侬在他 1916 年办的杂志《二十世纪大舞台》中题词:"历史四千年,成败如目睹。同是戏中人,跳上舞台舞。隐操教化权,借作兴亡表。世界一戏场,犹嫌舞台小。"意思是,世界就像一个舞台,成败兴亡都在舞台上演,观众就在下面看。

空间对海派文化来说非常重要,它又是与视觉化的生活方式联系在一起的。近代上海可以说很早就进入了读图时代。图像是最基本的视觉对象,而城市空间中的图像,最大的重点就是女性的身体,女性形象在中国漫长的传统文化当中,并不会被大规模地图像化,更不会被大量地复制与传播,但在民国初年上海的月份牌、商业广告、宣传画上都出现了大量的女性身体形象,也许有人会说,这些女性形象与过去闺阁中的女性截然不同,表现了新女性,实际上这些女性形象并不是专来宣传新女性的,它的背后就是物质与消费。到了 20 世纪 30 年代,这些物化的女性形象出现了集大成者——摩登女郎,并迅速成为视觉与空间文化非常重要的符号。

摩登是一个很微妙的词,自有其历史渊源。为摩登女郎最早命名的还是文学家,用文字的方式,如果不是这些文学家,我们将无法直接确定这个符号的存在。[①] 也是这个时候的白话文里出现了"摩登文字",最有代表性的是"新感觉派"的小说家,比如在刘呐鸥的小说里有不少这样的场景:男主人公"我"看到了这样一些开放而性感的女性,这让"我"感到"战栗",这个"战栗"跟本雅明讲的都市"震惊"或许有相通之处,都是来自视觉的冲击。为刘呐鸥的小说配图的著名的漫画家郭建英,更是把这样的场景一幅幅地绘制出来。在上海一度影响很大的"新感觉派",在文学史里被视为中国早期的现代主义文学思潮,他们的这种"摩登文字"与五四以后强调写实的小说的确很不一样了,但其实它并不是多么丰富的现代主义,它最突出的一点无非是文字的视觉感。比如在穆时英的小说《Craven "A"》里,把女性的身体部位跟城市的港口、

---

① 张屏瑾:《再论"摩登女郎"》,收录《追随巨大的灵魂》,上海人民出版社 2018 年版,第 139—148 页。

海堤等地理风土联系在一起,看起来非常大胆,内涵却十分单一,我们仅能从中感受到从身体的物化出发的、绝对的视觉权力。

无论是月份牌女郎、摩登女郎的广告效应,还是电影票房,一切都联系着市场。在沪语里有一个特殊的词叫做"卖相",这是和视觉最直接相关的,即一件东西的表象是否有价值,是否卖得出去,有点像今天说的"颜值",但它更直接地与商业竞卖联系在一起。这个词充分体现了海派文化的物质性,物质最重要的属性就是商品属性。海派文化重技术、重商业,以及由重技术、重商业带来的重世俗生活,一直延续至今。

今天我们认为摩登女郎是一个物化的符号,实际上,在日常生活和上海的城市空间里,男性和女性共同分享着这个摩登的符号系统。无论是现代派作家、艺术家,还是商贾、名流,乃至社会活动家甚至革命者,在这都市空间里,少有不注重自己的"卖相"的,鲁迅在上海生活时很敏感于这一点,他在不少文章里都有流露。就拿著名的"四条汉子"一事来说,他说有一次在内山书店约见"左联"的核心成员,在书店看到外面开来一辆小汽车,车上跳下四条汉子,"一律洋服,器宇轩昂"①。据夏衍后来回忆,他自己那天并没有穿西装,而且所坐汽车也没有开到内山书店他们就下了车,②但鲁迅为何会有这样的记忆?我们可以想象,这几位"左联"的领导者,他们日常生活中的做派和气质,就是鲁迅所描写的那样——一律洋服,器宇轩昂,这就是摩登。

同样,视觉的对象也不绝对是女性,丁玲的早期作品《莎菲女士的日记》中就有对男性的"凝视",这部小说虽然是丁玲去北京以后所写,但写的是她在上海的感受,也发表在上海的《小说月报》上。小说表面看起来是在书写五四式的个人情感苦闷,实际上与五四小说已有了非常大的不同,后者多写男女在心灵上的感应和精神上的苦恋,而在《莎菲女士的日记》里,在没有进行心灵沟通之前,女主人公莎菲就注意到了男性身体的存在,而且,并不像五四

---

① 鲁迅:《答徐懋庸并关于抗日统一战线问题》,《鲁迅全集》第六卷,人民文学出版社 2005 年版,第 554 页。
② 夏衍:《一些早该忘却而未能忘却的往事》,《懒寻旧梦录》(增订本),中华书局 2016 年版,第 436 页。

小说那样,一个人美好的躯体必然导向更伟岸的灵魂,莎菲看到的是躯体背后没有灵魂,只有一个欲望的深渊。对丁玲这样的作家来说,在这里出现了身心的重大危机,但这并没有使她倒向现代主义,因为现代主义并不能解决这种危机,这在后来的历史中也是充分证明了的,这就是丁玲后来转向左翼文学的一个重要原因。

虽然多元杂糅的文化现象形成了光怪陆离的海派文化特色,但这种杂糅不是静止的,空间的意义生产和符号生产之间存在剧烈的冲突,这种冲突、矛盾,以及强烈的对比,在海派文化的形成过程中同样起到了非常重要的作用。从这个角度,我们才可以把革命文学,左翼文学,乃至广义上的红色文学,与海派文化联系起来。20 世纪二三十年代的革命文学和左翼文学里,空间对比描写是最常见的引发抗争与激进情绪的方法,在后期创造社、太阳社的诗人们笔下,上海一面是"华屋大厦""娇妻美妾""鲜衣美食",另一面是"粗衣陋食""鄙屋陋室""面有菜色";①一面是坐汽车的富人们,另一面是林荫道下衣不蔽体的穷人,诗人们于是发出了对这城市的诅咒,和对改天换地的革命的呼唤。而在"新感觉派""现代派""唯美主义者"等作家笔下,也有都市空间对比的呈现,穆时英的代表作《上海的狐步舞》开头第一句就为 30 年代的上海下了鲜明的定义:"上海,造在地狱上的天堂!"其实,穆时英的感受与革命文学者的观察角度十分接近,只不过当穆时英要去描写这个"地狱上的天堂"时,他又不由自主地采用了视觉化的方式,又回到他所熟悉的"新感觉"当中去了。在空间的对比上,电影比文字更直观。1937 年上映的电影《马路天使》,非常典型地表现了上海都市空间的分层,镜头先定格在一个摩天大楼的最底层,再自下而上地慢慢一直拉到楼顶,然后镜头切换,变成一个俯瞰上海的角度,空间的全景就此呈现,从中我们会发现"底层"与"高贵的洋楼的顶端"的鲜明对比。

无产阶级的问题,其实就是物质的问题。上海现代历史上最重要的一部长篇小说是茅盾的《子夜》,茅盾怀着要展现上海社会全景的抱负来写《子

① 段可情:《火山上的上海》,《创造月刊》1928 年 2 卷 1 期—2 卷 4 期连载。

夜》,但要实现这个抱负,就必然要从最有代表性的空间元素来描写这座城市,于是《子夜》的开头几段,就囊括了技术、商业、工业、景观、空间,当然还有目光,可以说是一个集大成者,除了日常生活还没有登场以外,几乎所有海派都市空间的元素都在这里交织了。这样的城市空间,虽然写的是上海,也可以同步放到 20 世纪 30 年代的世界其他几座大都市里,所以李欧梵在《上海摩登》一书里提出了"上海世界主义",认为上海的这样的一种空间、景观与结构是世界性的。① 不过,这相似的大都市的景观、空间与结构背后的社会矛盾也会有其相似之处,第三世界半殖民地国家又有它更为专属的危机与社会矛盾,茅盾的《子夜》要写的并不是世界主义的问题,而是要写反世界主义的,民族主义的小说,是要表现这样的一些速度、技术、景观、声、光、电背后的危机,也就是《子夜》的男主人公吴荪甫这样的民族资本家的危机。所以,《子夜》不会是一部单纯的现实主义或自然主义式的小说,它必然要涉及工人运动和阶级斗争的理念性的真实。

## 二、大众文化与海派的两面

20 世纪 90 年代,随着市场经济的深入,文化市场日益繁荣,也带来了大众文化的兴起。这是一个精英文化与大众文化发生结构性的转型的时代,一边是知识分子地位的衰落从而激发了"人文精神大讨论",另一边是"市民社会"及日常生活命题受到许多关注,而这一切,在现代海派文化的发展过程中都有踪迹可寻。海派文化与大众文化,有着重要的渊源关系。

首先需要定义什么是大众文化,或者说,什么是 20 世纪中国的大众文化。日本学者岩间一弘在他的《上海大众的诞生与变貌:近代新兴中产阶级的消费、动员和活动》一书里认为,依托近代和现代特殊的历史和社会结构,现代上海诞生了一个非常特殊和复杂的"大众"社会形态,即便从整个亚洲国家的范围来说,在上海诞生的这个"大众"社会都是很有代表性和启发的。他对这

---

① 李欧梵:《上海摩登》,毛尖译,香港牛津大学出版社 2000 年版,第 287—300 页。

个"大众"的基本定义以"新兴的中产阶级"为中心,但岩间一弘认为它又不完全是一个市民社会,而是一种承担特殊功能的大众的社会,"由于媒体、教育、大规模生产技术等的发达,多数人获得了一定的读写能力与生活的富裕,接触同样的情绪及文化,容易将自己想象为某大集团的成员的社会"[1]。在他看来,这种新的大众社会既是新兴的精英文化舞台,同时也是中国革命的某种重要基础。

这一研究颇有见地,比较我们对大众文化的常见定义,总是与以大众传媒为媒介广泛传播的通俗文学、电视剧、广告、流行音乐等对象结合在一起,不会涉及精英文化与社会伦理共同体的内容,而岩间一弘所说的上海特有的大众社会,则与进步的社会思潮与民族共同体的形成同样有关。在我看来,上述两种对大众文化的不同理解,在海派文化里都可以找到它的线索,有它的同源性。在海派文化的诸多特征中,"求新"无疑是最重要的,所有时髦、时尚的氛围与风气都离不开一个"新"字,这个"新"里面可以包含各种娱乐样式的翻新,也可以包含思想与艺术的创新与进步,如果说前者更多地与小市民的日常生活有关,那后者就是知识分子化和精英化的。当然,"大众"在中国现代思想史上还是"群众"的前身,是带有社会革命意味的概念,但社会革命的理念出自知识分子,因此这个"大众"也可以被归为思想进步和知识化的产物。

中国现代文艺在上海的风气创新所带来的繁荣状况,对此研究非常之多,且还在被不断地发掘,比如近、现代的报刊杂志,各种体裁的文学作品,还有电影、戏曲、音乐、美术等。所有这些艺术上的开拓,也都走了两路的"大众"路线,有最新的艺术理念与方法的习得,大部分是向西方学习,与此同时,这些新的艺术形式也在迅速下沉,通俗化,融入市民生活。最典型的例子是电影,20 世纪 30 年代的左翼电影所呼唤的,正是岩间一弘所说,社会共同体的基础,家国与革命的情怀,而在此之前,在上海,电影早就占据了市民生活

---

[1]　[日]岩间一弘:《上海大众的诞生与变貌:近代新兴中产阶级的消费、动员和活动》,上海辞书出版社 2016 年版,第 4 页。

和通俗大众文化的主要市场。1928年张石川导演的《火烧红莲寺》,在上海拍了十多部,一直到1931年被国民党禁演,1935年转到香港继续拍摄。这部通俗娱乐电影十分能体现海派兼容并包的特色,挪用了传统及改良戏曲的诸多要素,还综合了杂技杂耍、电影特效等手法。观众层次也很丰富,夏衍创作的左翼文学剧本《上海屋檐下》里有一个情节,工人家庭的老父亲来到上海,吃完晚饭一家人打算去看《火烧红莲寺》。从某种程度上,左翼电影正是利用了娱乐电影对影迷观众的培养,在这个基础上再对其心理与认知加以改造,可以说是革新之上的革新,批判之中的吸收,体现了两种大众文化之间的关联。

从文化启蒙的角度看,上海也在中国现代历史上扮演了极其重要的角色。思想史、文化史上的一些重要的杂志,如《新青年》,虽不是在上海创办,却是在上海改版,成为重要的革命思想宣传阵地;另一本《小说月报》是商务印书馆最畅销的杂志,也在上海完成了重要的转变,从刊登鸳鸯蝴蝶派小说到刊登新文学作品;还有一本文艺刊物《现代》,1932年在上海创刊,是一本追求与世界文艺潮流同步的杂志,欧洲、美国及日本等现代发达国家最新的文艺作品和文化事件,常能第一时间在《现代》杂志上看到译介与通讯,《现代》杂志还刊登最新的电影广告、商业广告等等。从《现代》确实可以部分地看到"上海世界主义"的一个投影,而且"现代"本身就是一个抱着自信的自我命名,此时距离辛亥革命也不过二十年的时间,中国人的自我认同,至少在上海,已经发生了翻天覆地的变化。时代的改变与进步,在20世纪之初,完全是从文艺和文化层面首先表现出来的。

改革开放以后,海派重新浮出历史地表,"新潮"和"探索"同样成为上海文化的关键词,比如在"85新潮"的背景下,上海文艺出版社出版了"文艺探索书系",许多先锋小说入选,20世纪90年代出版的"大上海小说丛书"以及《上海文学》杂志推出的"新市民小说专栏"也强调城市文化的定位,读者众多。不过后两者中选入的作品在今天看来文学史影响力不大,因为这些作品多靠近市民阶层的趣味。上海本土作家的写作,也多带有通俗市民文学的痕迹,但这并不意味着他们与精英化的先锋小说没有关联,两者都指向这个时代的个性要求与社会奇观,在城市空间内发酵。

求新求异是海派文化引人瞩目的一面，另外一面则是安稳、自持、自我保全。张爱玲有一句流传很广的话：愿岁月静好，现世安稳。这句话的确体现了上海人的总体生活追求：注重日常生活、精打细算、稳中求胜。当代小说《繁花》里有一个出现频率非常高的词：不响。上海人常对世事采取"不响"的态度，其实就是自我保护、审时度势，不表态，先观望。这是非常典型的海派性格，其实也是大城市居民一种普遍的性格。张爱玲的小说除了小市民之间以爱情的名义较劲外，也充满了对现世安稳的强调。她的代表作《倾城之恋》结尾提到了《诗经》里的名句"死生契阔"，把这句话植入到一个完全现代的故事里，尤其是有战争危机感的环境中，反衬动乱年代里小人物对近在咫尺的安稳感的追求，但张爱玲又对这种追求中隐藏着的虚无意味有所反讽。1947年，在张爱玲编剧、桑弧导演的电影《太太万岁》里，一个上海中产阶级的太太，也是用了一种海派的智慧，化解了丈夫出轨导致的一场家庭危机。

在这一点上还可以举《生活》周刊为例，这是 20 世纪 20 年代在上海创办的一本刊物，邹韬奋曾担任过一段时间的主编，也是在他主编的时期，《生活》的知名度日益提高，发行量一度突破了 15 万份。《生活》周刊的主旨之一是接通平民生活，办有"小言论""读者来函"等栏目，作者都是普通的上海市民、学生、职员，也有家庭妇女，他们的受教育程度不一定很高，但都有一定的读书写字的基础，他们发表的内容，大部分是在安稳的生活中遇到了哪些问题，包括个人的情感波动、事业困惑以及财产纠纷等，表现出中国最早的一部分城市中间阶层的日常与职业生活的状态。《生活》由此也涉及早期市民生活的伦理状况，包括小家庭、性别、教育与法权等等，是一份宝贵的记录。

文艺作品之中也有了对中国最早的"朝九晚五"的上班族的表现，比如施蛰存的小说《梅雨之夕》，写的就是有着固定生活轨迹的小职员的"轨外"心理活动，这情节当然是以市民化的社会为基础的，但《梅雨之夕》不是通俗小说，被视作"新感觉派"的现代派书写，可见无论归于"安稳—世俗"还是归于"激进—新潮"，海派文化都包含着一种对现代城市生活常态的呈现，这种生活或许是普通人孜孜以求的，也可能是现代派的小说家与诗人的灵感来源。施蛰存等作家的写作在当时就受到施尼兹勒、弗洛伊德等人的影响，仿佛是对西方经典中产阶级叙事的再现。不过,这短暂的摹写很快就被全中国的民族解放战争大潮所淹没了。虽是昙花一现,海派文化的这一面向,却能在当代历史中几度成为城市生活想象与书写的基础。

在现代文学史上,对海派最重要的评价来自鲁迅。在 1933 年发生的这场"京海之争"里,时年 31 岁的沈从文先向海上文人们发难,写了《文学者的态度》和《论海派》两篇文章,沈从文要维护的是一种正统的、严肃的,"文雅与庄严的""文学者的态度",反对海派的娱乐化、游戏化,身在上海的作家,苏汶、徐懋庸、庐焚等人都写了反驳与自我辩护的文章。最后,鲁迅以三篇文章《京派与海派》《北人与南人》《京派和海派》,终结了这场论争。鲁迅在这几篇文章中提供了一些重要的观点,流传甚广,例如"京派是官的帮闲,海派是商的帮忙";北人"饱食终日,无所用心",而南人"群居终日,言不及义"等。鲁迅与海派文化的关系是一个很有意思的话题,除了上文提及的,他在一些杂文中有对上海的居住环境和各色人物的描绘,他还写过一篇《阿金》,文体介于虚构与非虚构之间,通过刻画女佣阿金这个人,比较集中地表达了对上海生活的强烈感受。最近十年以来,随着上海文学、海派文学研究视野的深入,越来越多的研究者开始从"阿金"入手讨论鲁迅的上海经验,几乎形成了一股"阿金"热。① 如果说后期鲁迅的杂文思想表征了大时代的到来,那么海派人物"阿金"与这个大时代到底是什么关系,这正是研究者们想挖掘的一种可能性。

改革开放以后,关于上海城市及海派文化的论争重新开始了,也出现了两篇比较典型的文章,一篇是余秋雨的散文《上海人》,收在《文化苦旅》一书中。这篇散文描述 20 世纪八九十年代的上海人,语带微讽与自嘲,引起了不小的反响。另一篇是 20 世纪 90 年代初,浦东开发开放之前,两位记者写的《大上海,你还能背起中国吗?》,此文也流传甚广。当时上海的工业生产总值与它对国家所做的贡献相比处于失衡状态,上海本土经济未实现转轨,还有

---

① 代表性论文有:薛羽:《观看与疑惑:"上海经验"和鲁迅的杂文生产——重读〈阿金〉》,《现代中文学刊》2011 年第 3 期;孟庆澍:《〈阿金〉与鲁迅晚期思想的限度》,《文学评论》2019 年第 4 期;[日]中井政喜:《关于鲁迅〈阿金〉的札记——鲁迅的民众形象、知识分子形象备忘录之四》,《中山大学学报》2015 年第 3 期;杨姿:《"上海性"与〈阿金〉的都市革命困境》,《中国现代文学研究丛刊》2020 年第 6 期,等。

很多束缚,在各方面出现了停滞甚至是落后,因此引发了深深的失落与焦虑。这两篇文章对文化上和经济上的观察有相通之处,表现出海派文化的独特性其实是一种优越性,这种优越性建立在现代社会的进步与优先性之上,它绝不仅仅是一种怀旧。对海派文化的讨论一直延续到21世纪,至今仍未停止,例如当下对"新上海人"及"新上海人二代"的讨论:更年轻的一代居民虽然出生于上海,但不会讲沪语,对海派文化也几乎没有了解,他们虽"在"而是否"属于"上海呢,他们将怎样自我定位,海派的特征是否也将因此而发生改变呢? 有一点是肯定的,这些问题并不会使海派文化的讨论仅仅停留在历史现象之上,而将进一步为海派文化增加新的当代内涵。

# 城市文学空间

## 城市赋形
### ——徐则臣的"北京叙事"

徐　刚①

摘　要　徐则臣一直致力于以"北京叙事"的方式为城市赋形。在《跑步穿过中关村》等早期作品中,他通过城市"隐匿的人群"的浮现,来彰显都市的社会景深,赋予人群以新的城市形貌。在《王城如海》里,"雾霾的隐喻"显示了一种历史的纵深,小说通过人物内心来切入城市的内心,赋予城市一种精神深度。而到了《北上》中,"非遗"的"加持",使得"大运河"有了北京城市赋形的全新意涵,这为北京城市叙事增添了更具文化内涵的"新地标"。这条写作线索的背后,显示的是作者自我意识的成长与文化认同的变迁。

关键词　徐则臣　北京叙事　城市　自我意识　文化认同

---

①　徐刚,博士,中国社会科学院文学研究所副研究员,主要研究方向为中国当代文学。

# 一、《跑步穿过中关村》：城市"隐匿的人群"的浮现

不得不承认，徐则臣最早引起文学界关注的，是他独树一帜的"京漂故事"。在他的小说中，外乡人、城市边缘人和底层奋斗者，无论如何表述，指向的目标都是大体相似的——那些在我们的城市"看不见的风景"。他们的情感与歌哭、卑微的梦想与执着的探求，都曾长久地遭受漠视。而《跑步穿过中关村》《啊，北京》《我们在北京相遇》等作品，便适时地描绘了那些奔走于北京街头的各色人群，办假证的、贩卖盗版光碟的，他们从农村或小城镇来到北京，徘徊在合法与不合法的灰色地带，过着正常或非正常的生活，他们在故乡与北京之间游荡挣扎，做着无望的抗争。这些小说"对于北京城里'特殊'人群的关注"，也正好"揭示着这个时代社会文化中被我们秘而不宣的那部分特质"①，而让那些"隐匿的人群"得以浮现，则正是徐则臣最为突出的艺术贡献之一。这就像评论者所指出的，他让我们看到了一种颇为悲苦的"速度中的北京"："那些卖黄色光盘、卖发票、伪造各种证件的人群们奔跑着，在北京城的街道上、栏杆处和墙壁上，刻下他们的电话号码，给这个城市贴上陌生而又难堪的标志。"②这些在黑暗中奔跑的人群，构成了徐则臣城市叙述的主要角色。

由此可以看到，让那些长久以来"隐匿的人群"在文学中悄然浮现，正是徐则臣小说的重要特色，也是他"北京叙事"的突出风格。然而，《跑步穿过中关村》所呈现的终究是阔大浩瀚的北京城。在此，扑面而来的沙尘暴总是令人猝不及防。他的小说总是不吝篇幅，为我们描述这种颇为"壮观"的城市景观："低矮的居民区和街道一夜之间变成了单纯的土黄色，这些落了土的房屋和街道看上去更像一片陈旧的废墟，安宁，死气沉沉……如此颓败和荒凉。""太阳在砂纸一样的天空里直往下坠，就在这条街的尽头，越来越像一个大磨

① 张莉：《众声独语："70后"一代人的文学图谱》，上海文艺出版社 2017 年版，第 50 页。
② 张莉：《众声独语："70后"一代人的文学图谱》，上海文艺出版社 2017 年版，第 51 页。

盘压在北京的后背上。"(《跑步穿过中关村》)这便是主人公敦煌所置身的世界。小说里的他因为办假证入狱,刚放出来不久便转行卖起了盗版光碟。昏黄的天空,尘土纷纷扬扬,这个城市的粗粝、蛮横,以及劈头盖脸的艰险,都清晰地写在这里。而那些城市的边缘人则"岌岌可危地悬挂在生活边上",为着自己卑微的理想徒劳无益地打拼。北京,既是他们自己选择的自由天堂,也是他们被迫居住的宿命场所。

这个伟大而繁华的首都,令无数怀揣理想的年轻人无限憧憬。"他们从四面八方来到北京,怀抱最朴素的理想主义和激情准备大干一场或者瞎混一番。"[1]然而对于敦煌和边红旗来说,他们很快就会发现,北京这座无边无际、五方杂处的大都市,"大得没完没了,让人喘不过气来"(《屋顶上》)。更多的外乡人只能聚集在跟农村差不了多少的北京西郊,远远地眺望着灯火阑珊的北京城。对他们来说,北京是一个"在西郊屋顶眺望的遥远的所在"。这也就像《轮子是圆的》里的咸明亮所感叹的,"不进城的时候,要看北京我就得爬到屋顶上往东看,北京是一片浩瀚的楼房加霓虹灯的热带雨林"。因而,无数卑微的梦想,只能静悄悄地发生在郊区的夜晚,"夜间的北京前所未有地空旷,在柔和的路灯下像一个巨大而又空旷的梦境"(《屋顶上》)。当然,对于他们来说,即便是这样的北京,也比家乡要强出不少。比如对于边红旗来说,他来到北京,就感觉"世界一下子离我近了",感觉"看到了自己在世界上占据的那个点了",而过去他在那个平庸的苏北小镇,是"什么都看不见,像一头蒙上眼睛拉磨的驴那样过日子"(《啊,北京》)。

在徐则臣的小说里,他总是会用"蚂蚁"这个意象来描述这些在城市郊区眺望,或是在城市边缘游走的异乡人。就像《跑步穿过中关村》里的敦煌一样,那些出没于海淀高校周边、中关村、蓝旗营、挂甲屯,或是城乡结合部的出租屋、小旅馆,穿梭在过街天桥、地下通道的假证制造者、盗版光碟贩卖者们,确实能够让人油然想起"蚂蚁"这个卑微的生物。在《啊,北京》中,"我"与边红旗一样,"觉得自己像只蚂蚁,和一千多万只其他的蚂蚁一样。蚂蚁太多

---

① 　徐则臣:《跑步穿过中关村》,重庆出版社 2008 年版,第 2 页。

了，拥挤得我找不到路了，找不到也得找，不然干什么呢"。《天上人间》里的子午不断感慨，"一个人在这浩瀚无边的城市里待了无数年，还将再待无数年。一个人像一只蚂蚁……被这个城市淹没了"。无数的"京漂们"，已然沦为"蚁族"大军的一分子。他们在这座城市的灰色地带卑微地劳作、乞食。每天过着"办证、吃饭、睡觉、警惕着不被警察盯上"的生活，即便如此，他们有时也不忘不切实际地幻想，"莫名其妙地希望在这里生根发芽，大小做出点事来"（《啊，北京》）。然而很快，这些卑微的幻想就被现实击得粉碎。面对这群卑微的"蚂蚁"，城市这头巨兽，总是有着惊人的吞噬力。"城市是台巨大的推土机，也是瘟疫，战无不胜。"在《看不见的城市》里，徐则臣曾这样感慨。它轰隆隆地向前，将一切热烈与鲜活都连根拔起。因此，对于卑微的"蚂蚁"来说，城市的凶险无处不在。于是我们看到，《狗叫了一天》里的傻子小川间接死于行健、米箩对狗的捉弄；而《看不见的城市》里的天岫则被贵州人一板砖拍死在地……这大概正是城市里不断上演的残酷戏码。

面对这一类的问题，我们往往会在"乡下人进城"或是"底层写作"的脉络中来讨论。关于"底层"的概念，蔡翔早在 1996 年便发表了《底层》一文，对此有着明确的论述[①]；而刘旭在《底层叙述：现代性话语的裂隙》一书中的表述更加直接，"这是个不需要思索的概念，处于'最下层'就是划分的标准，这个标准的内容如果再详细一些，可能包括政治地位低下、经济上困窘、文化上教育程度低等，被称为底层的，可能三个条件全部满足，也可能只满足其中的一个条件"[②]。按照刘旭的划分，徐则臣小说里的城市边缘人，显然属于"底层"的范畴。这也很自然地会让人联想到阶层分化的社会议题，也是在这个意义上，如评论者所指出的，"底层问题在今天的浮出水面，实际上折射出当前中国社会结构的复杂形态和思想境遇"[③]。然而需要注意的是，在徐则臣这里，坚硬的阶级意涵之外，我们也能清晰地看到一种朴素的都市人群的呈现。

本雅明在讨论维克多·雨果的"人群"概念时曾这样表述，"汹涌的大海

---

① 蔡翔：《底层》，《钟山》1996 年第 5 期。
② 刘旭：《底层叙述：现代性话语的裂隙》，上海古籍出版社 2006 年版，第 3 页。
③ 刘继明：《我们怎样叙述底层》，《天涯》2005 年第 5 期。

是人群的模本"①。于是，象征性的大海，成了人群活动的基本形态。而回到小说之于城市"人群"的叙事赋形之上，我们便不难发现徐则臣作品对于"北京叙事"的重要贡献，这正体现在对这种城市人群的捕捉与刻画上。正如波德莱尔所说的，"并不是每一个人都可以在人群的海洋里漫游"②。只有少数敏锐的作者，才会有意识地把人群作为小说中的匿名人物组织到叙事之中，以此揭示城市生活的历史变迁。在徐则臣这里，城市边缘人群的汇聚，似乎来自一个更为广阔的社会空间，这里固然有着城市漫游者或历险者的欲望投射，也能够生动体现出社会矛盾的冲突处境，但在其最基本的意义上，却是通过城市"隐匿的人群"的浮现，来彰显都市的社会景深，从中能够看到徐则臣在过往的"市井北京"之外，赋予北京都市人群以新的城市形貌。

## 二、《王城如海》："城市内心"的深描

如果说在《跑步穿过中关村》等作品中，徐则臣希望通过"沙尘暴"来隐喻城市的粗粝与蛮横；那么到了长篇小说《王城如海》里，呼啸的沙尘暴终于演变为挥之不去的雾霾，生活中那些痛并快乐的艰险，开始让位于一种更加严峻的生存危机。雾霾这个现代性的后果，既是城市工业发展的见证，也意味着严重的环境污染。这就像徐则臣在后记中所说的，"我在借雾霾表达我这一时段的心境：生活的确是尘雾弥漫、十面霾伏"③。饶有意味的地方在于，那些"隐匿的人群"在其"浮现"的过程中，终于奇迹般地蜕变为中产阶级眼中的"雾霾"。而从更深层来看，人性的雾霾也考验着中产阶级外表光鲜的生活，揭示它无限风光背后内在的脆弱，这当然是更为致命也无法逃遁的危险。因此，在徐则臣这里，《王城如海》以北京标志性的"雾霾"这一隐喻修辞来切入小说叙事，无疑为"城市内心"的"深描"提供了重要契机。

---

① ［德］瓦尔特·本雅明：《发达资本主义的抒情诗人》，张旭东、魏文生译，三联书店 2007 年版，第 78 页。
② ［法］沙尔·波德莱尔：《巴黎的忧郁》，亚丁译，三联书店 2015 年版，第 37 页。
③ 徐则臣：《王城如海》，人民文学出版社 2017 年版，第 267 页。

《王城如海》的故事线索异常清晰，它以北京为背景展开，实则围绕主人公余松坡的双重困扰叙述。第一个层面的苦恼来自当下，即社会现实层面。这位海归先锋戏剧家的最新作品《城市启示录》因被误解而冒犯了城市的边缘群体；而第二个层面的苦恼则来自历史，即个人记忆的层面，这便牵扯出他过往岁月不为人知的人性污点。那个让他寝食难安的告密丑闻，随着事件受害者的重新出现而愈发有着暴露的危险。这双重的困扰，顿时让余松坡风光无限的生活变得岌岌可危。小说也意在通过他的故事提示我们，古老而现代的北京城在其繁华富丽的光鲜之外，存在着"更深广的、沉默地运行着的部分"，这是城市无法摆脱的"乡土的根基"。

据徐则臣所言，《王城如海》并没有特定的主人公，北京就是其主角，他甚至一度要以"小城市"为这部小说冠名，这当然显示了作者囊括一切的雄心。在他以往的"北漂"系列小说中，北京被描述为从事非法职业的边缘人不断游走的空间，这种单调显然难以令人满意。对于北京的浩大宽阔，徐则臣需要一个新的写作视角。如其所言，"这次要写高级知识分子，手里攥着博士学位的；过去小说里的人物多是从事非法职业的边缘人，这回要让他们高大上，出入一下主流的名利场；之前的人物都是在国内流窜，从中国看中国，现在让他们出口转内销，沾点洋鬼子和假洋鬼子气，从世界看中国；过去的北京只是中国的北京，这一次，北京将是全球化的、世界坐标里的北京"①。于是我们看到，余松坡这个曾经的乡村青年，终于成长为个人奋斗的典型，他从乡村到城市求学，戏剧性的命运转折让他得以在纽约生活多年，哥伦比亚大学戏剧学研究生毕业后回到北京做戏剧导演。这位"海归"的先锋戏剧家，原本是要以艺术的方式探索世界本质与人性真相，"但现在他回到中国，回到一个一直吸引他的复杂现实里，他不仅没能艺术地思考和处理好复杂的现实，他的艺术也被现实弄得无比复杂，难以把握"（《王城如海》）。他不得不放弃先锋的"高蹈"，转而在戏里做一个"无条件的现实主义者"。他以戏剧的方式介入现实，却遭逢意外的失效，这在某种程度上也是启蒙者位置的失效。就此，底层的

① 徐则臣：《王城如海》，人民文学出版社 2017 年版，第 258 页。

风景像雾霾一样挥之不去,成为知识者的梦魇。

以北京为方法,捕捉雾霾的隐喻意义,不只是在阶级图谱的层面叙述城市的现实维度,更重要的是获得一种历史的纵深,对城市内心进行深描。这便涉及雾霾隐喻的另一层含义,即《王城如海》通过小说人物内心的雾霾来引出中产阶级的"黑暗记忆",以此构形城市的来路。小说中,余松坡对过往的愧疚造成的"内心的雾霾",正是叙事的重点所在。"我是一个帮凶,曾将一个无辜者送进了监狱",这是余松坡多年后灵魂深处的自白。随着小说的展开,他那不可告人的往事也渐次呈现:1989 年高考落榜时,他为了争取参军的名额,一念之间,便在村长的怂恿下告发了从北京带回宣传单的堂哥余佳山,这直接导致后者被判入狱十五年,不仅惨遭折磨,更是前途尽毁。这件事使余松坡再也无法安宁,无尽的愧疚让他梦魇不断,只能靠二胡曲《二泉映月》来自我疗救。为了寻求内心的宁静,他不断出走、逃离,以自我奋斗的方式不断向上攀爬,寻求麻痹和忘却。即便时过境迁,他早已飞黄腾达,但内心却仍旧不安,无论何时,"一想到我曾在浩大的历史中对一个人伸出卑劣的告密之手,我就惶惶不可终日"(《王城如海》)。

从某种程度上看,余松坡的"黑暗记忆"其实象征着城市的内心。在此,城市不仅有其乡土的底色,更有其雾霾一般挥之不去的罪恶。徐则臣也曾谈到,驱赶内心的雾霾其实更为重要。相对于他过往小说中的小人物,《王城如海》展现的正是余松坡这位体面人内心的幽暗。徐则臣认为,更可怕的其实是内心的雾霾,"写到这帮人发现,他们体面,但是在体面的背后有一些难言之隐,这个东西的伤害,未必不比在路边卖假证的更大"①。这里可以隐约看到一种"卑贱者更高贵"的朴素逻辑,但也并非全然如此。雾霾就像人性的"平庸的恶"一样肆意蔓延,这也似乎象征着作为国际都市的"新北京",需要刻意隐瞒自己并不光彩的过往,通过这样的方式,徐则臣得以窥探城市浮华背后的真相。

小说中,当余松坡与余佳山在天桥上相遇时,余松坡当然明白,大家都是

---

① 沈河西:《徐则臣长篇〈王城如海〉:用减法写,越写越浓缩》,澎湃新闻 2017 年 4 月 10 日。

因为北京，为了心里的那个结，才变成如今的模样。小说中反复提到北京在精神吸引上的重要作用，即通过"教化"所塑造的向往，以及那根本不存在的"金光闪闪的天安门"的蛊惑，让他们都对北京心存执念。余松坡的精神困境来自个人奋斗中的残酷史，对他人不择手段的伤害。在此，城市终究是个牺牲良善品质的场所，那些从乡村来到城市的逐梦者，他们从故乡到城市，从少年到中年，带着各自的过往，奔波在京城的大街上，向着未知的方向前行。而那些寥寥的成功者，却又带着他们永难磨灭的罪孽与愧疚，独自咀嚼自我的恐惧和"梦魇"，"因为怕死，他的焦虑变本加厉。在很多梦里，他在逃亡、忏悔、辩解、嘘寒问暖"（《王城如海》）。

就此看来，北京这座建城两千多年、建都八百多年的中国传统城市，在从"乡土北京"向"现代北京"的转变中所呈现出的现代性繁复内涵，其实都极具隐喻性地集中到余松坡这个人物身上。当然，这里所说的传统，不是抽象的能指，或来自遥远乡村的可笑而愚昧的乡下人固守的信念，而是渗透于这个城市的空间形态，其居民的日常生活、行为方式和精神构成当中。即是说，北京从城市文化到居民性格，都指涉着一种从中国乡土社会内部产生、发展和逐渐完善的城市类型，而这是与西方城市迥然相异的。或许正是因为这个原因，小说中无论是余松坡，还是《城市启示录》里的教授，都无法与其身处的城市和谐共处。在此，余松坡这个叙事的"中介"，他的"发迹史"其实高度象征着北京城市的惊人发展变迁。这个当年的乡村男孩，他惊心动魄的个人奋斗不禁让人唏嘘，而他从其乡土的本色中拼命逃离，非喝洋墨水不足以平息他在这个世界"向上攀爬的欲望"，也令人如鲠在喉。他的愧疚，那些绝难掩藏的人性污点始终如影随形。不过好在，他最后终于得偿所愿地走向世界，成为声名远播的先锋戏剧家，而这个艰难却不无戏剧性的过程，正好与三十年来中国城市的全球化进程步调一致。历史的机缘让这个被人投注诸多情感的"乡土北京"，终于在某个合适的契机下蜕变为"现代城市"，并积极向着所谓的"世界文明之都"迈进。其中的艰辛自不待言，然而就像小说中的余松坡那样，在剥离了这个看似高贵的"海归"知识分子虚伪的画皮之后，围绕在他身上的光环瞬间消失，小说也在这个层面顺理成章地落实了我们孜孜以求的所谓"新北京"的虚妄。因而在此,小说在洞悉了文明的浮华之后,终于让我们得以看清城市的来路,它的实质,以及那不应忘却的素朴本色。

因此,《王城如海》其实重述了"五方杂处"的"帝京"那斑驳陆离的文化构成方式,并成功唤起了这座国际都市背后久违的"乡土感",这也是北京叙述由来已久的文化传统。而它的独特性则在于"以北京为方法",捕捉雾霾的隐喻意义,这不只是在阶级图谱的层面叙述城市的现实维度,更重要的是获得一种历史的纵深,对城市内心进行"深描",并以此构形城市的来路,获得有关北京叙述的清晰形象。

## 三、《北上》:以"文化钥匙"激活城市新地标

坦率来说,徐则臣发表于 2018 年的长篇小说《北上》,更像是一篇自我设定的命题作文。据说长久以来,他一直梦想着写作一部关于运河的大书。不仅写它的历史,也写它的当下。这也难怪,伟大小说的诱惑,是任何作者都无法抵御的。于是经过多年的等待,当《北上》被郑重地摆在我们面前时,我们一点也没有诧异。在此,小说的主人公——那条奔腾的运河——被突出地标识了出来,并被赋予生气。而围绕这条大河,作者选取的时间节点也极为巧妙:从漕运废止的 1901 年,到申遗成功的 2014 年。小说如此这般,便轻易将京杭大运河的历史叙述与百年现代中国的命运紧紧联系在一起。因此就小说而言,非物质文化遗产的文化建构意义固然显而易见,但小说并没有简单导向一种应制之作。相反,借助"非遗"的"加持",徐则臣成功地将"运河"汇聚到故乡与北京的两种写作脉络之中。如此看来,这既是关于故乡的小说,又是别开生面的"北京叙事"。然而无论如何,通过讲述时间与河流的秘密,经由"运河上的中国",不仅导向的是"一条河流与一个民族的秘史",更是以"文化钥匙"激活了运河这个北京城市的新地标。

在谈到《北上》的创作时,徐则臣曾提及虚构与纪实的关系。在他看来,"虚构往往是进入历史最有效的路径;既然我们的历史通常源于虚构,那么只有虚构本身才能解开虚构的秘密"。如其所言,"我要把所有人的故事都串起

来。纪实的是这条大河,虚构的也是这条大河;为什么就不能大撒把来干他一场呢?"①于是我们看到,从小波罗、谢平遥、邵常来,到邵秉义、周海阔,到谢望和、孙宴临,再到马福德和费如玉,浩荡的运河将那些相互独立又藕断丝连的故事片段巧妙连缀到了一起,竟成了一部完整的叙事长卷。这种点面结合的方式,恰恰构成了一种破碎的整体感,"仿如亲见,一条大河自钱塘开始汹涌,逆流而动,上行、下行,又上行、下行,如此反复,岁月浩荡,大水汤汤,终于贯穿了一个古老的帝国"(《北上》)。

关于小说的某种时间性,徐则臣早有交代。在《北上》的扉页中,他引用乌拉圭作家爱德华多·加莱亚诺的名言,"过去的时光仍持续在今日的时光内部滴答作响"。在伯格森那里,时间是绵延的洪流,总会为我们的今天带来些许回响。而在《北上》中,这种"时间的回响",则主要体现在小说中时时出现的作为历史遗存的运河文化之上。在谈及《北上》的创作时,徐则臣曾庆幸自己找到了"文化"这把钥匙来"唤醒"运河。在徐则臣看来,正是文化的厚重,让他在一己的天马行空的虚构中,将文化建设者们要求的步步为营落到实处。就整个小说而言,徐则臣巧妙运用了"文化"这把钥匙,最大限度地榨取"运河文化"的方方面面。小说里,几乎所有人都在围绕运河操持各种文化活动,或是为河流做一些文化记录的工作,或是搜寻关于河流的文化遗迹,以至于无处不在的文化建构令人目不暇接。好在运河所包含的文化是最容易让人肃然起敬的因素,而对文化的敬畏便是对运河本身的敬畏。

《北上》瞩目于作为历史遗存的大运河,关注的正是作为一条河的历史,以及千百年来这条河对中国人和中国文化的影响和塑造。《北上》里的人物大多以河为生,比如谢家从先祖谢平遥开始便将个人命运与河流紧密联系在了一起。此后,"几代人或为事业,或为志趣,或为生计,谢家的经历竟一直不曾远离运河左右"(《北上》)。甚至谢仰止唱的淮海戏《长河》,都表现出文化的多种形式,更别说拍摄《大河谭》的谢望和了,后者执着以纪录片的方式更为直观地呈现大运河的文化形态。而在邵常来的后人那里,馈赠于"小波罗"

---

① 徐则臣:《北上》,北京十月文艺出版社 2018 年版,第 464 页。

的意大利罗盘成为家族的传世之宝。因而在小说"2012,鸬鹚与罗盘"的故事中,"罗盘"的传承、变卖与复得,便有了更为丰富的意涵。它一方面要讲述朴素的人间伦理,如小说所言,"一辈人有一辈人的想法,一辈人有一辈人的活法,这个世界在变,年轻人就应该按年轻人的想法去活,去干……年轻人的事让他们自己决定"(《北上》)。但另一方面,故事的发展也不出所料地导向了对自我心灵羁绊的执着坚守,即对于邵家而言的,去重拾一个世代船家的信仰世界。后一点无疑显得极为重要。这也是为什么邵秉义父子执意要赎回罗盘,而周海阔也甘愿出让的重要原因。

当然,小说最有意思的当属周海阔的"小博物馆客栈"。这家客栈属于集博物馆和客栈于一身的创意文化产业,它专门收集运河沿线散落的老物件,挖掘运河沿线丢失的历史细节。"这些老物件曾经深度参与了当地的历史发展、日常生活和精神建构,在它们从这个世界上彻底消失之前,'小博物馆'尽力将其留下,为本地存一份细节鲜活的简史。"(《北上》)作为历史的遗存,这里还有费德尔·迪马克和他的《马可·波罗游记》,老秦家的杨柳青年画和《龙王行雨图》雕版,孙宴临用来呈现"一条千年长河的历史感、沧桑感和命运感"的那些照片,以及考古学家胡念之勾连起的沉船、信件和陌生河道的悬疑……

这种文化的诸种形式,突出地强调了大运河所呈现的历史遗存。这也充分表明小说的叙述依凭所在,而背后潜藏的理念则在于:"运河文化带"应该是一段高度浓缩的、与运河相关的本地史志与生活志。正是在这样一个"运河与人"的文化格局中,京杭大运河之于整个中国的重要影响和现实意义,才能如此深切而精准地突显出来。也是在这个意义上,我们得以认真审视作为历史遗存的运河,领会"运河与人"的深切联系,"一条河活起来,一段历史就有了逆流而上的可能,穿梭在水上的那些我们的先祖,面目也便有了愈加清晰的希望"(《北上》)。

当然从某种程度上看,这里的文化也是被刻意突显和强调的。比如,小说稍具讽刺意味的,就是那位上岸失败的邵星池。这位船家的后代,想必早已厌倦了古老的生活,想摆脱家族束缚谋求更大发展。为此他孤注一掷,甚至变卖了传家之宝,然而时运不济,创业失败的他不得不重操旧业,重新投入到已成夕阳产业的船运行业。小说在此,叙述者只求让人见证家族背叛者的幡然悔悟,却并没有在周海阔"慢就是快"的人生哲学中提炼太多的产业启示。也就是说,我们只是模糊地看到叙述者给邵星池安置的前景"在适宜船运的范围内找到最佳货物",却并没有如人所期待的,看到一种新的文化形态的诞生。如此一来,人物的生活选择,其实并没有支撑起新的文化主体性,而是败给了有关历史遗存的文化情怀。

大概正是这种刻意的强调,使我们得以看清,《北上》中的"大运河"这个无比强悍的主人公,犹如磁石一般,将不同时空里的故事牢牢吸附到了一起,并由此奇迹般地沟通了古与今,中与外。在这个意义上,不仅照见出大运河作为"中国"的一面镜子,即作为中国地理南北贯通的大动脉,它既在传统与现代的意义上,见证了一个古老国度的现代变迁,也在中国与世界的维度中,哺育了一代代独特的中国人。这也正是《北上》经由"运河上的中国",通过讲述时间与河流的秘密,展现给我们的"一条河流与一个民族的秘史"。而另一方面,作为"非遗"小说的《北上》,如此明确地以北京城市空间为据点展开,这又势必要汇聚到徐则臣一以贯之的"北京叙事"之中。这样一来,这里的"大运河"便有着为北京城市赋形的重要意义,它显示了徐则臣在大院、胡同等传统意象之外,为北京城市叙事所增添的"新地标",而且是更具文化内涵的"新地标"。

# 结　语

通过以上标志性文本,简要梳理徐则臣十多年来孜孜不倦的"北京叙事",我们大致可以看到,徐则臣的小说其实一直在做的工作,就是以叙事的方式致力于北京城市空间的文化建构,即通过小说为城市赋形。在《跑步穿过中关村》等早期作品中,徐则臣通过城市"隐匿的人群"的浮现,来彰显都市的社会景深,从中能够看到他在过往的"市井北京"之外,赋予北京以新的城市形貌。而在《王城如海》里,雾霾的隐喻就不只是在阶级图谱的层面叙述城市的现实维度，更重要的是获得一种历史的纵深，通过人物内心切入城市的内心，赋予城市一种精神的深度；而到了荣获茅盾文学奖的长篇小说《北上》中，"非遗"的"加持"，使得"大运河"有了北京城市赋形的全新意涵，它显示了徐则臣在大院、胡同等传统意象之外，为北京城市叙事所增添的更具文化内涵的"新地标"。

当然，在徐则臣的城市赋形背后，也能隐约觉察出他十多年来的写作成长史，从中可以看到作者自我意识的成长与文化认同的变迁。在他早期的"北漂"故事里，作者往往以城市边缘人群体的代言者来切入"北京叙事"，这里当然包含着诚挚的自我的影子，这是最为朴素的写作动力所在。而在《王城如海》中，底层的形象就不再那么良善，作者的自我意识悄然转移到作为知识者的余松坡这里，借助人物内心的勘探，自我精神的深度剖析，以体面与不堪的辩证，呈现的是自省之中的城市历史幽暗的纵深。再到如今，在更为阔大的《北上》之中，写作者的自信溢于言表。此刻的徐则臣，早已被城市所接纳，并化身为某种意义上的成功人士，阶层的跃升使他当仁不让地扮演起北京城市文化建构的主力军，"大运河"文化的积极开掘，无疑显示了一种自觉的文化承担意识。显然，在徐则臣这里，这种写作之中的自我意识成长与文化认同变迁的线索，还将继续延续下去。

# "他们"的一部分属于更广阔的"我们"

## ——文珍新作《找钥匙》与城市文学

摘　要　文珍的新短篇小说集《找钥匙》里聚集了十一个发生在北京的故事，每一篇都形塑了一类古怪的人。文珍将自己定义为"城市缝隙中的漫游者"，这些小说更确凿的共通点是主人公们在这座城市里的游离和孤独，"城市的缝隙"从表面的地理概念幻化出了明显的象征意味，或者说，在城市的缝隙里生存已经成了一种特有的城市现象。《找钥匙》是否属于城市文学还存疑，但有意义的是由此触碰到城市文学创作的某些敏感的症结，如讲述发生在城市的故事是否就可以纳入"城市文学"的范畴，如何处理小说中的地域性标志，如何"见城"又"见人"等。

关键词　城市文学　《找钥匙》　城市的缝隙　漫游者　经验

文珍的新短篇小说集《找钥匙》里聚集了十一个故事。这是她早在2004年就开始动笔的集子，时光荏苒，直到最近才完成最后一篇。被置入同一本集子，意味着这些故事有着或明或暗的共性。文珍对此很明确："之所以放进同一本书，因为都与北京有关。更准确地说，写的都是一些我生活之外的'他者'——常被目为边缘、同样参与了构建城市，却始终难以融入主流的族群。"②

这十一个短篇，确实每一篇都形塑了一类古怪的人。古怪，意味着对岸

---

①　来颖燕，《上海文学》杂志副主编，副编审，中国现代文学馆特邀研究员，著有评论集《感受即命名》。

②　文珍：《找钥匙》，上海人民出版社2021年版，第1页。

有一双"正常"的眼睛,但文珍在观察这些自己生活之外的"他者"时并没有站上居高临下的山头——她和他们并排,努力地靠近他们,亲近他们,进入他们的生活。最后她发现虽然没有走过他们的路,没有过他们的经历,自己却可以时常对他们的遭际感同身受——"'他们'同时也有一部分属于更广阔的'我们'"。

感同身受,这四个字说来容易,但人与人之间的藩篱并不那么脆弱易破。要能真的感知到另一个世界的温度,需要的不仅是观察,更是质疑,质疑生而为人所要面临的种种现实。这现实绝非是既定的,而会因为质疑不断抽出新的枝芽。

因为发胖而要应对周围异样眼光的年轻女子,最后几乎是以对胖的放任来对抗世俗的眼光,但是这样做的意义何在?(《胖子安详》)生活并不宽裕,却疯狂地热爱购物的女子和不得志的写小说的男子,这样一对年轻夫妻在北京不好不坏地活着,理想不曾泯灭,但为何光芒已经被生活的潮水一再浇灭?(《物品志》)一群青年男女不停地相亲,疯狂地寻找另一半,最后却总是阴差阳错,没法对上眼,其中还有人有着不同的性取向——或者,感情太过瞬息万变,本就难以把控……(《河水漫过铁轨》)这群看起来行踪难定、性情怪异的人,实则常常出没在我们的生活里,他们身上的某些特质早已稀释在我们的日常里,而文珍的镜头,浓缩并提炼出了他们非如此不可的缘由——"所有人一直坚持到现在,都不过想追求某种生命的真实,一个尽可能诚恳的自己。对生而为人的本质好奇,种种欲望,软弱,眷恋,厌倦,不断推翻再重建,才会一路踔踔至此。"[1]

善于探究小说中人的精神世界,是文珍作品突出的标志。这种善于,在主人公不再衣食无忧甚至物质生活如履薄冰时,更集中地显露了出来。

《张南山》的故事刻录下了初到北京寻找打工机会的人们的真实情态——因为初恋女友去城市打工变了心,曾经一心在家务农的张南山因为怨怼因为不甘也去了北京,走投无路、饥寒交迫下的机缘巧合,他干上了快递,

---

[1] 文珍:《找钥匙》,上海人民出版社 2021 年版,第 76 页。

一路艰辛努力,小有积蓄,却依然摆不脱亲情、友情和现实交杂的泥淖。虽然故事的主体讲述的是张南山在城市打工的困顿经历,但却是从张南山在中国音乐学院门口遇见寄快递的学生谢玲珑,因此情愫暗生开始的——文珍没有将之打造成一个在北京城闯荡的底层打工人的故事,而是让主人公的精神走向和感情起伏成为左右小说前进的动力。这种动力随着张南山回到家乡而殆尽——曾经变心的女友又想重修旧好,张南山不及回答就哭了。他在哭自己还是哭女友呢? 情感和物质,究竟是谁左右了谁?

无论多么沉重抑或乱糟糟的现实,文珍都要发掘出其中深微幽细的情感线索,这是她能靠近游离在自己生活之外的人群的密道。《猫的故事》尤为出彩,文珍将那个试图把一只误入熟肉店的流浪猫诱引出来但又完全不得法的年轻女子的怪异心态描摹得极为入骨——看似爱猫心切,最后却完全跑偏,成了与"我"在诱引方法上的较量,偏执、自以为是,直到不可理喻的虚荣,人心扭曲的角落一下子被照亮。除了对人心的拿捏,小说生成的现实基础如此扎实,还在于文珍对于猫咪性情的了解。这显然与她在现实中对猫咪的熟悉和喜爱密不可分。海明威在接受《巴黎评论》的采访时说:"如果你描写一个人,那就是平面的,好比一张照片,从我的立场看,这就是失败;如果你根据你的经验去塑造,那就会是全方位的。"[1]个人固有的经验当然不可能面面俱到,作家的笔墨总要指向自己生活之外的人群。于是,文珍一直在努力地积蓄和扩展自己的经验。在我的印象里,她一直都对不同的人群充满好奇——她想要看到这个世界的不同角落,也愿意向这个世界敞开自己。于是,"推己及人"或是"设身处地",是她汲取他者生活经验的方式,也是她的小说具有共情力的根基。

因此,当文珍将自己定义为"城市缝隙中的漫游者"时,她是有底气的。她相信自己能捕捉到城市缝隙里各色人等的踪迹,从精神上有怪癖、行为看起来怪异的人群,到生活上无所依傍的外来者。他们是广义的迁徙者——都

---

[1]　原载《巴黎评论》第十八期,1958 年春季号;收入《巴黎评论·作家访谈 1》,人民文学出版社2018 年版。

被隔离在中心之外，落在了这个城市的缝隙之中。

所以，这些小说表面上的共性是发生地的相同——北京，但更确凿的共通点是小说主人公在这座城市里的游离和孤独。此地没有他们真正的家——即使如胖子那样在北京有着正式的居所，从小跟着父母生活（《胖子安详》），即使如梅捷那样看起来安居乐业（《淑媛梅捷在国庆假期第二日》）。因为家意味着归属感，是个人眼中的世界的中心——不是地理意义上的中心，而是心理上的。而迁徙呢？意味着出于一种希望或是绝望，拆解了世界的中心，从而进入了一个支离破碎、迷失无措的世界。①

在这支离破碎、迷失无措中，本源意义上的外来者的经历常常会将人心世情的矛盾暴露得更为彻底，文珍因此将他们细化和分层——从南方小城来到北京、一直独身的"他"对已婚的"她"有着一份不可言说的情愫，却只能依靠一只捡来的流浪猫来维系这份若有似无、摇摇欲坠的情思（《咪咪花生》）；从异地来北京读大学后从事剧本写作的宋佳琦在这个风云际会的圈子里载沉载浮，最终在影视的寒冬中，感情和事业双双受挫，连做枪手也难以为继，是坚持还是退出？（《雾月之初之北方有佳人》）失去老伴的老刘被儿子从老家接来北京后，与儿子儿媳关系微妙而萌生去意，但广场舞结识的舞伴又让他有了新的牵挂（《有时雨水落在广场》）……

各人头上一片天，小说主人公们的生活轨迹各不相同，却同样陷落在是留在还是离开这座城市的循环魔咒里。这看似一道选择题，实则根本无法随心——一切就像是一种宿命，去与留有着非如此不可的无奈理由。集子里的最后一篇《找钥匙》被文珍用作集子的名字。这是一种总结，也是一种隐喻——这钥匙要打开的是通往哪里的门？是怎样融入这座城市，怎样从城市的缝隙里突围出去吗？还是怎样知晓自己内心的真正所向，或者怎样与自己妥协？

这些问号叩击小说中人，也叩击我们的内心。而文珍一开始为这些小说圈出的共性——都发生在北京城，渐渐越出了简单的发生背景的范畴，牵扯

---

① ［英］约翰·伯格：《简洁如照片》，广西师范大学出版社 2021 年版，第 77 页。

出了更大的问号：这些小说可以纳入城市文学的界域吗？

文珍将她的故事设定在北京，最初的着眼点并非是这座城。但在朦胧且统括的印象上，叙写发生在城市里的故事，描述有关城市生活经验的作品与城市文学有着天然的亲缘关系。而这些作品会是特殊的棱镜，曲折但耐人玩味地触碰到城市文学创作的某些敏感的症结。比如，如果有关城市生活的经验本身并不完全属于这座城市，更确切地说，这经验并非是从这座城市的土壤里生发出来的，而是跟随"外来者"而来、有自己的"前情"呢？

几年前，陈晓明老师曾撰文《城市文学：无法现身的"他者"》，其中特别提到："不管是叙述人，还是作品中的人物，总是要不断地反思城市，城市在小说叙事中构成一个重要的形象，才会被认为这种小说城市情调浓重而被归结为城市小说。"①细化开来，故事的发生场地并不能成为界定城市文学的标准。所以他特别举例，王安忆的小说虽然与城市背景相关，却因为"更加关注人"，且"这些人的存在主要是与其过去的历史相关"，因此很难断然地将之归于城市文学之列。②

文珍的小说显然关注的是个体的命运，无论是长在这座城市里的人还是外来者，追光灯都是追随个体而移动的，所以，她会心心念念如何进入笔下人物的心理和情感世界。当然，北京的城市景观乃至地标也会在她的小说中时有出现，却大多一闪而过。比如因为丁克而对婚姻倦怠的梅捷在假日去单位加班，路上百无聊赖逛了北京的东四南大街，又比如曾经满怀梦想的宋佳琦也会跟男友一起发愿："要在国贸租个办公室，俯瞰 CBD 景恒街。"③一眼扫去，城市缝隙里的人们，像是文学史上的"畸零人""多余人"的形象在新的时境中的变身，以至于这些小说确实更多地是"见人"而不是"见城"。但细想，虽说这些人物有着不同的个性，但显然又有着某种相近的属性和气息，而这种属性和气息是城市、是这新的时境所赋予的。于是他们的存在某种程度上有着城市表征性的意义，故事的发生地此刻也就不仅仅充当了背景板。

① 陈晓明：《城市文学：无法现身的"他者"》，《文艺研究》2006 年第 1 期。
② 岳雯：《作为方法的"城市文学"》，《上海文学》2015 年第 6 期。
③ 文珍：《找钥匙》，上海人民出版社 2021 年版，第 219 页。

城市的兴起与现代性休戚相关。因而立于城市对面的隐含对照项常常是乡村。但时移世易,对城市与乡村这两个看似对立的情境的机械划分越来越显得匆忙和武断,二者的间距在悄然变化,在两地生活者的经验发生勾连的机会也越来越多。这是城市和城市文学兴起之时不曾面临的局面。于是,"城市的缝隙"从表面的地理概念幻化出了明显的象征意味,或者说,在城市的缝隙里生存已经成了一种特有的城市现象。那些被排斥的、游离于中心的、迁徙而来的人群,已经是这座城市里不可忽略的组成部分,特别是那些背负着乡村生活经验的新城市人。之前的经验已经内化进了他们此刻的城市生活,像文珍说的,他们同样参与了这座城市的建构,虽然他们在这座城市无家可归。

"波德莱尔最早定义并描述了新城市人无家可归的状况:'就像游荡的流浪鬼/在顽强地哀叹。'"①而文珍所谓的"城市缝隙中人"比"新城市人"更宽泛也更彻底,他们也许在城市的概念生成之时就已经扎根。"在生活中,他们四处躲闪、重拾活力、匆忙劳碌;在心理上,他们为了保持自己的身份而兜兜转转。"②因此,她小说中一闪而过的城景实际上已经是透过主人公的眼睛折射了这座城市的经验、情感与精神的所在——就像梅捷眼中的东四南大街散发出慵懒闲散的意味,而宋佳琦和男友眼中的CBD景恒街意味着成功和理想的实现。只是这里的经验、情感和精神特属于这个特殊的群体,而无法更扩开去,打上这个城市更主流、更广大群体的烙印。从这个角度而言,这些小说能否断然地被归入城市文学依然存疑。

但很多时候,问题本身比答案更重要。文珍的小说是否可以归入城市文学之列已并非核心,反倒是其中牵扯出的问题饶有意趣——在讲述城市中人的故事时,如何"见人"又如何"见城",如何书写他者的经验,又如何处理城景和地标……文珍的另一部集子在重印之后,更名为《气味之城》。是的,一座城市的气息会让身处其中的人们无可趋避,所以当作者将取景框面向城市和

---

① [英]约翰·伯格:《简洁如照片》,广西师范大学出版社1984年版,第88页。
② [英]约翰·伯格:《简洁如照片》,广西师范大学出版社1984年版,第88页。

城中之人时,关乎城市文学创作的一些疑惑会自动浮现。而比起一些有着明确意识的城市文学的写作,这种浮现更为自由而舒展,它提醒我们,城市文学的概念是动态的、不断生长的,它需要被不断反省和体认,一如前文所提到的"现实"——绝非是既定的,而会因为质疑不断抽出新的枝丫。

# 古典经验流徙：论朱文颖的苏州书写

陈闽璐①

摘　要　在作家朱文颖二十多年的创作历程中，苏州书写无疑是重点。她以女性独有的细腻与情思为读者还原了一个充满着古典气息与历史厚重感的千年古城，以女性独有的视角与生命体验不断刺破刻板的城市文学书写经验，在一个更为广阔的文学地理版图中不断激活新的想象与书写资源，挖掘、打捞苏州从传统城市转型为现代城市这一进程中所呈现出的新质，探索新时代苏州城及苏州人精神的演变。在全球化与本土化的裂缝与张力之中，朱文颖的苏州书写从古典到现代、从诗意的营造到多元的颠覆，苏州及其城市精神在她的不断重塑中拥有了更为广阔的内涵，她的创作记载了一座千年古城所发生的巨大变迁，也为我们展示了城市文学书写所具有的多种面向和可能。

关键词　古典　诗意　城市风物　城市文明　女性经验　全球化

　　20 世纪 90 年代以来，随着改革开放和市场经济的逐步深入，新一轮科技和产业变革、生产资料、资讯信息在全球范围内流动，中国的城市化迎来了一个快速发展的新时期，不仅北京、上海、广州、深圳这样的一线大城市跻身全球城市行列，成为新的"增长中心"和战略性枢纽，一大批中、小城市也紧随其后加快了城市化、全球化的步伐。城市文学也在这潮流的推动下有了蓬勃的发展，逐渐崛起成为取代乡土文学的重要文学题材；越来越多作家的书写开

---

①　陈闽璐，上海大学中国现当代文学专业博士研究生。

始聚焦城市人的生活、精神、情感状态，这些城市书写参与着地方知识/经验生产，参与着城市的建构。① 而经济的转型、城市的发展所促成的多元语境的共生，也为女性写作的破土而出提供了契机，卫慧、棉棉等为代表的"美女作家"以极为先锋的写作姿态试图颠覆、对抗、解构传统男性文化的霸权，打开了城市书写的另一个空间。70 后苏州女作家朱文颖最初便是在这样一股全球化女性主义文化思潮中登上文坛，进入人们的视野。但朱文颖对"美女作家""新新人类""时尚写作"这类共名化的称谓和标签始终抱着疏离和审慎的态度，与致力于以身体写作、私语化写作推崇女性欲望与身体主权、拘囿于女性个人生活世界与情感空间的"新生代"女作家们不同，朱文颖的创作抱负、写作格局和视野都更为宽广，正如评论家王尧对她的评价："这是个在随和的日常生活中怀有远大抱负，在散淡中不经意透出坚韧的穿旗袍的女士，在我的印象中，朱文颖没有沉湎在她已经获得的那些好评之中，在她的小说写作处于比较好的状态时，就开始意识到她和她们这一代作家的危机，她不回避遇到的困难，不掩饰内心。"②

"时代在我们身边、在我们的耳畔匆匆忙忙、热热闹闹地行进着，我们的艺术家又应该怎样透过时代的表面，获得它自身真正的精神，并把它表达成一种民众所能接受的、同样又是震撼人心的东西？ 而这，正是我们艺术家所需要思考的问题"③。朱文颖的创作之路始终是在思考经济转型过程中所浮现的各种社会问题中推进的。她的苏州书写在时间上与苏州城市的转型与崛起同步，20 世纪 90 年代她在文坛崭露头角之时，也是苏州这座在现代时期发展并不突出的区域性中等城市凭借"上海后花园"的独特地理优势异军突起，一举成为现代化国际大都市、成为中国经济发展最活跃、最快速的城市之一的时期，"工业在全国 23 个大中城市中仅次于上海、天津、北京居于第四位；

---

① 朱羽：《悬置移情的写作与上海经验的呈现方式——关于〈繁花〉的琐思》，《中国现代文学研究丛刊》2020 年第 8 期。
② 王尧：《在南方生长的诗学——〈莉莉姨妈的细小南方〉阅读札记》，《当代作家评论》2011 年第 3 期。
③ 朱文颖：《桃花坞》，《雨花》1996 年第 8 期。

外贸总额仅次于上海、天津居第三位"①。在长三角 15 个大中城市中,苏州GDP 总量超过浙江任何一个城市②,成为长三角世界特大城市群中最重要的中心城市之一。③ 它的发展势头甚至一度动摇了深圳的领头羊位置。"文学与城市具有共享文本性——阅读文学文本与城市历史学家阅读城市的方式类似。"④对朱文颖创作中苏州书写的追踪、爬梳、考察在某种程度上也是对苏州城市发展历史的一种整体性回顾。同时,朱文颖是一位有着强烈的本土文化自觉与文化坚守意识的作家,她的作品中地域特色鲜明,在同辈作家中独树一帜,被评论界誉为"江南那古老绚烂精致纤细的文化气脉在她身上获得了新的延展"⑤。她对于地域特色元素在城市资本积累和空间扩张的过程中消弭、城市文化日益呈现同质化的发展趋势的警惕与批判,这使得她的苏州书写更具有思想的深度和理性的色彩。本文将她笔下的"苏州"作为考察全球化背景下一个中国城市的镜像,从其城市风物再现与想象的突破、城市文化的书写与传播、城市精神的赋形与嬗变出发,研究其是如何以女性独有的视角和生命体验不断刺破刻板的城市文学书写经验,展现在全球化与本土化的裂缝与张力之中,城市文学所具有的多种面向和可能。

## 一、城市风物的再现与想象的突破

早在 20 世纪 80 年代,苏州文学的开拓者与领衔者陆文夫就凭借《美食家》将苏州推向了世界,带动了整个苏州地域文化的对外传播,也开启了中国当代文学与世界文学文化交流的大门,陆文夫开创文学苏州版图时,苏州城还保留着 2 500 多年前伍子胥造阖闾大城时"河道纵横、阡陌连绵"的水陆双棋盘城市格局。而在朱文颖开始创作的 20 世纪 90 年代,一幢幢摩天大楼拔地

---

① 理研:《对苏州等四城市改革开放成就的调查》,《外交学院学报》1992 年第 2 期。
② 马丽平:《透视苏州发展模式》,《现代经济探讨》2005 年第 9 期。
③ 汪长根:《苏州城市可持续发展与园林文化》,《苏州日报》2020 年 2 月 28 日。
④ [美]乔尔·克特金:《全球城市史》,社会科学文献出版社 2006 年版,第 149 页。
⑤ 宋桂友、宋平:《苏州作家研究·朱文颖卷》,复旦大学出版社 2008 年版,第 4 页。

而起，对高度的追求、对速度的崇拜，表达出的则是中国试图融入世界的强烈愿望，庞大现代城市景观的出现改变了古城的历史风貌。当现代建筑所具有的强大的象征功能和复杂的意识形态意涵被城市感知，当所有城市都争相以摩天大楼的存在作为自身发展与更新的标识物时，地方特色建筑便难以避免地在这个过程中被消除与取代，本土空间成为一种无根的空间，人类陷入一种全球性的无场所感里。德里克曾在对上海陆家嘴的建筑分析中提出过尖锐的批评，他认为摩天大楼体现的正是全球化过程中的殖民议题，其突出标记甚至是一种扩大了的权力的殖民性，随之而来的，则是对地方的遗忘和抹杀。① 而这不仅是上海在全球化过程中所面临的问题，几乎也是所有城市难以避免的通病。"从西部的成都到东部的上海，从西北端的乌鲁木齐，到最南端的深圳，你会不认识自己的故乡。所有的土地上，房子的建筑都是一样的。所有的旧城都在改造，所有老的房子都在拆除，而所有的城市，它们只有一个名字，就是现代化城市。我们记忆中的北京四合院，苏州的河上人家，杭州的湖光山色，皖南白墙青瓦的古民居，湖南湘西的吊脚楼，一切的一切，曾经我们文化的标记都很鲜明，但现在都在逐渐消失。"② 受以土地换资金、以空间求发展模式的影响，在招商引资承接国际资本的转移、大力发展乡镇企业的过程中，为了满足投资区、高新区、工业区的兴建，苏州城内大量城墙被推倒，如今只剩西南角的盘门瓮城和拆剩的几处遗迹了。③ 千回百转的小巷被宽阔的马路取代；白墙黑瓦古老天井的庭院被充满现代感，配备了宽带网络、红外线探头、家庭报警系统的智能化小区所替换；幼年时嬉戏游玩的青石板路再难寻踪迹；而明清顶峰时期曾达 271 处的山水园林，解放初还有 90 多处，现在仅存 58 处。④ 城市的过去和现在呈现出对立、断裂的局面。这座具有 2 500 多年历史文化底蕴的古城在迎来机遇的同时，也面临着前所未有的危机和挑战。朱文颖写道，"我终于能够理解梁思成先生的痛苦"，这份痛苦直指城市

① 蔡翔：《酒店、高度美学及现代性》，《天涯》2007 年第 2 期。
② 熊召政：《一方水土一方人》，《作家》2007 年第 4 期。
③ 阮仪三：《苏州的城墙》，《苏州杂志》2002 年第 4 期。
④ 《苏州明清时期 200 多处园林现仅存 58 处》，http://news. yuanlin.com/detail/201245/101655.html。

化进程中建筑遗产消失、文脉断裂之痛。她说:"我生长于 20 世纪 70 年代,我们这代人成长以后,经历的是中国变化最大的二十年,几乎是一个千年的大变局。我童年时生活的苏州的街道已经没有了,老屋也没有了,小学校拆掉了……当我们普遍关注世界性、全球化的时候,我们身边这样的一种变化,也是需要我们加以注意的。"①女性特有的敏感让她能够捕捉到城市发展中很多作家未曾留意到的细节:在《万历年间的无梁殿》里,她书写了两棵存活了千年的老树在城建过程中被粗暴摧毁的遭遇,因为在施工中动了地气,它们被连根拔起,于是"这天的午夜时分,一辆盖了雨棚的卡车开进了小区。过了不久,又仍然盖着雨篷开了出去"②。朱文颖写道:"这晚的天气,可以用上一个明朝时分的词语:月黑风高。而两棵树的命运则是相当现代而摩登的,叫做:人间蒸发。"③罹受"人间蒸发"悲惨命运的,还有数不清的物质文化遗产,而这些古老的文物一旦被摧毁,往往不可再生、复制、重建与修复。就像在《庭院之城》中,她所叹息道的:"这个小院拆迁后,可能会成为一块绿地,商场的一角,新的住宅楼,或者一个商业区的展示台,很多很多年以后,我们说到它的时候,除了不像它的最初的部分,它几乎什么都像"④。理解了她的痛心与担忧才能理解为什么小巷、河道、城墙、长廊、庭院这些苏州古典元素会被反复地纳入其创作素材中,如果说在创作初期,这只是一种源于地缘性优势上的一种创作策略,那么在长达二十多年创作中的坚持则表明她并不仅仅把它们当作故事发展的背景板,也不仅仅是一种心态上的怀旧,也暗含着她用文学的方式还原那个充满着古典气息与情致的苏州的努力,在某种程度上也为读者开辟了一个抵御全球化步伐对人类精神家园全方位侵蚀的有效精神补给与慰藉的空间。

　　用文学这种特殊的记忆方式对城市风物进行书写,以保留住苏州地域特色元素是朱文颖城市书写的一个基点,她以其青年时代的身体记忆与经验细

---

① 朱文颖:《从苏州庭院到"马戈的堡"的黄昏》,《东吴学术》2012 年第 1 期。
② 朱文颖:《万历年间的无梁殿》,《人民文学》2003 年第 9 期。
③ 朱文颖:《万历年间的无梁殿》,《人民文学》2003 年第 9 期。
④ 朱文颖:《庭院之城》,《人民文学》2005 年第 1 期。

节一遍遍呼唤着人们对于苏州这座古城空间的回忆，"在区域书写中，如果创作主体与作为创作对象或语境的'区域'不能实现充分的融合，那么就无从谈及真正的经验生成，而创作主体与'区域'的融合，不仅是指作家对于某一区域风物人情和文化积淀的深入了解，而且还应该指作家在情感上能够真正融汇在区域文化之中，甚至达到'我'即是区域存在'一部分'的生命状态。只有这样，作家才能沉浸在区域文化的语境中感知和发现独特的区域精神，书写出真正的区域经验"①。作为苏州文化的女儿，苏州对于朱文颖而言，并不仅仅只是一个短暂的寄寓肉身之地，更是与其内心世界紧密勾连的精神之地、与其血脉相连的"无底之底"，是其创作取之不竭的精神之源。对于苏州情感上的依恋、经验范围内的熟悉、自身物理位置的"近"，都使得她的书写显得更为真实、也更具有温度和在场感。她将苏州千回百转的小巷、飘着银桂香味的茶院雅室、桥墩上刻着小石狮的石桥，有船娘卖莲藕的乌篷船、供人烧香祈愿的玄妙观、婉转悠扬的评弹、潮湿连绵的细雨、荡着细波的太湖……一一纳入自己的苏州想象与叙事中，以含蓄的、诗性的、唯美的、婉约的语言把它们化作《阿三与猫》里氤氲着的水汽、漂浮着女贞树气息的里坛巷；《病人》里白墙黛瓦萦绕着雾气的筋园；《浮生》里埋着一地落红的沧浪亭；《花杀》里的木格花窗、开满粉色嫩白花朵的花园、弥漫着香气的虎丘花市等等……她用花、雨、狐的意象建构起一座具有神秘、含混、寓言色彩的姑苏古城。她写这座城市千回百转的巷道：《浮生》里，三白穿行于仓米巷、仓谷巷、仓稻巷等不同的街巷之中，沧浪亭、玄妙观、北寺塔等等伴随着他的行进逐一进入人们的视野。她写这座城里纵横交错的河流："到处都是不宽的河道，积了水，然后再流到更宽阔一些的河里去。但没有人知道那些雨水最终归结何处，在这个城市里，河道幽深，充满了无法言明的气息"②。她写巍峨肃穆的城墙："城墙一定是湿漉漉的，又腻又湿，连石头缝里也浸透了水，绿苔和青藤像虫一样爬在

---

① 郝敬波：《国家形象研究视阈中的区域书写与中国经验——以新时期江苏短篇小说创作为例》，《中国现代文学研究丛刊》2015 年第 6 期。
② 朱文颖：《广场》，《作家》1998 年第 7 期。

上面，老的一层已经黑了，变成城砖一样的颜色。"①她写曲折幽深的长廊："很长，相当长，长得几乎没有道理。隔着五六步就有一扇漏窗，烟雾般的光线像蛇一样流进来。"②在对古城风物的不断再现中，朱文颖强化了读者对地方历史场所的一种认知与情感上的认同，与此同时她也批判着城市化过程中地域元素所遭遇的粗暴对待：《贾老先生》中，面对拆迁办要把沿河一带的房子漆成统一的、没有丝毫特色可言的千篇一律的白色，贾老先生愤怒地举起了自己的拐杖；《凝视玛丽娜》里商先生看着苏州城里鳞次栉比的摩天大楼批评道："这些四周方方正正的建筑，他们为什么会被设计成这样？千篇一律，笨头笨脑，最重要的的是，它们完全看不出带有什么感情色彩。"③通过朱文颖的风物书写，我们不仅得以一瞥这座已经从乡土城市向工业、商业城市转变的古城曾有的迷人风韵，看到了作者为保留地域特色元素的努力，也听到了她对本土空间更为人文的治理与规划方式的呼吁。

以麦克卢汉"后视镜"的现代写作方式④，来展现古典的苏州是朱文颖所擅长的，但她并没有止步于此，"我希望能创造出第二个苏州，第三个苏州，很多完全不同的苏州……有时候，地域这东西也是双刃剑，特别是像苏州这种已经被隐喻、公共想象笼罩得太多的城市"⑤。如何打破自身书写的惯性，如何在一个全球化时代重新挖掘、把握、打捞、呈现这座城市的新质，赋予它新的精神内涵，而不仅仅只是把它收编、禁锢在先前陆文夫、范小青等老一辈苏州作家留下的"小桥流水人家""庭院之城""园林之城"这些刻板印象之中，或简单地视之为"上海后花园"——一个因为地缘位置接近，故而复制、模仿了上海经验的空洞、缺乏自身内涵的城市，是朱文颖所致力的一个方向。也正是在这一点上，朱文颖的苏州书写体现出了创新之处。随着时间的发展变化，她开始把苏州放置在一个崭新的时代和更大的区域版图里去考量，去激

---

① 朱文颖：《广场》，《作家》1998 年第 7 期。
② 朱文颖：《世界》，《人民文学》2006 年第 7 期。
③ 朱文颖：《世界》，《人民文学》2006 年第 7 期。
④ ［加］马歇尔·麦克卢汉：《媒介即按摩——麦克卢汉媒介效应一览》，机械工业出版社 2017 年版，第 76 页。
⑤ 朱文颖、姜广平：《我写小说首先是慰藉自己》，《西湖》2009 年第 8 期。

活对于这座城市新的想象,她试图用一种面向世界的思考、创作方式来认知、想象这座她生活了几十年的城市,而创作观念的改变源于她一次次在现实中所受到的触动:1999 年,朱文颖陪同初次到苏州的日本著名诗歌大师谷川俊太郎去玄妙观参观,从玄妙观出来后,谷川俊太郎当即写下了"松影落白墙/桃花空中绽放/新茶沉入杯底,乱纸涂鸦/寄托生涯"①的诗句。在刹那间对苏州产生"寄托生涯"之感的不止谷川俊太郎,2011 年左右一位来自欧洲博物馆的馆长在苏州庭院生活体验了一天后说了这样一句话,"我在世界上走了那么多个国家,生活了这么多国家,现在突然找到了我下半辈子生活的方式,那就是在中国,在江南,在这个园子里"②。而一对经历过环球旅行领略过各地不同风土人情没有被任何奇观羁绊过的法国夫妇,却在网师园里"发现了中国园林文化的真谛,发现了人类性灵的安居之所"③。他们于园中伫立,久久不舍离去。苏州的城市魅力给国外友人带来冲击,也给了朱文颖极大的启发,也进一步促使她把眼光投放在一个更为宏大的世界性的背景之中去从事文学创作。而在这背后她尝试要表达的是,在全球化的背景下,不仅区域之间风物景观的区别在缩小、人与人之间感知这个世界的方式也在不断被改变、被打开,一种更为丰富的解读地方、解读中国、解读世界的方式在这变化中生成。虽然她的城市书写聚焦的还是"细小"的苏州日常,但她的创作思维已经不再只是拘囿于地方,拘囿于她熟稔的对于苏州古典经验的传达,"在每五个人中就有一个讲汉语,并用中文思考"④的时代,她试图消解人们因为区域、种族、语言、风俗的不同,而产生的精神上的区隔,试图用文学的方式建构起一种"想象的共同体",她把中国视为古老而辽阔的世界中的一部分,将所有人视为这个地球村中的成员,试图在不同国家、种族的经验体系中寻找彼此的共通共鸣之处。《哈瓦那》便是其中一个很典型的例子,如果说在 19 世纪,本雅明是通过巴黎漫游者游走于巴黎不同街巷来带领人们认识、解读现

---

① 刘静、李玉婷:《论谷川俊太郎诗中的禅意》,《重庆师范大学学报》2014 年第 8 期。
② 朱文颖:《从苏州庭院到"马戈的堡"的黄昏》,《东吴学术》2012 年第 1 期。
③ 朱文颖:《网师园的月光》,选自朱文颖:《两个人的战争》,天津人民出版社 2000 年版,第211 页。
④ 朱文颖:《假如阿三在今天遇到比尔》,《作家》2010 年第 19 期。

代性变动中的城市。那么在这篇小说里朱文颖则是将人类城市视为一个大的地球村,打破区域、国家之间的界限,通过让男主人公王莲生不断游走于全球各地,来向人们展示她想象中的世界:非洲是"连马群看起来都是淡蓝色的";南美洲是充满了巴洛克风情的;越南是充满了"滔天的水,凶猛的水,渡船四周的河水齐了船沿,向前流去",芬兰是"森林里面很静,满地的树叶,还有很亮的湖,真的像镜子一样"。但重要的不是她如何在一个全球化的视野下去呈现她想象中的世界,重要的是在这些不同城市、区域想象的背后,她所试图寻找、建立起的它们与苏州之间的关联,这样的大胆的创意是其他作家未曾有过的,在她的笔下苏州与越南一样,"一场倾盆大雨,就足以把一整座城市泡在水里,把小院泡在水里……屋里的水漫到了桌脚的小半,脸盆漂在水面上"①;而苏州闹市深处的碑林,则在沉默中暗合了芬兰森林的气息:"记载了远古史记的碑林……前面是一整排的大树……空气里到处是花开的声音,温暖、芳香、万物生长……"②就连非洲,这个地处南半球看似与苏州没有任何共同之处的区域,朱文颖也凭自己独特的审美感受建立起它们之间互通的桥梁:"在我生活的这个江南城市,在这个城市的动物园里,有一头狮子,狮子一叫,我就想到非洲了。"③她写道:"印度豹一点点地把一头水牛的脖子咬断,潮湿的南方,其实就像印度豹身上的一个花纹。腐朽的,内敛的,在下沉的姿态中隐含着无穷的张力。其实,它们是相通的。"④朱文颖刺破了人们经验范围内对于苏州的一种重复的、单调的想象,古老的、平静的、忧伤的苏州被充满张力、冲突、戏剧感,甚至是充满杀气的苏州所取代,这是朱文颖独有的一种非常个性化、感性化的感知和创作方式。越南、芬兰、非洲某国……她从苏州出发,尝试去理解世界,又站在整个世界的版图里,回头重新定位、阐释苏州,去寻找它们的共同之处。

朱文颖的苏州书写里体现出一种非常复杂、微妙的文化心态,一方面她

---

① 朱文颖:《腼腆岁月》,《萌芽》1997 年第 12 期。
② 朱文颖:《贾老先生》,《收获》2008 年第 4 期。
③ 朱文颖:《避免受到伤害的途径》,广西师范大学出版社 2004 年版,第 116 页。
④ 朱文颖:《避免受到伤害的途径》,广西师范大学出版社 2004 年版,第 117 页。

批判、抵御全球化造成的本土文明的失调，总结着中国城市化进程中的经验，寄望以文学书写的方式实现对本土风物的一种纪念和保留，呼吁着一种更人文化的城市发展与规划；但在另一方面，在强调地域特色的同时她也不赞成保守自闭的地域主义，她期盼能以人类命运共同体的视角去重新审视、感受一切，在文学场感性力量的召唤中营造和凝聚相互之间命运共同体的意识。在这个朱文颖所建构的更为广阔的美学空间里，苏州不仅仅是中国的"苏州"，它也是世界的"苏州"，它不仅仅只是一个地域的名称，更是一种美学表征、一个文化符号，在这个意义上，她打开了中国城市文学与全球城市文学多向度对话的可能，一种完全崭新的、充满创意的城市书写方式也在她的探索中生成，它刺激着我们的想象，扩展着文学地理的版图，也为我们的城市文学创作打开了一个新的思考维度。

## 二、城市文化的书写与传播

除了对城市自然历史风物的关注之外，城市文明（文化）是朱文颖关注的另一个重点，她自陈："作为一个作家，我比较敏感的，还是文化，虽然我们仍然被称为文明古国，但我们的传统正在割裂。"[①]"作家该建立有效的知识体系，拓展视野，对世界文化的脉络和自身的文化处境有一个基本判断。"[②]在全球化的时代，不同城市文化之间的交流更为便捷，碰撞也更为激烈，在这中间一些地方性的文明（文化）逐渐被人们遗忘；而另一些地方性文明（文化）则从区域化向全球化急遽地扩展。这一点，在朱文颖文本的细节外就有很明显的体现：《贾老先生》里各类洋快餐取代了传统美食，古老的河道里飘着肯德基的包装纸；《万历年间无梁殿》中苏州中产阶级将去吴宫喜来登喝一杯咖啡而不是孵茶馆认定为一种全民性的休闲娱乐方式；《刀客》中昔日挂着大红灯笼的河边小酒馆逐渐被充满异域风情的酒吧取代；古筝古琴、洞箫长笛、琵琶二

---

① 李雪、朱文颖：《渴望更真实、勇敢、宽阔的生命与创作》，《小说评论》2013 年第 5 期。
② 张莉：《"70 后"新锐作家与"小城镇中国"》，《北京日报》2013 年 5 月 2 日。

胡这些纯古典的器乐演奏逐渐被摇滚乐所淘汰……最为典型的是在《腼腆岁月》里,土生土长的苏州姑娘鲁桔从邻居孔墙那里习得了一种全新的英式吃蛋法,"孔墙在桌子边上把蛋的顶部敲了个洞,蛋烧得只有七八分熟,便有些嫩黄的蛋汁流了出来。他又在鸡蛋打开的洞里面撒了些胡椒粉,接着便如数家珍地报出一些胡椒粉的名字"①。这种全新、时髦、精致的英式饮食文化的传入无疑给鲁桔带来了极大的震撼,"把她从惯有的生活轨道里拉了出来,让她暂时忘却了发胖的疲惫的母亲,她的苦难"②。而鲁桔在此处所呈现的心理波动只不过是千千万万苏州本土居民在面对西方文化大潮席卷、进入城市时的一个表征。朱文颖对此始终有一种警觉的文化危机意识,她说:"到了今天,其实我们的很多文化都已经处于一种非常尴尬的境地。如今的苏州已经与无锡、常州等一般的苏南城市没有太大的区别了。"③而这样的危机意识也促使她不断思考:当我们以开放的心态、强大的学习和吸纳能力接受异质文化进入的同时,怎么处理自身文化逐渐消弭、遗失的问题。"地域文化实际在消失,靠坚守是守不住的,文学承担了对于地方文化或者说主流的社会趋势逆袭而生的功能。"④20 世纪 80 年代,陆文夫就以其极鲜明的苏州文化符号让世界看到了苏州,但可惜的是,尽管几十年来苏州作家层出不穷、获奖不断,他所生成的书写经验并没有在更多的苏州作家身上得以延续。⑤ 直到朱文颖这里,我们才"可喜地看到继陆文夫之后,又一位作家在做建立自己的苏州王国的努力"⑥。

朱文颖对苏州文化的书写,所涵盖与涉及的领域要比其他很多作家都要广博。而在这其中,最明显的是她对陆文夫所开创的饮食文化书写的一种赓续,这部分的内容涵盖三个层次:一类是对本土美食及习俗的弘扬:"在中国

---

① 朱文颖:《腼腆岁月》,《萌芽》1997 年第 12 期。
② 朱文颖:《腼腆岁月》,《萌芽》1997 年第 12 期。
③ 朱文颖:《吃花的故事》,选自朱文颖:《两个人的战争》,天津人民出版社 2000 年版,第 209 页。
④ 佚名:《地域化渐行渐变苏州当代小说有何可能性》,《中华读书报》2015 年 12 月 16 日。
⑤ 高建国:《苏州文学助力城市文化形象塑造的现状考察与路径分析》,《常熟理工学院学报》2014 年第 5 期。
⑥ 孙月霞:《苏州作家研究·朱文颖卷》,复旦大学出版社 2008 年版。

没有一个城市像苏州一样，把冬至当成一个无比重要的节日，规定在早晨要吃圆子和南瓜团子，晚上则要吃冬酿酒、羊糕，冬至要吃饺子熟荸荠。除夕夜规定要吃鱼、蛋饺、青菜、芹菜、如意菜和笋干，到了大年初一，则是少不了年糕、小圆子、元宝茶和春饼……①一类对吴人精致饮食的细节渲染："在吃饭时即便是一块卤腐，也要用麻油白糖细细拌过，萝卜要切得像头发丝一样细，还要放上葱末，等到浇上一勺热油时，轻而热烈的声响便滋拉拉地升起了……"②再有就是对即将失传的本土传统美食的记录：例如花宴——"鸽子茉莉、玫瑰花樱桃豆腐、香炸荷花、月季花烧大虾。非但好吃，而且漂亮，非但漂亮，尤见清雅。"例如船菜——"只备一席，小镬小锅，做一样是一样，汤水不混合，材料不马虎，每样都有它的真味③。除饮食文化之外，还有更多的文化元素也在其文本中呈现开来：例如涵盖了刺绣、缂丝工艺的服饰文化："晏的母亲经常在变化衣服，都是些我从来没有见过的衣服，有长有短，但更多的是一种很长的裙子，说它是裙子也不是很像，两边还开了叉。我问晏，这衣服怎么这么怪，晏说这是旗袍。"④例如和园林、刺绣、昆曲并称苏州名片的桃花坞年画："到了明代，这条街上出了一人一物，这人就是唐寅，这物就是年画。"⑤例如被列为国家级非物质文化遗产的评弹艺术：那时苏州茶楼书场的门前都挂着一块长方形的木牌，上面糊了一张红纸，或者直接书写"特请某某先生弹唱，或开讲某书，某日某时开书，风雨无阻。"书场内贴着墙搭设一只高两尺、约有六七平方米的书台，书台正中墙上贴着一张红纸条幅，上面写着"恕不迎送"四个大字。左右一副对联，上联是"把往事今朝重提起"，下联是"破功夫明日早些来"⑥。甚至还有苏派盆景造景艺术："用针去刺死蝉蝶之类的昆虫，在它们颈项那里系上细丝线，然后再悬于花草之间冒充活物。"⑦通过对这些

---

① 朱文颖、马季：《在真实生活中建立虚无的世界》，《作家》2007 年第 4 期。
② 朱文颖：《一个江村与三种表达》，《苏州杂志》2012 年第 4 期。
③ 朱文颖：《两个人的战争》，天津人民出版社 2000 年版，第 207 页。
④ 朱文颖：《地震天》，《雨花》1995 年第 6 期。
⑤ 朱文颖：《桃花坞》，《雨花》1996 年第 8 期。
⑥ 朱文颖：《君到姑苏月下见》，《苏州杂志》2020 年第 8 期。
⑦ 朱文颖：《浮生》，《收获》1999 年第 3 期。

自古浸润在苏州人民日常生活中却逐渐被遗忘的文化元素的挖掘，朱文颖让人们看到这座城市丰富的文化内涵，它不仅体现在"古城水巷、园林名胜、街坊民居、丝绸苏绣、桃花坞木版年画等特色鲜明的物化形态，而且还体现在昆曲、评弹、苏剧、吴门书画等门类齐全的艺术形态"①。如何在全球城市的建设中保留苏州的地方特色文化，如何通过文学文本将其转化为文化资源，将风俗、人情、文化结合起来，赋予城市文学多元文化主题，从而进行城市文化的传播与输出，朱文颖以自己有意识的创作对此作出了回答。而这样的文学呈现让我们感受到苏州"不是在追逐现代化而是在享受现代化，是在以富有苏州特色的生活习惯和人生节奏缓解现代化带来的压力、抵御现代化带来的逼迫，它以地域性的差异刻意与现代保持着距离"②。

## 三、城市精神的赋形与嬗变

朱文颖对吴文化的书写与其对这座城市精神的定位与阐释密不可分。苏州在 2 500 多年来的时间长河中，极少受政治纷争与战事所扰，"吴人老死不见兵革"是其真实的历史写照，稳定的外界环境也为其经济快速发展提供了必备的条件，而经济的富庶、人们安居乐业，也使得这座城市呈现出江南盛景的景观——"鱼米之乡，佳丽之地，三秋桂子，十里荷花，遍地绮罗，盈耳丝竹，千百年来使人神驰梦想；天道与人文在这里奇迹般交汇成明媚灵秀的瑰丽画卷，构成地缘江南的人文基础"③。朱文颖在《生在苏州》中写道："在苏州，大自然太合理。风，雨，雾，雷，电，土壤，湿气，河水，巷道，古物，黄梅雨季，以及清晰可辨，周而复始的四季轮换，它们无一不是为了生存而安排的，这城市，天生就是个封闭的桃源，天生就是只方舟。"④

在朱文颖初期的创作中，苏州是一座体现了古老东方精神的城市，所谓

---

① 徐静：《苏州文化读本》，古吴轩出版社 2014 年版，第 2 页。
② 张连义：《地域文化影响下当代苏州作家的创作特色》，《小说评论》2014 年第 3 期。
③ 余同元：《明清社会与经济近代转型研究》，苏州大学出版社 2015 年版。
④ 朱文颖：《生在苏州》，《苏州杂志》2003 年第 2 期。

的东方精神，就是相信事物的必然性，只关心终结，在终结的映照下，所有的过程都只是过程，都是转瞬即逝……事物的终究只有两个字"虚无"。朱文颖写道："苏州仿若华美的丝绸亮锻袍子上，悄悄爬了只虱子上来。但还仅仅是只虱子，不至于发展成为鼠疫。所以说，丝绸还是丝绸，亮缎还是亮缎，华美也终归华美。更何况，这袍子舒适、整洁，还微微贴肉——适合过南方家常日子；适合镇静、安定；适合了解'活着'的某些底子；当然，也适合疗伤或者做梦。"①

　　生活在得天独厚的适合疗伤做梦的环境里，在漫无边际的虚无下，那些奉行东方精神的苏州人，他们在温和的玄思中漫游，获取心灵安宁的快乐。②也形成了不激不随的处世哲学，万事"自有定数，何待再说"，凡事"姑妄言之姑听之"。如果说陆文夫笔下的苏州市民是狡黠的、圆滑的，范小青笔下的市民是冲淡、婉约、充满市井气的，那么朱文颖初期作品中苏州人物的性格则是隐忍、务实、压抑、克制。这份隐忍务实化诸笔端，便是《水姻缘》里即便目睹自己未婚夫出轨、摔下台阶流产，也能按兵不动并拍照保留证据作为结婚要挟的沈小红；这份压抑，是《花杀》里明了自己对景虎隐秘又强烈的情感后克制到全身筋骨都迸得酸痛也不言明的小姐；这份认命与随遇而安，是《浮生》里王医生对三白所说的："人生在世嘛，总是免不了会有些烦恼事……要养生，要养生啊，苏州人是讲究养生的。苏州人的老话可是有道理的！"③朱文颖笔下的苏州和这座城里的人，姿态是向后退的，性格是温吞的，就如同苏州那些千回百转彼此贯通的小巷，走错了不要紧，另选善道择路而行便好，城市的地域结构孕育了他们"不激不随，没有什么事需要特别坚持"的性格，他们"心里雪亮透彻，明白前生是不知道的，来世也还太远，唯有今生今世最实在牢靠，过好当下的生活才最重要"④。他们使的是巧劲，表象虚无下暗藏的是

① 朱文颖：《亮锻锦袍与虱子》，中国作家网：http://www.chinawriter.com.cn/n1/2017/1107/c404018-29632470.html。

② 朱文颖：《亮锻锦袍与虱子》，中国作家网：http://www.chinawriter.com.cn/n1/2017/1107/c404018-29632470.html。

③ 朱文颖：《浮生》，《收获》1999年第3期。

④ 朱文颖：《浮生》，《收获》1999年第3期。

一种古老东方的智慧。

　　"生于斯长于斯"的地源文化对朱文颖的渗透和影响是极大的，这是朱文颖最初创作的优势，但同时也成为了她最难突破的局限，地域元素的反复征用确实能够在创作初期给作品增添亮色，也有助于作家个人创作风格的形成，但如果一位作家始终跳不出地域的局限，那么随着时间的发展，她的作品到最后难免沦为一种枯燥的自我重复，可贵的是，朱文颖没有放弃探索与尝试。就如作家邵丽所评价的："将近 20 年过去了，她依然用最大的真实面对着文学，面对着世界也面对着自己。在朱文颖身上，总焕发出某种新人的气场。这种新人之感，不是指向稚嫩，而是指向活力与不曾被磨损的生命力。"①在建构了十几年"苏州世界"之后，人至中年的朱文颖踏上了苏州的重构之旅，在新的长篇《莉莉姨妈的细小南方》中她解构、颠覆了自己以往所塑造的苏州，这不仅仅是对读者原有苏州记忆的一种挑战，更是对自己原来理解的"苏州城市精神（性格）"的重塑。文中那些曾经表征苏州诗意、娴静、哀伤、优雅、纤巧、含蓄的古典元素消失了，那些苏州百姓个性中温雅、安于天命、知足常乐的精神被截然不同的风貌取代，先前《浮生》里娴静的芸娘、《水姻缘》里隐忍的沈小红式的女性被看似和颜悦色却爆发力十足的外祖母王宝琴、敢爱敢恨的林阿姨，不断以新的方式对抗生活绝望与虚无的童有源，外表斯文冷静实则内心热烈而执着的童莉莉们所取代……他们不再是温吞、与世无争、专注于个人生活小世界的，而是充满了爆发力，他们"身体属于某地，精神则永远指向天空。他们绝非某种地域文化的标签，而是一些极不安分的精魂，要到更加辽阔的世界里去确认自我……他们似乎甚为茬弱，空虚绝望，但一瞬间又会判若两人，爆发出极大的能量"②。甚至带有几分"粗鲁"的意味，而这"粗鲁"不是行事轻浮，而是一种强烈地要把自己从里到外都炸开来重新活一遍的情感，是一种对于生的力量的问询与渴望。就如朱文颖自己说的："这里的'南方'具有绝然不同的意义，它是在地域环境里生长出来的另外一种具有破

　①　邵丽：《婉如清扬》，《文艺报》2017 年 11 月 10 日。
　②　郜元宝：《凝视那些稍纵即逝的决断与逆转——读朱文颖短篇小说集〈生命伴侣〉》，《当代作家评论》2020 年第 3 期。

坏性的力量，它是抵抗的，甚至是粗暴的，是看似漫不经心的呐喊，是看似柔软里的强硬到底的反抗。"①而这又何尝不是全球化时代苏州不断开拓、创新、发展、蜕变、壮大的一种隐喻呢。苏州的城市精神和人文品格也因着作者的重塑和探索而拥有了更大的内涵——原来它也可以是这般热情、疯狂、野性、折腾、义无反顾充满反抗精神的。

从朱文颖登上文坛至今，已经二十多年过去了。在这二十多年的时光中，朱文颖始终以一种诚恳和坚韧的态度坚持着基于本土经验的城市文学创作，也因此获得过很多国内外的奖项，不少作品被译成英、法、日、韩、德文向海外传播。在全球化与本土化的裂缝与张力之中，朱文颖记载着中国社会在全球化的进程中所发生的巨大变迁，记录着一代人在传统与现代、过去与现在之中憧憬、期待、不安的复杂文化心态，并致力于推动城市文化的传播，不管是对城市风物的再现还是对本土文化输出的努力，都让我们看到朱文颖作为知识分子的责任心和作为作家的抱负，她的城市书写在不断扩展更新文学地理版图的同时，也承担起传承、保护地域特色文化责任，向我们展示了城市文学所具有的多种面向和可能，丰富了当代文学史中的城市书写。我们的时代需要这样的作家，我们的文学也呼吁更多这样的作家，我们期待着这位拥有着旺盛创造力与探索精神，也有着不断推翻、重塑旧我的能力的女作家在未来能以更宽阔的视野和更宽广的胸怀关注历史和人性，创作出更多让我们耳目一新的作品。

---

① 李雪、朱文颖：《渴望更真实、勇敢、宽阔的生命与写作》，《小说评论》2013 年第 5 期。

# 南方精神、晚明风格与城市文学的"长时段"书写[①]

在当代中国的城市书写中,"晚明"与"江南"作为核心意象,标志着抒情传统及其生活美学的回归。其中不仅隐藏着"古典"的趣味,也意味着对"现代"的探求。在全球现代性危机下,中国作家试图以一种"长时段"的书写,通过回溯本土近世精神的源流,注重时间体验的空间性,寄情个人和家族的直接经验,在中国内部发现历史,从"南方精神"走向多元现代叙事。

关键词　南方精神　晚明风格　多元现代性

21 世纪以来,以王安忆、格非、苏童、金宇澄、王宏图等作家的作品为代表,中国的江南书写乃至城市文学隐隐约约地发生了某种转向,我们或可以称之为"晚明转向"。"江南"作为空间,是历代文人倾心咏叹的对象,呈现为一种"有意味的形式",往往代表一种抒情的风格与物的美学,而"晚明"作为时间,正是这一风格和形式的最高呈现。"江南"与"晚明"在当代文学中的结合,并不是偶然现象,它不仅代表了中国作家和学者对"古典"的迷恋,更隐含了对"现代"的探求。一种更长时段的现代文学书写,超越了以时代易变、政治更替为特征的"短时段"观察,从而将世俗人情、时尚艺术、大众文化、妇女生活和空间地理纳入整体性的视野,在更为广阔与纵深的层面"从中国发现历史"。

---

① 本文系国家社科基金项目"近现代'中国文艺复兴'话语考论"(21BZW060)的阶段性成果。

② 朱军,博士,上海师范大学都市文化中心研究员,主要从事中国近现代文学与文论、都市文化理论、空间理论研究。

# 一、现代文学史书写的晚明魅影

中国现代文学史的书写因其刻意强调"现代性"的突变,往往落入"短时段"的陷阱。譬如我们常常以"三十年""民国文学""十七年""新时期"乃至"新世纪"之类的"短时段"甚至"超短时段"框限文学时代及其风格。然而,这一书写策略常常割裂了历史发展的连续性,也造成对"现代性"内涵的单一理解与强制阐释。

五四是现代中国文化史上的第一个"大写日期",即可以将时间从此分成"××前"与"××后"的日期。五四前的中国从此成为"传统中国""封建中国"和"古代中国"。"古代中国"被认为长期处于停滞状态,并且缺乏内部动力突破传统框架,唯有经过 19 世纪的西方冲击,才能发生巨变,步入"现代"文明。这也是以列文森为代表的西方"冲击-反应"模式史学研究的经典范式,与之相伴,史家一般采用"传统"与"现代"二分的双线史观来划分中国悠久的历史。

"大写日期"像一具时间的闸门,深刻影响了五四"双线文学观"。胡适《五十年来中国之文学》追溯了曾国藩之后 1872 年以降的文学流变,涉及桐城派的式微、古文学的变化以及新文学的发展等诸多基本命题。其中第九节《活文学——白话小说》将晚清小说按地域分为北方平话小说和南方讽刺小说两类加以述评。胡适将活文学和死文学、贵族文学和平民文学加以二分的观念深刻影响了后世评判文学的标准,如钱基博和陈平原所论,其优点是有成见,缺点在于太有成见。学界多已注意到,"双线文学观"暗含着一种激进的"新旧不两立"的趋向,譬如胡适《白话文学史》认为文学史"不该向那'古文传统史'里去寻,应该向那旁行斜出的'不肖'文学里去寻,因为不肖古人,所以能代表当世"[①]。这一反传统思想趋向在其后的文学史书写中渐渐走向极端化,最终形成了文学史的民间文学主流论、反帝反封建与封建阶级帝国主

---

① 胡适:《白话文学史》,上海古籍出版社 1999 年版,第 3 页。

义奴才文学斗争论,甚至主流与逆流论。

"短时段"的文学史写作抛弃了中国传统的大文学史观,改变了文学史中长久积淀的经典论断,将五四时期形成的"现代"观念作为判决历史的标准,为文学确立了新典范,但其弊端也不可忽视。特别是"短时段"视野下的"双线文学观"对历史的掩盖是很明显的。在剧烈的社会动荡与思想冲击的背景下,史学家和知识分子很难对一段历史形成清晰、整体的定位,关于历史长时段的认识无疑需要时间的沉淀。因此,我们不难理解宇文所安在《过去的终结:民国初年对文学史的重写》中的质问:古典传统作为对手已经死了,五四一代人对过去的重新阐释已经把传统连根拔除了,但是,因为五四时期知识分子们的价值观和斗争性叙事如此紧密地联系在一起,我们不免要想知道:当最大的敌人死掉之后,还剩下什么?①

也许宇文所安过于悲观了,在此阐释脉络中我们也应该注意到,在 19 世纪二三十年代,这一阐释过程与当时还很强大的古典传统是相辅相成的。譬如周作人的《中国新文学的源流》将两千年中国文学史看作言志与载道的此消彼长,胡适"八不主义"也复活了公安派独抒性灵不拘格套和"信腕信口,皆成律度"的主张。如果减去西方影响,胡适的观点就是晚明儒家公安派主张。胡适后期将五四运动比附为"中国的文艺复兴",中国的文艺复兴运动被追溯到宋元明清四代,乃至唐代和先秦。"中国的文艺复兴"不仅仅指新文化运动和五四运动,其内涵要深广许多,甚至包纳了几千年来的"文学复兴""中国哲学的复兴"和"学术复兴"。② 在胡适的最后时光,面对批判传统之风日炙,他俨然转而成为"四十年来的文艺复兴运动"的最大辩护者。③ 可见,一方面胡适是"短时段"文学史的重要开创者;另一方面,他希望在"长时段"的背景下为新文化运动找到传统的源流。

---

① ［美］宇文所安:《他山的石头记——宇文所安自选集》,田晓菲译,江苏人民出版社 2006 年版,第 280 页。

② 胡适在 1923 年的"*The Chinese Renaissance*"一文中说,"中国的文艺复兴"当自宋起,1933 年他又将其提前到唐代,在未具写作日期的题为"*The Intellectual Renaissance in Modern China*"的残稿里,更论述了先秦诸子学说和汉代以来佛教对中国的征服。

③ 胡适:《日记·1952 年》,见《胡适全集》(第 34 卷),安徽教育出版社 2003 年版,第 222 页。

从"长时段"的视野来看,钱基博《现代中国文学史》的努力显得尤为珍贵。钱基博综贯百家,观其会通,洞流索源,博通古今文学之嬗变。既注重文学史的连续性和文学自身的传承与流变,也强调以作家作品为主体,关注"代变之中,亦有其不变者存"①。批评钱基博的文学史观保守显然是有失公允的。钱著一直贯彻着对"执古"和"骛外"两种思潮的批判,认为前者食古不化,后者削足适履,这给后人指出一条相对客观科学的文学史研究进路。

在对待古典的态度上,不少五四文化人外在是一个激进主义者,内在往往又是一个保守主义者。从精神分析的视角看,要避免外在与内在撕裂引发的精神危机,就需要某种妥协与平衡。胡适将"新文化"与"文艺复兴"相比附正是这种心理平衡术,而对于章太炎、梁启超、谭嗣同、刘师培、周作人、俞平伯、沈启无、林语堂等人来说,"晚明文化"是这一妥协的重要中介。章太炎、梁启超等晚清学人多将排满革命和现代民主精神追溯到东林党和黄宗羲,周作人等五四学人则将目光转向以公安三袁为代表的晚明文艺,认为他们构成了中国文艺现代化的历史起点。周作人说:"现代的散文在新文学中受外国的影响最少,这与其说是文学革命的还不如说是文艺复兴的产物,虽然在文学发达的程度上复兴与革命是同样的进展……我们读晚明有些名士派的文章,觉得与现代文的情趣几乎一致,思想上固然难免有若干距离,但如明人所表示的对于礼法的反动则又很有现代的气息。"②

延续了周作人、林语堂等人的思考,任访秋《中国新文学的渊源》较好体现了"从中国发现历史"的思路。他分别点明了李贽与晚明文学革新,晚明文化革新运动与17、18世纪文学,清代朴学的反理学思想文学观,桐城派的兴衰,晚清西学与近代文学发展,排荀批孔与五四思想革命,晚清文学革新与五四文学革命之间的关系。进而指出五四传统的三个源流:晚明以来的文学传统,西方先进学术思想,西方思想与中国市民阶层思想的汇合。此外,他认为近代文学的开山人物上宗公羊的文学观与晚明思潮也很接近。这体现了本

---

① 钱基博:《现代中国文学史》,中国人民大学出版社2001年版,第1页。
② 周作人:《〈陶庵梦忆〉序》,《语丝》1926年第10期。

土传统滋生潜隐的各种进步思潮与文学书写之间始终存在着相互渗透、相互发明的关系。

近年来，"重写 20 世纪文学史""现代文学史的向前位移问题"以及"没有晚清，何来五四"等命题的提出，体现了当代学人拉长现代文学生命线的努力。然而，这一努力仍然有局限性，晚清之前仍然被划为"传统"，《海上花列传》之前的文学也被归为"古代文学"，上海的开埠、西方的入侵方才被视为"现代"的开启。在写作《在中国发现历史——中国中心观在美国的兴起》的柯文看来，这仍然是典型的"欧洲中心主义"视角下"传统-现代"的两分法。反观五四学人对晚明现代风格的追慕，更能代表一种从本土出发的"中国中心观"，也更贴近历史内在的演化脉络，重温这一探索对当下的文学史写作有着重要的启示意义。

## 二、晚明风格作为"早期现代性"

梁启超、周作人等人以"晚明"比"晚清"，展开对"现代"的追溯，与近年来史学界兴起的中国"早期现代性"研究异曲同工。从某种程度上说，王德威所言现代文学"没有晚清，何来五四"之说，并非新见，这一追溯应该可以进一步表述为"没有晚明，何来晚清与五四"？

20 世纪 30 年代，嵇文甫、周作人分别依据革命与人文之不同立场，将中国现代性上溯到晚明，日本京都学派更将宋代视为中国现代的起点。王德威认为，这类追本溯源的做法可以无限推衍，但也恰恰是他希望打破的迷思：我们不再问晚清或五四"是否"是现代的开端，而要问"何以"某一时间点、某一种论述将晚清或五四视为现代的开端。① 回到历史的进程来说，晚清、五四作为封建王朝与现代民族国家古今交替的历史节点，应该被看作"现代"的开启，不过这显然打上了王朝兴衰的政治烙印，无论梁启超首倡"新小说"还是五四学人提出文学革命，都可以看作"文学政治"的延伸，如胡适所言，文学革

---

① 王德威：《没有五四，何来晚清？》，《南方文坛》2019 年第 1 期。

命之所以能够成功,"不能不说是政治革命的恩赐"①。

"长时段"的历史研究,不止于关注政治的变迁,而要将社会心态、社会环境的变迁看成是历史发展的主线,强调对日常生活、下层群体、社会文化及其历史渊源的研究。社会文化及其结构的变迁在历史分期中的重要性,要大于"短时段"结构下的王朝兴衰的政治变迁。王德威也认同"我们的问题不再是发生学,而是考掘学"。换言之,中国的"现代性"研究不只要关注如何"发生",更要长时段且更为深入地"考掘"内在流变。对现代文学史的书写来说,"没有晚明,何来晚清与五四",为我们打开了深入"考掘"的时间缺口。譬如陈伯海曾经尝试将现代四百年的文学思潮视为整体予以贯通研究,以把握肇端于晚明的启蒙话语的流变。

将目光转向"长时段"的考掘,需要注意到中国文学的重要传统是注重时间体验的空间性,具有鲜明的地域性特点,如谭其骧所指,"把中国文学书写看成一种亘古不变且广被于全国的以儒学为核心的文化,而忽视了中国文化既有的时代差异,又有其地区差异,这对于深刻理解中国文化当然是极为不利的"②。无论是前辈学人对晚明名士风流、物质美学与抒情传统的钦慕,还是史学界对城市化、商业精神和市民文化的追溯,都业已指出晚明风格与江南这一空间母体密不可分。"晚明"与"江南"中蕴藏着中国文学的"现代"意识,或许我们可以接着问,没有"江南"何来"现代"? 与传统的史学研究把1911 年视为临界点不同,社会学家早已经认识到,从 16 世纪 50 年代开始到20 世纪 30 年代的历史时期构成了一个连贯的整体,一个"现代性"的演进历史。学者们发现了一个从过去 400 年延伸至共和国的中国。而这一切与晚明时期长江下游的城市化、大众文化的勃兴、士绅规模的扩大、从劳役租向货币租的转变以及商业社会的形成有莫大关联,这一系列的"现代化"的潜流在

---

① 胡颂平编:《胡适之先生年谱长编初稿》第 4 册,联经出版事业公司 1986 年版,第 1272 页。
② 谭其骧:《中国文学的时代差异与地区差异》,复旦大学历史系编《中国传统文化的再估计》,上海人民出版社 1987 年版,第 41 页。

20 世纪早期达到了顶峰。①

"江南"作为空间与"晚明"作为时间,被统合在对于"现代性"的探问之下,正在成为当代文学发展的一条重要主线。其中比较引人瞩目的有王安忆的《天香》中对上海史前史的追寻,格非《雪隐鹭鸶》中对《金瓶梅》的研究和"江南三部曲",苏童、王宏图等对"南方的诗学"和"南方精神"的讨论,等等。一方面江南书写呈现出回归文人的精神故乡的努力;另一方面则代表在全球现代性的危机下,作家试图通过回溯中国近世精神的源流,从中国内部发现历史,发现"现代性"。诚如德里克所言,中国的一些学者想把明代中国的发展处理成一个资本主义萌芽问题,我不同意他们的观点。我认为,在没有资本主义制度的情况下,也可以取得程度相当的经济发展,正如我们在明代中国看到的情形。② 德里克的困惑提醒我们,唯有通过"长时段"的内部观察,才能超越西方中心主义和庸俗马克思主义的论调,也才能真正认识到"晚明"与"江南"作为现代性的源流及其独特的历史和文化价值。

王安忆的《天香》是从中国内部发现历史的文学杰作。城市文学一直都是一个突兀于中国大地的异类,她往往代表殖民的历史与外在的现代,与乡土的文明格格不入,然而《天香》告诉我们,即便是上海这样的"西方冒险家的乐园",也是从大地上的一河一汊、一草一木、一亭一园、一市一镇、一寺一桥、一针一绣中缓缓生长出来的。王安忆写道,小小一条蚕,吐出丝,经几道缫制、制成线,再染与浆,合绺又分辟,穿进针里,千丝万缕,终成光华丽色,天知道是谁造物。而这纺丝造物又如盘古开天、女娲补天,混沌中分出上下黑白;又比如后羿射日、大禹治水,方才水陆分明,有了个清明世界!③ 从造物到造世界,这不正是江南女子织就的华章? 这是一种生命的动态孕育与成长,"过去"与"现代"、"传承"与"创造"在流动不居、相互渗透中彼此涵养,传统社会

---

① Frederic Wakeman and Carolyn Grant, ed. *Conflict and Control in Late Imperial China*, Berkeley: University of California Press, 1975, p.2.

② [美]阿里夫·德里克:《后革命时代的中国》,李冠南、董一格译,上海人民出版社 2015 年版,第 38—39 页。

③ 王安忆:《天香》,人民文学出版社 2011 年版,第 93 页。

中包含着现代的潜势,而现代都市中又保存着传统的特点。所谓"天工开物"的深意正在于此。

吉登斯曾经把"现代性"定义为一种时空脱域的危机,中国似乎只有经历西方"冲击"才能摆脱传统的时空观念(譬如天人合一的宇宙论和时间循环论),进入"现代"这一新世界。这正是格非的"江南三部曲"所要表达的"现代性"展开之路。这"三部曲"从儒家乌托邦到革命乌托邦再到消费乌托邦,沿着普世主义的民族国家发展进程,男耕女织的"花家舍"演进为资本狂欢、人欲横流的"销金窟",在资本主义与民族主义这两种势力完成了全球化的同时,中国也完成了自身的现代化。在《春尽江南》的末了,端午开始写小说,故事回到一个名叫普济的江南小村落,布法和白居榭寄居于庄园的隐秘生活,而绿珠希望在鹤浦定居下来,过一种踏实朴素的生活,因为她强调,在当今时代,只有简单、朴素的心灵才是符合道德的。① 格非取法于明清小说传统的修复和转化,以细腻的叙事、典雅的语言、循环如春秋的内在结构昭示着,晚清以来,我们上下求索的"现代性",似乎也遭遇了儒家文化类似的命运,像江南"春天的消逝",繁华落尽,正在经历德里克、杜赞奇所谓的"全球现代性的危机",结果是诸如中国这样的社会现在对什么是现代也有了"自己的"理解。②

"江南三部曲"依然是对于普世现代性的理解,尽管其中不乏对儒家传统的幽怨回忆,《雪隐鹭鸶》代表了格非对什么是中国的现代的个人理解。"江南三部曲"的剧本已经够长,从晚清一直延展到后现代中国,但格非显然并不满足,他说"伟大的小说都是对传统的回应"③,他要回溯到更为早期的晚明传统,找寻声色与虚无之下的世情人伦,进而透过世情书写展开 16 世纪中国社会的经济、商业、道德、法律、官场以及种种世态。与王安忆一样,他们都试图重现上海在新型的"排他性的城市文明论"出现之前的文明史。④ 这部文明史与西方不同,市井与田园并不割裂,这是一部天下混一、物力繁盛的早期现代

① 格非:《春尽江南》,上海文艺出版社 2012 年版,第 372 页。
② [美]阿里夫·德里克:《后革命时代的中国》,第 7 页。
③ 格非:《最有意思的是在心里生长》,《长篇小说选刊》2007 年第 2 期。
④ 格非:《雪隐鹭鸶——〈金瓶梅〉的声色与虚无》,译林出版社 2014 年版,第 23—27 页。

图景。对于中国文人而言,无论是身处末世时代的危机还是面向都市颓废的深渊,"晚明风格"都像是挥之不去的召唤抑或救赎。

## 三、从"南方精神"走向多元现代性叙事

对于一种沉没的江南精神的追慕,代表了中国作家"从中国发现历史"的转向。我们需要思考的是,为何作为"新世纪"先锋的中国作家会心照不宣地转向对历史的追寻? 或者说,是否存在着杜赞奇所谓的"南方"来拯救并超越现代性叙事?

在《全球现代性的危机——亚洲传统和可持续的未来》中,杜赞奇试图通过探索现代性叙事的生产要素和内在逻辑来理解现代性。这种叙事不仅能够将现代性进程置于前台,还能够解释比现代性更为广阔的范围,即非西方世界与"南方"。在现代化理论中,这些国家在很大程度上一直被视为滞后的或者是缺乏现代性的。目前这个关头尤为重要,因为它揭示了一种"赶超和滑落"正在我们这个世界发生。[1] 中国作家也敏感地意识到这一潜伏的潮流,譬如苏童、王宏图注意到福克纳、普鲁斯特、美国南方与中国南方分享着类似的"南方精神"。这种精神游离于传统文学观念之外,将不应该存在的东西描写了,诸如《追忆似水年华》之类的作品并不能代表西方的先锋派,却与《红楼梦》气味相投,充满了生活气息,与法国的散文传统也有着极深的渊源。他们都"把小说向蒙着灰层的角落里写,细致到病态,病态到令人尊敬"[2]。

《金瓶梅》成为格非、苏童等当代作家的创作源泉,正在于其是晚明世俗精神的最高代表。格非说道,"南方"在《金瓶梅》中并不仅仅是一个地理概念,同时也是一个文化概念和时尚符号,它总是时尚、奢华和精美的代表。苏童、王宏图则认为《金瓶梅》的世纪末情绪中有一种生命欲,是一种对世俗生活的强烈贪恋,《红楼梦》延续了《金瓶梅》的"南方精神",展现出一种颓废的

---

① 杜赞奇:《全球现代性的危机——亚洲传统和可持续的未来》,商务印书馆 2017 年版,第113 页。

② 苏童、王宏图:《南方的诗学:苏童、王宏图对谈录》,漓江出版社 2014 年版,第 42 页。

美学，书写了大家庭中的人情冷暖。也正是《金瓶梅》所代表的"丽藻"与"繁华"以及《红楼梦》中那一抹"颓废"，激发了王安忆的写作欲。《天香》能够在江南才女流连文酒、究心器玩的生活时尚中观物取象、游心造境，细腻呈现出个体日常生活与审美活动之间的内在关联，绣艺锦心中弥漫着整个时代的社会时尚、审美风会之间的交互影响，在更为宏阔的历史视野中，王安忆重新审视"晚明"与"南方"在中国社会、历史演进洪流中的位置。

苏童将"南方精神"总结为"一种腐败而充满魅力的存在"，王宏图认为一种"忧郁的气质"正是"南方的基调"①。与北方传统——张炜、张承志所呈现出的高远理想和批判精神不同，"南方精神"与世俗生活休戚与共。江南世家都不太适应做官，鸢飞草长的江南，格外滋养了闲情逸致，稻熟麦香，丰饶的气象让人感受人生的饱足。即便像申儒世那样的岁暮之秋，低沉是低沉了些，但也另有一番自省的况味。因是在入世的江南，所以不至于陷入虚妄，而是在器与道、物与我、动与止之间，无时不有现世的乐趣生出，填补着玄思冥想的空无。

在这种生活和审美观念的波及下，无关日用的"长物""玩物"成为不可或缺的必需品。繁华中的"腐败"因此透着一种末世感。无论园林的营造、器物的雕琢还是绣艺的镂绘，正如"天香园绣"和"柯海墨"的由来，"天香"二字中既有天工之意，又有一派妖媚风流。王士性、沈德符等有"物妖""服妖""墨妖""扇妖"等说，"物"一方面是超自然的事物，有天工之意，另一方面则代表邪魅精怪，往往具有新奇艳冶的外表，能够蛊惑人心，让人玩物丧志。② 范濂《云间据目抄》记录，家具、器物、绣纺乃至晚明时期流行的时尚、趣味，大多来自松江和苏州。譬如苏州的园林将人工美推到极致，因此有一种不健康的趣味，在王宏图看来，它甚至具有巴洛克的特点。繁复、忧郁、腐败的巴洛克美学作为整个历史、社会有机体的一部分，有穷途末路的征兆。从《金瓶梅》《红楼梦》到张爱玲和王安忆，一种盛极而衰的忧郁感，是繁华书写之下的另一条

---

① 苏童、王宏图：《南方的诗学：苏童、王宏图对谈录》，第98—101页。
② 王士性：《广志绎》卷2，中华书局1997年版，第33页；沈德符：《万历野获编》卷26，中华书局2007年版，第660—663页。

主线，也是城市书写的宿命，或可谓之"惘惘地威胁"。

"妖"常与"美""艳""巧""媚""异"相关联，然而这种"腐败"和"忧郁"之所以又是充满魅力的，往往也代表"世纪末"新生历史循环的展开。《金瓶梅》写于北方，却集中体现了一种文化上的"南京崇拜"，格非援引德国学者弗兰克所勾画的 1400—1800 年间的世界经济地图，看到了另外一个"同心圆"——它以中国长江流域或中国南方作为最核心的一圈，中心点位于苏淞地区（郑和下西洋的起锚地），然后辐射到东亚朝鲜半岛和日本、中亚以及东南亚的更为广袤的地区。它的外围甚至扩散到欧洲和南美洲。"天香园绣"同样如此，从世家玩物、妯娌心思层层扩大，走向民间，走向世俗，口口相传、代代相继，字字如莲、莲开遍地……申府的繁华盛景终究灰飞烟灭，在天香园绣播散的蓬勃天机中，"徐家汇"和"上海滩"孕育生长，"长物"接驳了徐光启的"科学"，儒、佛、道、耶中西文明在乖女和蕙兰手中最终织成锦绣华章。由此开出"天工开物"的时代新意。

南方精神、晚明风格孕育了中国独特的现代性的开端，也是世界范围内"多元现代性"的重要象征。"江南"一直是中国人的精神故乡，也是"近世精神"的源流，对"晚明风格"的迷恋深深影响了中国现代文学，从五四时期开始，现代文学史的书写便试图在晚明风华中为文学变革找寻历史的源流，随着感时忧国的时代风格的凸显，"南方的诗学"所代表的抒情传统和物的美学逐渐沉入历史的阴影。新世纪文学的"晚明转向"，寄情于作为个人和家族直接经验的历史，凸显出对抒情传统及其生活美学的回归，通过对历史文化长时段、内部取向的精细化描绘，"现代性"被置入"天地物理人情"之中重新淘洗，开出东方文明传统特有的审美趣味、人生情致和天下关怀。

# 网络文学动向

# 女孩们的"叙世诗"①

## ——2020—2021年中国网络文学女频综述

肖映萱②

摘　要　基于对2020至2021年女频网络小说的观察,本综述重点讨论其世界设定的多种变化。首先,科幻、悬疑、恐怖等类型元素全面复苏,在建构高度幻想、高度刺激世界观的同时,展现出女性对"后人类"等严肃命题的关注与探索。其次,女频小说开始呈现现实面向的社会关怀,回归女性自身,勾勒出职场想象由"卷"到"苟"的"后丛林"转向,并以"无CP"的特殊形式打开女性写作的多元化潜能。最后,女频的言情叙事也折射现实的爱欲与权力秩序,通过"买股文""马甲文""多宝文"和"女主升级文"的流行趋势,显示出当前女性特定

①　本文系教育部重大项目"中国网络文学创作、阅读、传播与资料库建设研究"[19JZD038]阶段性成果。本文为《中国网络文学双年选(2020—2021)·女频卷》(邵燕君、肖映萱主编,漓江出版社即将出版)序言,文中涉及《双年选》篇目的作品分析时,对各篇目的评论文章有所借鉴,特此说明并致谢。
②　肖映萱,博士,山东大学文学院副研究员,主要研究方向为中国当代网络文学,包括网络文化、女性文化、粉丝文化等。

的快感模式和性别意识。

**关键词** 网络文学 女频 世界设定

2021 年 10 月,晋江文学城宣布将逐步实施"分年龄阅读推荐体系"①,一石激起千层浪,晋江要搞作品分级的消息立即引发网络热议。晋江的这一举措,究竟如何推行,是否如网友推测的那样能够开创国内文艺作品分级的先河,目前尚未可知。但晋江之所以敢于主动"分级",这份底气很大程度来源于如今女频作品呈现出的多元化面貌,不必再去依仗"少儿不宜"的部分。以小众"女性向"文化起家的晋江,已经在大众商业化的道路上走了很远。2018 年以来,短短数年间晋江的注册用户规模翻了一倍。② 这一变化此前并未得到研究者足够的重视,半数新用户的涌入,必然使女性的文学土壤发生剧烈的酸碱变化,孕育出新的用户生态和类型趋势。老一代"大神"作者集体转入 IP 导向的写作后,一批被新用户供奉的新"大神"也已悄然改朝换代。此外,推动剧变的还有主流化诉求、外部审查目光的外因,以及代际更迭、媒介融合的内因。③ 比起已然"身相完成"的男频网络文学,以晋江为核心的女频世界正在历经一场至关重要的转型,过往关于女性网络文学的种种刻板印象,到

① 2021 年 10 月 21 日,晋江文学城向全站用户发送了一则《关于开始逐步实施分年龄阅读推荐体系的说明》的站内通知,宣布晋江出于保护未成年人的目的,将尝试进行作品的分年龄推荐工作,逐步"把作品按照不同的标签、类型及其他特点,做不同年龄的阅读推荐体系,让那些有争议的、尖锐的、思想性更复杂的文章,暂时远离那些心智还不够成熟的读者,同时也留给成年人一个更加安心的阅读空间",并会优先把"最受社会关注的小众题材按照轻重缓急逐步做分级"。

② 数据来自晋江文学城"关于我们",网址:http://www.jjwxc.net/aboutus。该数据由晋江官方公布,但并非逐月统计,且不定期更新,更新时会覆盖过往数据,因而只能依据笔者长期进行的跟踪记录。据统计,2017 年 7 月晋江注册用户数量为 2 097 万,2018 年 7 月为 2 700 万,最新数据为 2021 年 10 月超过 5 000 万。由此,大致可以得出 2018 年以来晋江注册用户数量翻倍的论断。

③ 邵燕君、肖映萱、吉云飞:《媒介融合 世代更迭——中国网络文学 2016—2017 年度综述》,《文艺理论与批评》2017 年第 6 期。

了要被打破的时刻。

在 2018—2019 年的综述中,笔者将这一转型描述为"嗑 CP"、玩设定①的新趋势。而经历了 2020 年以来全球新冠肺炎疫情的突发现实,猛然进入"后疫情"时代的女作者们,更加鲜明地表现出了对世界的热切关注。她们纷纷从亲密关系的小小幻境中走出,大举朝着辽阔天地、朝着星辰大海进军,以蓬勃的创造性、早熟的笔力和天真烂漫的理想主义,书写着属于女孩们的"叙世诗"。"叙世"的"世",既是"世界设定"的"世",即小说中推陈出新、花样繁多的世界观架构;也是"现实世界"的"世",指向女作者们通过网络类型小说的诗性幻想,展现出的现实观照。

## 一、倒映现实的异世界幻想

近两年,科幻、恐怖、悬疑成了女频小说最常见的类型元素。作为纸媒时代就较为成熟的小说类型,传统科幻、悬疑推理和惊悚恐怖,过去一直处于网文版图的边缘地带。这些原本小众的题材如今却大放异彩,与女频的类型融合趋势直接相关。继穿越、重生之后,"系统"②成为女频最主流的网文结构方式,"系统发布多个任务—主角进入多个副本完成任务"的"主线/支线"结构,使一篇"系统文"得以容纳多种高度幻想的世界,大大丰富并鼓励了女频作者对世界设定的勇敢探索,并且将各种类型元素叠加、融合在一起。小众类型纷纷被召唤回归,形成了一个类型元素和世界设定的数据库,供作者任意调用。

写下这些作品的,大多是近几年才开启创作生涯并崭露头角的新作者③,

---

① 肖映萱:《"嗑 CP"、玩设定的女频新时代——2018—2019 中国网络文学女频综述》,《文艺理论与批评》2020 年第 1 期。

② "系统"是由电子游戏的操作系统这一概念引申而来的世界设定,近年来"系统"越来越多地出现在网文当中,"系统"发布任务、主角完成任务,成为网文最常见的结构方式之一。

③ 本综述提及的这类作者中,郑小陌说 2014 年开始在晋江发布作品,一十四洲 2016 年,微风几许 2017 年,她们的成名作都写于 2018 年之后,而群星观测 2020 年才开始写文,《寄生之子》是她的处女作。

她们对科幻、悬疑、恐怖等类型元素的熟练运用,展现出一种早熟的写作能力。这得益于她们身后丰富的多媒介文化资源,这一批"网生代"作者零时差地接收着全球流行文艺作品,与全世界的科幻、悬疑、恐怖爱好者们站在了同一起跑线上,而中国网络文学二十多年来孕育的成熟生产机制,赋予了她们在类型小说创作上的先天优势。与已经冠上"经典"头衔的前辈作品相比,不同时代境遇倒映出不同的文学幻想,促使她们通过作品发起挑战,谱写属于她们的新篇章。

### (一) 科幻:"后大局观"与"去人类中心"的"后人类"想象

在女频的科幻热潮中,一十四洲的《小蘑菇》(晋江文学城)十分突出。它不仅是过去两年里女频最热的 IP 新作,商业成绩与读者口碑双丰收,更得到了传统科幻届的认可,摘下星云奖 2020 年度长篇小说银奖。《小蘑菇》的科幻题材,当然不是作者灵光一闪的开创,它承接自女频 2011 年以来的"末世文"写作脉络。[1] 比起强调科学技术对世界的改变、甚至带有某种技术预言性质的传统科幻小说(science fiction),女频的"末世文"或许更应该被理解为一种关于异世界的未来幻想(future fantasy),它所涉及的"科学"是一种纯粹的设定,重要的不是技术的可操作性,而是设定发生之后,关于人类社会的"异托邦"寓言。此前的"末世文",如非天夜翔的《二零一三》(晋江文学城,2011),借鉴的是好莱坞科幻灾难大片的英雄主义内核,故事的主线是主角代表最后的人类挣扎求生,并在废墟中重建文明。在此基础上,《小蘑菇》最大的突破在于两种新变量的引入——"克苏鲁"的世界设定和非人类的主角,由此打开了一种全新的"后人类"想象。

"克苏鲁"(Cthulhu)是 20 世纪 30 年代美国恐怖小说家洛夫克拉夫特创造的远古邪神神话体系,近年来因美剧《怪奇物语》(2016)等影视作品的全球流行而被中国观众熟悉,并被《诡秘之主》(爱潜水的乌贼,起点中文网,2018)

---

[1] 肖映萱:《劫后余生的异世界幻象图景——晋江 2012 年度耽美作品观察报告》,《网络文学评论第四辑》,花城出版社,2013 年 11 月。

等作品转化为网络小说的流行世界设定。《小蘑菇》的"克苏鲁"设定,不仅表现在拼贴风的变异怪物,更抓住了"克味"("克苏鲁风味"的简称)的核心要义——不可名状的恐怖、非理性反科学的混乱。小说中人类及所有物种相互"污染"的变异是毫无缘由、不可阻挡的,整个世界以荒诞的姿态摧枯拉朽地坠入深渊。正如现实中同样荒诞的新冠肺炎疫情,猝不及防地将全球日常秩序彻底搅乱。写在疫情之前的《小蘑菇》与"克苏鲁"网文,仿佛一种超前的寓言,以与过去完全不同的底层逻辑,颠覆了一贯的人类中心和发展主义叙事。

在以往的灾难想象中,人类在生存危机面前总是表现出某种"大局观",为了整体文明的保存可以不惜一切代价,如刘慈欣的《三体》,其著名的"黑暗森林法则"正是个中经典。而《小蘑菇》却说,人类为了所谓的"大局"付诸的所有"舍小谋大"的"牺牲"都是毫无意义的。宁可错杀绝不放过的疑似感染者,节节败退直到退居最后的"诺亚方舟",路途中放弃的所有次要阵地,无数的"蝼蚁"为"大局"而被割舍掉了,然而,人类不仅没有因此存活下来,还丢掉了最后的人性和尊严。一切努力都是徒劳的,陆夫人和玫瑰花园里女孩们的故事,更是打碎摇摇欲坠的"大局观"最猛烈的一击。作为繁育者被重重保护起来的女性,她们的生存只剩下唯一的目的——成为人类的子宫。物种在生殖中确实得到了延续,但如果只有生殖,她们还能被称为"人"吗?于是陆夫人主动推开窗,被蜜蜂感染成为蜂后,带领女孩们化身蜂群,她们终于第一次拥抱了自由的空气。人类失去了子宫,毁灭已成定局。不过故事的最后,作者通过设定给出了一个童话般的光明结尾,灭绝人性的"大局观"不能拯救的人类,最终被充满人性的"爱"拯救了。这或许是女性特有的温柔、女频网文固有的温情底色,但也不失为一种表态。它表明女孩们仍然相信世界的温暖和善意,相信人性的不朽,相信自由终将回归,相信爱能使风雨飘摇的世界重新黏合起来,抚平所有的裂痕。

垂死挣扎的人类社会仅能维持最低限度的"兽性",一朵"非人"的小蘑菇却在旁观了人类的"末日审判"后获得了"人性"。非人类主角的设定,加强了《小蘑菇》的"后人类"特质,也带来了一种"去人类中心"的开放心态。这一主题在郑小陌说的《异世常见人口不可告人秘密相关调查报告》(晋江文学城,以下简称《异世报告》)中也是核心议题,小说的主角项静静每晚九点都会准时穿越到一个未知的异世界,进行为期一小时的冒险,结识那位因"想静静"而无意间召唤了她的"人"或"非人"。借助"快穿"(即快速穿越)结构,小说呈现了一场世界设定的盛宴,星际、虫族、赛博朋克、剑与屠龙骑士、魔法……每一种"异世"都不落窠臼,天马行空的想象力令人惊叹。而主角对待每种"异世"文明的态度,始终是给予最大程度的尊重,尽量不以己度"非人",自觉地警醒着人类中心主义的狭隘。

在这两部作品中,作者借助世界设定进行了重重的"人性"试验,人类的各种属性被掰开揉碎,一点点剖析,人与自然、人性与兽性、人与权力、人与时间、人与自由、人如何面对恐惧和死亡……最终指向一个终极的叩问——何以为人?这构成了女频独特的"后人类"叙事。从亲密关系出发的女性,在面对世界时提出的第一重质疑,仍是关于人的心灵和秉性。

### (二) 悬疑、恐怖:治疗"官能麻木"的高度刺激

在近年的女频小说中,比科幻更加普遍的是悬疑、恐怖元素,不仅出现了"刑侦文""惊悚文"等子类型的创作浪潮——如连载期间一直高居晋江文学城 VIP 金榜的《破云 2 吞海》(淮上)、《我在惊悚游戏里封神》(壶鱼辣椒)等热门作品,更广泛地融合进其他类型的叙事当中,把悬疑的烧脑和让肾上腺素飙升的恐怖,打造成了女频网文最为流行的快感模式。

纸媒时代的悬疑和恐怖,为畅销书机制量身定做了一套固定的写作模式,有相对精致的文本结构和精准的读者定位,不容易适应网络媒介的超长篇连载形式,因此大多聚集在一些专门性的论坛空间。① 主流文学网站发展至商业化成熟阶段后,恐怖、灵异、悬疑、推理等类型在垂直市场里也形成了各自的用户社群。而近年来这类元素在女频的全面复苏,却是对这些类型元素的泛化挪用,小说未必按照悬疑、恐怖的类型模式展开,但一定保留了烧

---

① 如 2001 年开版的天涯社区"莲蓬鬼话",是中国最早的惊悚、悬疑类文学论坛,也是天涯社区最为活跃的文学版块之一。这里曾经孕育了天下霸唱的《鬼吹灯》系列,创造出网络"盗墓文"的全新子类型。

脑、惊悚的阅读体验和风格。如《小蘑菇》的"克苏鲁"本身就是一种恐怖设定,近年"克味"已经成了继"二次元欢脱风"之后又一种最时髦的小说风格,且男女频"通吃";《异世报告》的男主"虫哥"是星际的虫族,其节肢动物的特殊形态——多节的肢体、锋利的外骨骼、黏液和复眼、卵生的繁殖方式,也是科幻电影里常见的恐怖元素;微风几许的《薄雾》(晋江文学城)则兼具悬疑和恐怖的双重特性,既有随时可能横死的惊悚气氛,又始终围绕着时空装置的玩法展开悬念,给科幻的内核增添了额外的刺激。

种种迹象表明,今天的女频读者是更加"重口味"的一代,她们不仅偏爱高度幻想,也追求高度刺激。这些"网生代"们一直处于互联网信息的洪流当中,全球流行文艺消费市场针对她们的视觉、听觉、触觉等各种感官进行着大批量的工业生产,源源不断地塑造并满足着她们的欲望。这类感官刺激抬高了读者的阈值,她们需要的刺激越来越多、越来越强烈,消耗得也越来越快,逐渐进入了一种"官能饥渴"和"官能麻木"的状态,只有更多、更强的刺激才能引起她们的反应。以往女频网文的快感模式一直以情欲和情感为中心,当亲密关系的情欲张力被阻绝,就必须有其他的感官刺激充当替代物。"后净网"时代出现的第一种代偿是勾起口腹之欲的"美食文",但显然食欲的最佳满足方式是亲自去吃。悬疑、恐怖在反复书写亲密关系的"甜"和"虐"之外,为女频网文创造了新的"爽点"和快感机制,成了女频读者新开掘的"肥宅快乐水"——可乐凭借糖分释放的荷尔蒙和二氧化碳对咽喉的冲击,成了让"肥宅"们快乐的情绪促进剂,而悬疑、恐怖带来的"烧脑感"和肾上腺素,造成了电击一般的生理刺激,也能起到相似的情绪促进作用。只在大脑神经中发生的好奇和恐惧,可由沉浸式的幻想体验制造,除了线下火爆的"剧本杀"、密室逃脱等真人冒险游戏,只有线上的小说、电影、电子游戏等能够提供。而在中国的文化消费产品中,唯有网络小说的庞大数量与类型写作的成熟程度,足以匹配这种"官能麻木"状态下的刺激需求。

此外,在"后疫情"的失序前景下,对于后现代都市生活图景中原子化的个人,世界是一团失焦的混沌。当小说的世界设定也趋于非理性、反科学、神秘主义,一切都失去了确定性,脚下的土地仿佛下一刻就会坍塌,人物的行动也不再建构意义。此时悬疑、恐怖带来的刺激,就提供了一种对自我存在的另类确认方式,给了读者一个感知这个世界的焦点,使之短暂地脱离"自我失焦"的状态。

## 二、回归女性自身的现世关怀

"叙世"的另一个侧面是"现实世界"。在网络小说中,高度幻想的设定与对现实世界的反映并不矛盾,甚至恰恰是互为表里的——"非日常"的世界设定可能蕴含着"异托邦"的社会观照,看似贴近"现实"的题材类型则往往异常魔幻、荒诞。重要的并非是否以现实为题材,而是在作品中是否寄寓了现世关怀。如果说科幻的"后人类"想象和悬疑、恐怖带来的刺激,是对社会的宏观倒映和对时代情绪的疗愈,那么另一些更具现实指向性的女频作品呈现的,就是与女性现实处境的正面交锋。

### (一)职场:从"卷"到"苟"的"后丛林"转向

职场,一直是女性的性别身份、性别经验、社会境遇与生存困境最为集中的场合,不同的职场想象,正是女性投射、疏解这些问题和焦虑的不同方法的演示。在近期的作品中,七英俊的《成何体统》(微博)与柳翠虎的《装腔启示录》(豆瓣阅读),一个通过"宫斗"做职场的幻想模拟,一个描绘充满真实细节的现实白领生活,却异曲同工地传达出当下女频小说的职场想象从"丛林法则"到"后丛林"的转向。

自2006年的《后宫·甄嬛传》(流潋紫,晋江原创网/新浪博客)后,"宫斗文"就被赋予了某种"职场生存指南"的意义,"后宫"是将工作焦虑放大为生存危机的模拟职场。这一类型叙事的前提,是对弱肉强食、以恶制恶的"丛林法则"的绝对服从。这种服从是根深蒂固的,打心底里认为它天经地义、不可动摇,再没有别的出路,于是只能去"斗"。这种逻辑与当前流行的"内卷"有着极相似的内核,甚至完全可以用"内卷"来解读"宫斗"——"皇帝"即老板,"嫔妃"则是相同跑道内竞争的对手,大家都"卷/斗"起来了,女主角也就不得不"卷/斗"。而七英俊的《成何体统》借助"穿书"①的设定,让一位职场"社畜"②穿越到一篇"宫斗文"中,不仅道出了"宫斗"即职场的本质,更把"斗"和"卷"的底层逻辑彻底抽掉了:"宫斗"只是小说的套路,那看似牢不可破的"丛林法则"只是纸糊的囚笼,既然大家本质上都是被压榨的职场"社畜",何必把丛林游戏玩得那么认真,斗啊卷啊,不如一起坐下来吃小火锅,全世界"打工人"团结起来,"苟"过去得了!"苟",这种由"苟且偷生"引申而来的人生态度,在抵抗"内卷"的社会处境中具有了某种反抗性。而《成何体统》穿到"宫斗穿书文"中的设定,又进一步戳破了"丛林法则"的虚假性。"宫斗穿书文"的一种主流套路是,读者穿越到原本的炮灰角色身上,抢夺胜利者的故事线,实现命运的对调。作为"天外来客"的主角轻易地看透了这一套路,深知"炮灰"与"胜利者"之间的所谓"逆袭",也仍旧是"社畜"之间无意义的"内卷","胜利者"还是困在笼子里的"纸片人"。赢得"内卷"不再是主角的终极目标了,至少不值得为它掉进以恶制恶的漩涡,只有跳出宫墙、逃出丛林去看看外面的世界,才无愧于现代女性的自由灵魂。此时,"苟"下去,不与恶法同流合污,就成了对"卷"、对"丛林法则"最大的反抗。

相比之下,《装腔启示录》所描绘的真实职场,乍一看简直将"内卷"逻辑贯彻到了极致:女主角毕业于名校,在北京国贸的律所工作,这里连空气里都充斥着金钱和权力的味道,她与身边那些看似光鲜亮丽的精英们,背地里各有各的困窘,只好变着法暗中较劲,比品位、比腔调,"装腔"成了她们标榜自己与众不同和优越感的方式,也是阶级固化的阴影下,她们最后的体面和保护色,用以掩盖实现不了阶级跃升的绝望。而《装腔启示录》对"内卷"更深的反讽,来自作者柳翠虎的亲身示范——这部小说带有鲜明的"自传"色彩,柳翠虎曾有与主角相似的履历,她最终放弃了"内卷"的人生,"弃法从文"投向了网络小说创作。这一改换赛道的选择,虽然仍可能是换一个地方继续

---

① "穿书",即穿越到一本书中,这是网络小说近年来十分流行的一种情节设定。一般穿到书中的读者对原书情节会有大致的印象但记不清细节,且对自己身在书中、其他人物皆是"纸片人"有着较高的自觉。

② "社畜",即日语"しゃちく",是日本上班族对自己被公司像畜生一样压榨的自嘲,近来成为中国互联网的流行语,与职场"打工人"类似,都是当下青年对职场境遇的特殊表达。

"卷",但至少离开了"996"的职场,走上了一条更具风险性但也更自由的道路,未尝不是一种"苟"的表现。

这两部作品从不同的侧面切入职场现实,殊途同归地显示出从"卷"到"苟"的"后丛林"转向,这或许也与"后疫情"的生存状况有关。早在疫情爆发之前,女性就已经窥见了丛林之外的缝隙,而全球疫情对日常生活的彻底摧毁,让她们越发清晰地辨识出笼子的边界:在日常秩序随时可能崩塌的前景中,没有什么比生活本身更重要,拼命去争去抢的"内卷"像是个笑话,即使赢了,能得到的奖赏也不过如此,不可能再像前代人那样实现一步登天的美梦。与此同时,把人生当成一种体验而不是一场竞赛的"体验经济"兴起,鼓励人们尝试更多的可能性,成了"内卷"的对立面。女性辗转于两端之间,试图寻找一个平衡点,既保障生存,又率性自由,这或许才是更高明的游戏玩法、更高级的"装腔"。

### (二)"无CP":女性写作的无限潜能

"无CP"的类型标签,是一种特定历史情境下的产物,它的发明最初是为了规避纯爱类型的风险,[①]却恰好为女频不以亲密关系为核心的其他叙事预留了空间。这一特殊的类型,因其既非言情又非纯爱的残余物性质,天然地带有某种反叛性——选择"无CP",往往意味着作者主动规避了既有的亲密关系叙事,要另辟蹊径,为作品造一个新的"核"。这无疑是一项难度颇高的挑战,但也迫使女频叙事去挖掘更加多元化的潜力。因此,扶他柠檬茶的《爱呀河迷案录》(微博)、三水小草的《十六和四十一》(晋江文学城)、群星观测的《寄生之子》(晋江文学城)这三部各具特色的"无CP"作品,在过去两年的女频世界里就显得格外引人瞩目。它们分别向着现实主义、女性主义、儿童文学的道路出发,大刀阔斧地拓展了网络女性书写的疆域。

其中,《爱呀河迷案录》最为特殊,这是一部在微博连载的中短篇小说集,

---

① "无CP"是2014年6月晋江文学城在"性向"分类下新增的标签,旨在为以情节为主、与爱情无关的小说归类。但在这一"净网"的特殊时间点上,"无CP"很大程度上成了此后一段时间里纯爱类型的避风港。

它把微博舆论场中正在发生的热点事件,改造成了一桩桩爱呀河小区里的离奇案件。这些故事没有遵循网络类型文的写作惯式,而是在微博的特殊场域中,让中短篇小说的文本形态和杂文式的现实讽喻传统,重新进入了网络读者的视野。每一个故事读起来都无比"现实",因为压垮骆驼的每一根稻草都真实存在;但同时又无比"魔幻",因为真实的人生中根本塞不下这么多的"现实"——是过量的现实,把主人公们逼上了绝路。小说浓缩地、集中地展示了现实社会中尚未愈合、仍在渗血的伤口,用鲜活的悲剧引人深思,与现实主义文学试图穿透时代、为现实问题把脉,有着非常相似的质地。这种特殊的尝试,充分展现了女性直面现实、将其转化为"网络现实主义"文学的潜力。

《十六和四十一》实现"无CP"的方式,是将关注点聚焦于女性内部,讲述一对单亲家庭的母女互换身体的故事。这部小说可以看作《枕边有你》(三水小草,晋江文学城)的续作,只是互换身体的双方从男女两性变成了母女之间。作者在这类性别身份的试验中,尝试疏解女性的性别焦虑和母职焦虑,这可以视为"网络女性主义"的性别意识探索在网文创作中的实践。

《寄生之子》的"无CP"以"星际科幻"类型为介质,主角是附身于地球少年的外星生物,因其孩童的视角,给小说带来了一种"儿童文学"般的阅读体验。这种"儿童文学"就像"适合9至99岁公民阅读"的《儿童文学》杂志一样,绝不只是"写给儿童看的"。支撑《寄生之子》的"核",是自由、平等和无邪的友谊,是善良、勇敢的赤子之心。因此,这部小说确实老少咸宜,开启了女频作品真正的全年龄可能性——这或许是晋江推行"分年龄阅读推荐体系"之后最希望见到的一种可能性,也为"网络现实主义"的布局增添了现实主义童话的维度。

## 三、言情模式的现实折射

无论在"叙世"上做了多少拓展,时至今日"言情"仍旧是女频网文的核心叙事,小说在展现世界设定或现实关怀的同时,也同样重视亲密关系想象。

近年来,"圈层化"逐渐成为互联网社群的常态,而日臻成熟的网络文学也理应进入市场细分阶段,从"大众文化"走向"分众文化"。男频在经历免费阅读与付费阅读的混战后,以收费模式为界,画出了大众与小众、"小白"与"老白"的界线。而女频从一开始就存在几股不同的势力:以晋江为代表的"女性向"高塔,由阅文旗下其他女频网站(如起点女生网、云起书院、红袖添香、潇湘书院等)组成的商业化矩阵,在粉丝拥护下坚持无偿"为爱发电"的零星小岛(如作者个人的微博/微信公众号,以及各大同人站点)。不同的商业模式在女频早已形成了各自的舒适区,而 2018 年以来的免费阅读浪潮,更大的意义是为女频版图拓展了年龄的广度。例如,此前女频主流读者的年龄层为 18～35 岁,而免费阅读的"多宝文"却成功俘虏了 29～50 岁的女性。① 女频读者选择去哪里看文、看什么样的文,很大程度上不由付费与否决定,而是不同圈层自然生发的不同取向。因此,各个圈层的女频言情模式,便呈现出截然不同的风景。

然而,言情的亲密关系叙事,总是精准地折射出女性婚恋价值与性别意识的微妙变化,即使在不同的圈层、平台以不同的类型面貌出现,也仍能殊途同归地反映一些相似的集体想象。过去两年里,在各大女频网站的言情模式中,分别出现了四种较为特殊的子类型——"买股文""马甲文""多宝文"和"女主升级文"。它们的流行背后,是这个时代的女性全新的快感机制和性别想象,也无一例外是当下社会现实中女性爱欲与权力秩序的映射。

(一)"买股文":选秀时代的爱欲与权力

"买股"是"嗑 CP"逻辑的最新形态,因而在粉丝文化较为高涨的平台中均有体现。"买股文"通常有一个女主和多个可能成为男主的男性角色,这种一

---

① 此前的主流读者年龄层,参考晋江文学城"关于我们-市场占有率"(http://www.jjwxc.net/aboutus)。"多宝文"的读者年龄层数据,来自笔者团队在番茄小说的协助下进行的问卷调查(回收有效问卷 24 638 份),结果显示"多宝文"的读者中 29～50 岁的比例占到了 49.55%。参见许婷、肖映萱:《由"一夫"至"多宝":数字人文视角下女频小说的情感位移》,《文艺理论与批评》2021 年第 4 期。

对多的关系可以看作"乙女"①或"逆后宫"②模式的延续。与其说出现了一种新的文类,不如说是读者的阅读方式发生了变化,因为"买股文"实际上是由读者的"买股"行为定义的——她们在追文的过程中就像买股票一样挑选着男性角色,追一支热门股或押一支冷门潜力股,通过评论、投票的方式,左右作者的写作实践,影响角色的出场频率并决定男主花落谁家。这与粉丝文化中的"选秀"有着高度相似的逻辑:作者给出可供挑选的"秀男"角色,他们毫无疑问是"男色消费"的客体,通过不同的人物设定,充分满足女性审美趣味、情感结构和情欲想象等各种需求;读者参与"买股"的互动,目前以评论形式为主,与偶像粉丝真金白银的"打榜"行为,也有相似的数据逻辑。

"买股"行为背后,隐藏着特殊的阅读代入视角。参与"买股"的女读者们代入的通常不是女主而是女主的母亲,要为女主、她的女儿挑选女婿;或是"CP粉"的角色,去嗑这个男性角色与女主的CP并为之应援。在这种渗透着选秀经济与流量逻辑的权力关系中,"嗑CP"不再是圈地自萌、互不相干的平等权利,而是变成了一件有"高低贵贱"的事,押对了宝的才是赢家。"买股"的阅读消费过程,鲜明地映照出选秀时代成为"男色消费"主体的女性特定的爱欲和权力关系想象。

### (二) 女频"爽文":快感机制的拓展和女性意识的崛起

"马甲文""多宝文"和"女主升级文"是近年最为流行的女频"爽文",前两种在付费或免费的商业化大众阅读平台风靡一时,后一种则多见于已然从小众走向大众的晋江文学城。在这些以"爽"为宗旨的类型背后,不同"爽点"的变化预示着相同的趋势,表明今天的女性具有了更加独立自强的意识。

"马甲文"通常遵循这样的模式:看似平平无奇的女主,实际上有着许多

---

① "乙女"来自日语的"乙女(おとめ)",意为"女孩子",一般用来指称未婚的年轻女性。在日本,"乙女"是"女性向"更加细化的分类标签,如"乙女(向)游戏",一般指女玩家操纵女主角与可攻略男性角色(往往有两位以上)发生恋爱关系的恋爱养成游戏。

② "后宫"是皇帝坐拥嫔妃三千,"逆后宫"则是一个女生与多个男性建立情感关系,这是女频小说常见的一种人物关系想象。

个"马甲"，即不为人知的显赫身份，如异国公主、财团总裁、超级黑客、名校学霸等，因此每一个炮灰配角对她的轻视都会有"掉马"时刻的"打脸"反转；男主往往也是个"马甲"众多的神人，两人"掉马"不停，装逼不止。一路烦花的《夫人你马甲又掉了》（潇湘书院）即是这一类型的代表作，靠着对以上套路的不断重复，挺进阅文女频月票榜的前列。流行于番茄小说等免费阅读平台的"多宝文"，其套路则是女主意外发生一夜情，独自生下多胞胎，数年后多胞胎成长为多个天才儿童，为女主排忧解难，并在其与男主重逢后推动两人相爱。[①] 这一次女主的"马甲"和"金手指"转移到了她的孩子们身上，作为母亲同样能够享受到装逼"打脸"的快感。可见女频的"YY"小说不仅有永远的"总裁"，还有永远的"玛丽苏"，简单粗暴大开"金手指"的快感机制依旧有效，只不过今天的女性更愿意把这些"金手指"点在女主和她的孩子们身上，不再单单寄望于男主。

"马甲文"和"多宝文"提供的逆袭、打脸、扮猪吃老虎等"爽点"，明显借鉴自男频的成熟模式，也正因如此，才在区分男女频的综合性商业平台尤为繁盛。而这一脉络在男频深耕已久，发展出了更多的花样，如最新的"稳健流"[②]，与之相比，女频的模式还处于较为初级的"小白"阶段。另一种在男频率先成熟、近年来才流行于女频的类型是"女主升级文"，它和女频常见的"女强"或"大女主文"的区别，在于层级鲜明的数值化"升级"体系，这也是男频文最主流的模式。不过，当"升级"碰上"网络女性主义"的性别意识，立即擦出了别样的火花，因此，晋江的"女主升级文"就出现了与其他平台截然不同的生态。

晋江的"女主升级文"往往极其偏重女主的"升级"或"事业线"，同时压抑

---

① 许婷、肖映萱：《由"一夫"至"多宝"：数字人文视角下女频小说的情感位移》，《文艺理论与批评》2021 年第 4 期。

② "稳健流"是受到日本轻小说"慎勇流"影响出现的叙事套路。"慎勇"的名称取自日本轻小说《这个勇者明明超强却过分慎重》，其套路是主角明明很强大，却像有被迫害妄想症一样过分谨慎，真人不露相、扮猪吃老虎。后来这种"过分谨慎"的行为，就反过来让人脑补，把主角想象得特别强大。这都是"稳健流"扮猪吃老虎的反转和爽感模式。代表作有言归正传的《我师兄实在太稳健了》（起点中文网，2020）。

着她的"感情线"——男主的存在绝对不能干扰女主"搞事业",否则就会遭到读者"不务正业"的批判。如红刺北的《砸锅卖铁去上学》,靠讲述女主如何"升级"为星际最强单兵战士、最强机械师的故事,夺得了2020年晋江"幻想言情"类作品的第一名。小说的前半部几乎可以无视主角的性别身份,她从未因身为女性而被区别对待过,后期虽然加入了"感情线",但被设定为星际最强指挥的男主,更多时候是来给女主的丰功伟业添砖加瓦的,这样的"感情线"更像是为了让女主的人生实现完满而附带的必要条件。这种对"事业心"的极致强调和对"恋爱脑"的过分压抑,与读者群体的价值取向有着直接的关系。这些读者在"网络女性主义"文化的洗礼中开启了观念上的性别革命,其中一部分进入了相对激进的状态。她们对小说的性别实践有着十分严苛的要求,既然要写"女强"就必须一"强"到底,否则就要打上"伪女强"乃至"厌女"的标签。这迫使作者不得不去塑造彻彻底底的"独立女性",不能对父权制表现出任何妥协。这样激进的性别革命,看似走向了犬儒的反面,实际仍是犬儒的另一种表现——她们只能将这种革命的暴力诉诸文学幻想,却无力处理现实的困境,挣不脱"女强"的执念,也就无法赋予性别更自由的发展可能。因此,这种"女主升级文"往往也难逃"升级"终将止步"小白"的命运,大多只能提供一"爽"到底的快感满足。

总体来说,过去两年的女频写作已经拓展出相当丰富多元的面向,无论是世界设定,还是现世关怀,亦或是爱欲、权力、快感机制的现实投射,都呈现了全新的面貌。虽然还有不甚成熟之处,但书写着这些"叙世诗"的90后、95后乃至00后的女孩们,都还非常年轻。假以时日,她们必将把成长和岁月熔铸为靓丽的风景,为网文江湖献上更加精彩的表演。

# 从"网络文学"到"网文"诞生：数据权力及其突围①

许苗苗②

**摘　要**　网络文学曾是形态多元的概念，如今却成为统一在"网文"名下的通俗长篇小说。在"网文"诞生过程中，资本以读者需求为名忽略并压制其他无利可图的文体；学术话语借命名之机规训新媒体现象并拓展文学话语权力；不同级别媒体也通过选择标准和表述方式，从各自需求角度出发，加剧"网文"对"网络文学"的替代和简化。统一面貌下网文数量的不断增长，是流水线式规模化生产、通俗小说写作技巧的教学传授，以及人人皆可成神的造梦说辞共同运作的结果。资本主导的基于数据分析的生产方式，一方面将网文读者纳入作者行列，在消遣模式下生产；另一方面，这种"玩劳动"虽看似受制于资本，但从网文"本章说"中言论方向不受控制的演变来看，网民个性化的使用和演绎，也为突破数据权力提供可能。

**关键词**　网络文学　网文　数据库消费　数据权力

说起网络文学，人们首先联想到打着"玄幻""仙侠""赘婿"和"玛丽苏"标签的"网文"。这些穷小子暴富、灰姑娘打脸的励志故事，不仅是流量带动者和收益创造者，甚至承担起中国当代流行文化输出的重任。然而，变身"网文"之前的"网络文学"，原本是一个更多元的概念，它拥有无穷变体，也引起

---

①　本文为国家社科基金艺术学重大项目"'微时代'文艺批评研究"（项目号 19ZD02）阶段性成果。
②　许苗苗，博士，首都师范大学美育研究中心教授，主要研究方向为网络文学与文化。

无数争议。是什么导致这个宽泛的大概念日益狭窄，最终归附于形式最简单、题材最传统、受众最普泛的通俗小说？我们不妨将这一变化，看作新媒体文化的简化过程。

信息时代，基于数据分析的新型生产模式酝酿着新的文化力量格局，表现在网络文学中，即文学的限定性日渐减弱，后续产业的技术和资本要素日益加强。这种力量与态势的变动，使得以往难以定论的试验概念"网络文学"变成人人参与的大众概念"网文"。网络文学及其参与者经历了从文学创作到文化生产、从受制于资本到利用数据反制的历程。在这个民众与专家争夺发声机会，作者和读者携手生产内容，新媒体和旧平台力量交互，决策权和话语量权重不断倾斜的场域之内，网络文学的每一次变形、简化、扩张，都反映出大众文化的生命力和革新的动力。

# 一、从"网络文学"到"网文"

二十余年前，中国台湾青春爱情小说《第一次的亲密接触》将"网络文学"一词带入公众视野，文学就此迎来了新媒体时代的纷争。虽然在当时的"网络文学"名下，可读作品寥寥无几，但人们却并不满足于"第一次"里的青春与爱情，而是将对新技术和文学传统的想象投射在"网络文学"这个概念上：它可能经由媒体发言的自由，导向民间创造力的大爆发；它可能借声光色和超链接，突破诗与画、形与音的边界；它可能利用双向交互即时沟通，表述与交往中达成思想的共同体……然而，如今的网络文学却不再充斥着"可能"和不确定，而以几大文学网站类目下的玄幻穿越、霸总追妻为面貌。从"网络文学"到"网文"，其间的转换是一场挟读者之名、本传统之源、借媒体之势的权力争夺。

通俗网文之所以成为网络文学主流，是由于它具备高创收能力，且对技术要求极低。因此，资本挟读者之名，推动其繁荣壮大。在网络文学诸多类型中，最先实现付费阅读的，就是网络小说——那些分节发布、按字定价、先读后买、量大价低的连载网文。连载文的原型是论坛帖子，在原创内容匮乏的时期,帖子只要有一定可读性就能吸引目光。而篇幅长、更新多,则会让帖子随点击不断推上榜首。大量阅读留下的记录不仅造就热门话题,还激发进一步传播,使帖子成为网站的招牌内容。到了付费文学网站时代,这种思路得到延续。作品的点击量和口碑不仅来自情节悬念,还依赖曝光率的增加,唯有将阅读变成习惯,才能绑定读者,为网站赢得收益。网文漫长的情感陪伴式阅读造就其庞大的篇幅,而付费阅读半送半买的思路,更促进作品长度伸展,最终达到平均几百万字的规模。对于需要考虑发行储存成本的印刷品来说,篇幅冗长是极大的弊病,但在网络上却不然,等待更新是一个煎熬、磨练甚至培育情感的过程,它能筛选真正有兴趣的受众,促使其启动付费。由于长篇互动多、页面浏览量大、可能带来长期收益,所以是颇受网站青睐的主推类型。

网络小说不仅能带来收益,对技术也几乎没有要求,文学网站只需具备基本的发布系统和极少的存储空间。早期网络文学也曾探索过炫目的特效和精美的视图,然而,过高的技术含量却屏蔽了大众的参与,反而是最简单的纯文字,却一路留存下来畅通无阻。从电脑到手机,从数据包到流量平台,网络小说的基本呈现界面始终没有大的变化。尽管其间充斥着错别字和乱码,阅读感受参差不齐,但被故事情节深深吸引的人们却毫不在意。也许,文学的魅力正在于文字带动的想象。

收益的高涨和技术门槛的降低,使纯文字长篇小说成为网络文学中最有利可图的形式,而赋予收费网文合理性,使之彻底取代其他文类的,则是投向网络文化产业的资本。对于资本来说,品位不分高下,文体没有差异,一切的出发点在于自身增值。通俗小说具备讲故事、造人物的优势,非常适应媒介改编,因而是资本着力追逐的对象。在资本推动下,网页点击量与报刊发行数类比,后续衍生产品的受众也被归拢为源头网文的吸引力,这样,提供大量通俗网文就相当于响应和满足读者需求,因而具备正当性。资本挟读者之名扶植通俗小说,但其需求却非作品本身,而是网文的前期知名度和引流能力。IP 化的本质是剔除原著血肉的简化过程,因此,读者常常失落地发现,喜爱的作品成为 IP 并改编为新的艺术形式后,不仅没有更上一层楼,反而"魔改"得支离破碎。新媒体文化产业需要资本支撑，但资本无情，与令读者满意的质量相比，它更在意回报的数字增量。由此可见，网络小说简化并替代网络文学的过程，是资本荡涤文化领域，为平台填充内容，达成扩张欲望的过程。

虽然获得市场的保障和资本的助力，但网文毕竟是文学，需要文学传统和文化价值的确认。专业学术话语以传统通俗小说容纳网络文学，是一个为新媒介现象找依据，助网络小说在中国文学传统内扎根的过程。命名即规训，如何称呼网络文学，内涵与边界如何划定等问题，始终是学术论争的焦点，也是文学传统在新媒体时代变形、延续和势力扎根的方式。早期网络论坛里网民的自发写作，看来虽千奇百怪，却未必全来自个人想象。传统文学写作者为"影响的焦虑"顾虑重重，而网上自由写作中却百无禁忌，不受所谓文学专业话语的规训。网民们洋洋洒洒、下笔万言的故事，往往取自文化与生活的各个角落：有广播里的评书戏文、有电视上的家长里短、有道听途说的奇闻异事，更有港台的武侠言情、金庸琼瑶卫斯理……如萧潜《飘邈之旅》因修真练级体系与《蜀山剑侠传》由人升仙思路的不谋而合，曾在首发站点"幻剑书盟"引发抄袭指责；萧鼎《诛仙》中青峰竹林、师徒门派乃至正邪虐恋，难免让人联想到张无忌、萧峰和光明顶；江南《此间的少年》、今何在《悟空传》等，都是纯粹基于名著改写的同人创作；诸多穿越小说则将故事线索建筑在真实历史朝代的现成事件上。传统文化和当代都市传说的融合，使网络小说读来似曾相识，却又似是而非，很难划入任何现成体系，因而也特别容易引发争议。

学术研究界通过系谱探析、文本溯源等，将网文里仙侠与神魔杂糅的表现，功业与爱情并重的追求等，与民间故事、评书曲艺等类比，从大众文化源流出发，发掘网络小说与通俗类型小说的亲缘，由此认定其源出传统的文化审美积淀。如黄发有看来，网络小说蕴含美好"宁馨儿"的品质，又带有"混世魔"的动荡与邪恶，展示出传统民间审美的多元张力；①范伯群、刘小源②在有

---

① 黄发有：《网络文学与本土文学传统的关系》，《网络文学评价体系虚实谈》，作家出版社 2014 年版。

② 范伯群、刘小源：《通俗文学的传统与网络类型小说的历史参照系》，《中国现代文学研究丛刊》2015 年第 8 期。

关同人文与现代小说的对话中,揭示看似新鲜网络文类背后的传统根源;何平①认为网络小说继承现代文学中被压抑的通俗文学传统,可与由台港带动的大陆原创通俗文学复苏相联系。作为网络文学类型化的坚定支持者和倡导者,邵燕君反复强调网络小说与通俗文化、东亚大众文化的亲缘,为突出网络写作的时代差异和青年文化的独特性,甚至主张将小说从庞大的"网络文学"中独立出来,单以"网文"名之。②

由此,以往曾试图挣脱学术规范,却无力与精英对垒的"网络文学",如今在对位通俗类型小说的过程中找到传统文化、民间文艺的依据和源流;而学术话语面临新的媒介变局,也必须拓展视野、吸纳新案例,以总结梳理新时代文学的新动向。有关"什么是网络文学"之类命名问题,始终是学界关注点;既然试验性、无功利的多元网络文学已经消退,海量激增的网络小说已是当代文化现象具备影响力的既成事实,学术话语必然要为其寻找合法性,通过分析、溯源、评比和经典化等手段,将网络文学纳入文学言说和规训的范围。在双方合力之下,曾经宽泛多元的网络文学统一成为"网文",而与通俗小说相类的网文则成为其具备传统审美趣味的当代继承者,当代文学的版图也从此得到拓展。

学术界本传统之源,促成通俗小说地位的提升;资本借读者之名,推动网络小说数量的增长。除此之外,作为公众认知新概念的主要途径,媒体表述的转换和侧重也导致"网络文学"内涵的变化。网络文学文集的入选篇目、大众传媒的报道和论争、国家宣传口径的侧重等,合力塑造"网络文学"的形态。

对研究者来说,有关"网络文学是什么"的答案,不仅来自网络上的作品,也来自同行评定,作品选本的面貌以及选择标准,是文体观念的体现。"中国网络文学年选"是漓江出版社自2000年起推出的系列读物,可谓与我国网络文学发展同步。这一系列书籍的最初编选者是倡导"生活·感受·随想"的"榕树下"网站,如今则由推崇网文的邵燕君团队操刀。文选是文学作品经典

---

① 何平:《再论"网络文学就是网络文学"》,《文艺争鸣》2018年第10期。
② 邵燕君:《网络文学是否可以谈经论典》,《中华文学选刊》2019年第7期。

化道路上的重要备份,连续出版的选本篇目更可直接用作观察文体流变的案例。入选"漓江年度最佳网络文学"的篇目,20 年前是榕树下精雕细刻的短文随笔,如今则是商业网站动辄几百章的通俗小说片段。

不同媒体的立场和导向,不仅反映网络文学面貌,还起到敦促其自我规训的作用。早期集中关注网络文学的媒体,是中国作协《文艺报》和《光明日报》旗下出版工作者协会的《中华读书报》。二者分别从创作和出版市场层面展开观察,报道多集中在作者访谈、创作讨论等方面。随着网络文学数量增加,其市场业绩引起诸多行业媒体关注,相应作品评论与新作家群体报道等也见诸报端。网文在公众特别是青少年间影响力的提升,也成为意识形态领域不能忽视的话题。2014 年文艺工作座谈会讲话发布后,"有高原、缺高峰"和"正能量"等被用以评价网络文学。《网络文学如何传递正能量》[①]《网络文学也要有高峰》[②]《网络文学：既要高质量也要正能量》[③]等醒目的大标题,自2015 年至今连续见诸《人民日报》《光明日报》等国家媒体。舆论导向还为网文提供了文学和市场评价标准之外的宣传点,如广泛获得宣传的"正能量"一词,竟成为"小白文"的金字招牌。所谓"小白文"本是对那些文辞浅白、思维幼稚的网文进行嘲讽,但由于这类作品往往将主角设置成吃苦耐劳、勇者必胜的形象,恰好符合"正能量"需求。因此,在对官方媒体意识形态的主动配合中,"小白文"从原本单薄幼稚的打怪升级,转变为不屈不挠、热血昂扬的乐观主义文本。

在资本、学术话语以及媒体三方合力之下,网文一举终结有关网络与文学的讨论,成为网络文学的代名词。

## 二、数据主导下的网文生产

从"网络文学"到"网文",不仅是"名"的转换,更是"实"的变迁,支撑网文

---

① 黎杨全：《网络文学如何传递正能量》,《光明日报》2015 年 3 月 23 日。

② 欧阳友权：《网络文学也要有高峰》,《光明日报》2016 年 12 月 21 日。

③ 张姗姗：《网络文学：既要高质量也要正能量》,《人民日报》2020 年 6 月 8 日。

从零散篇目向量产飞跃的,是互联网的数据力量。网文是网络上的通俗类型小说,它的流行离不开小说自身的魅力,但新媒体提炼其契合大众趣味的部分,使之更彻底地成为面向市场的产物;同时,在线写作的轻量级和低门槛,吸引大量免费自愿的劳动力投入其中,极大提升了网文的数量和普及率。如今,为网文源源不断贡献内容的,已经不再是印刷媒体时代的个人创作,而是基于数据收集、信息处理的工业生产。在网文生产过程中,基于文本的关键词对比分析,将构思、撰稿与润色分拆搭配的合作流程,定向教学、流量为王的生产思路等,均与以往源于个体神思的文学不同,这反映出新媒介文化生产机制的转变。

近代印刷技术成熟和交通运输的提速,降低了出版成本。大量实用性经典、课本和历书的出现,提升了平民大众的识字率,也促使地方报纸等,从政要专享的新闻载体变成面向大众的读物,同时也是小说连载的平台。通俗类型小说一诞生就以市场销量为目标,注重实用性,迎合大众审美趣味,甚至可以说通俗小说就是经济与技术联手,将文学推向大众的产物,因而印数和发行量极大。然而,印刷品难免受油墨纸张、运输劳力等限制,需要成本投入;且大众口味难以捉摸,热门类型也有遇冷风险,一旦过时不仅是废纸一堆,还占用储存空间,媒介的物理形态制约着印刷时代小说的生产。

互联网则彻底解除印刷媒介的物理制约。文学网站只需提供最简单的发布平台,纯文字的界面呈现和存储占用空间小。网站内容由注册作者主动上传,稿费则来自读者订阅打赏,双方银货两清,平台居中抽成,可谓绝无风险。至于如何精准找到网民喜爱的热点,让作品赢得更大收益,则由电脑负责。电脑如此智能,借助应用下载、话题选择、页面停留时间等揣摩偏好“猜你喜欢”,从而精准预测市场对文艺作品的需求。文艺作品是否吸引人,并非取决于视听效果,而基于个性感知;“人工智能”则模仿大脑机制,创建个性感知模型。每个人的电脑都是数字世界里独一无二的化身人脑,是“中枢神经的延伸”,它与眼睛或耳朵等感官不同,没有外在测量标准,而是深入内心,探究吸引力之类因人而异的隐秘问题。数字人文囊括传统经典,展开基于文本和语言功能要素的对比分析;大数据时刻监测受众行为,统计网文的热门段落、废话和金句。借此，以往不可琢磨、难以预测的市场阅读需求，如今有了科学依据，数据分析使网上类型小说获得销售保障。

在以需求为原动力的通俗小说中，作家自发的写作转为书商预定的写作，而延伸到网络文学领域，则彻底变成从个体创作到组织生产的变革。我们知道，文学创作源出个人的生命体验，这一过程无法复制也不能预测，带有神秘色彩，所谓灵感、顿悟以及艺术家的巅峰体验，都求之不得、无迹可寻。因此，人们往往认为文学不是产品，创作和生产、艺术与技术之间存在形与神的鸿沟。然而，通俗小说却是例外，既然面向大众，供给就必须与市场匹配，要有清晰可测的产品标准和统一可控的生产流程。类型小说不提供出人意料的情节，而以符合阅读预期的稳定套路取胜，便于分解概括甚至跟风仿写，也为大规模产出提供了可能。随着文学走向大众，伟大作家的不朽作品在种种渠道中面临销售业绩的汰选，在学科专业的审视和大众媒体的诠释之下，经典不再独一无二，而被越来越多的通俗文本当作原型接纳、稀释并演绎。

文学作品从浑然天成、妙手偶得，到日渐成为大众文化的一分子，而索绪尔语言学对能指与所指的区分、普洛普对民间故事要素的分析、叙事学对结构意义生产规律的把握等，则为文学类型特点的强化和批量内容的产出开辟道路。虽然文学本身日益祛魅，但大众文化中文学要素却无处不在，这种演化与增长来源于写作的职业化培训和教学：无论罗伯特·麦基的《故事》，雪莉·艾利斯的"开始写吧"系列，还是其他诸多文学讲稿或作品鉴赏，都对写作予以指导，并手把手地传授推理、惊悚、科幻等类型的写作经验；投身写作的学员们有信心通过模仿、联想和类比，使自己拥有生产合格创意文本的能力。在这样一系列以写作合格为目标的教与学过程中，曾经专属具体作品的感染力，被提炼为语句、结构与节奏等元素，而写作行为则是各元素按思维导图规划顺序排列的结果。这种目标清晰、定位精准、按需制作的文本生产方式，早在后福特时代，就通过市场调研获得了数据支撑，支撑起国外通俗畅销书产业。

互联网在物理世界之外，搭建起一个前所未有的平行宇宙，比起印刷品和影视屏幕，无处不在的电脑和手机更需要大量内容填充。早期论坛文学式微很大原因是内容缺乏，而网文之所以成为打通付费模式的产业，一个主要原因就在于可稳定提供大量产品。互联网强大的样本采集和信息分析汇总能力，使读者需求得以明确，网站轻松探知文本各要素的吸引力权重，类型小说定制生产的流程在网上更加畅通。加之在线写作消耗低廉，大量网民乐于尝试进入故事生产领域，导致作者也就是网文劳动力数量大幅度增加，网络写作成为网上的全民运动。

文学网站则通过传授写作技巧、简化发布流程等方式，不遗余力地扩大写作队伍，力争将每一个用户都变成作者、变成合格的网文劳动力，从而最大程度提升产能：17K 网站总编辑血酬亲自撰写《网络文学新人指南》《网络小说写作指南》，飞库网培训师千幻冰云结合写作经验编辑《别说你懂写网文》，橙瓜网积极开发"码字助手"并大量转发征文信息，起点网与作协联合举办网络作家培训班、中文在线则创建网络文学大学……"100 条百万收入作家的网络小说写作经验""爆款小说创作必须做好的 13 大关键点"等被业内大神慷慨公之于众，目的就是最大可能发掘新人。

文学网站对写作大神成功的表述方式也别具一格，明星大神们不是天资聪颖或家学渊源，而是全勤、忍耐和"坚持多年不断更"；其他如"工作十几年工资不过千，写作一年月入十万""群嘲啃老、靠创作买房逆袭""从扑街到月入 7 万"①之类，全都是废柴逆袭，一朝打脸的正能量路数。写作网文被表述为人人能写、人人能红，因而值得人人参与的活动。从精英的思想试验转向全民的致富道路——网络文化体系借助低准入门槛、高未来预期、无背景要求的话术，从实体产业中抢夺了劳动力和注意力。

通过对受众兴趣点和阅读行为的数据收集，平台和算法提炼出文学作品的魅力元素并加以拆解分析，从而使网络具备产出更切合市场需求的文本的可能，通俗类型小说一举成为网络世界里最有潜质的市场宠儿。类型小说遵循审美套路，其惯性结构和大众化的语体可模仿、易学习，而脱胎于电影编剧和创意写作教学的网文培训，则将写作转化为可控制、可复制的生产过程，便

———————————

① 以上均来自公众号"橙瓜网文"文章标题。

于产出与网站风格一致的文化产品。边工作边上网的摸鱼式写作，知名 IP 一夜暴富的诱惑，引得大量网民加入网络写作队伍。由此，网文进入大批量产业化进程所需要的自由劳动力（网民）、生产资料（审美要素）、生产工具（电脑、手机、互联网）已全部具备，人脑独立创作转换为按超级数据指导进行的类人脑生产。

## 三、玩劳动与反生产：反制数据权力的可能

在网络文学由创作向生产的转化过程中，在线阅读和接受行为也被归类分解——网站搜索栏里，"甜""虐""热血""王者"之类快感要素被直接标注成引导阅读的标签和关键词。关键词和标签化意味着，对网络阅读来说，故事本身丰富与否无关紧要，爽点、对话的笑点和形象的萌点才是必需。这些"点"使原本连贯一体、自带召唤结构的大叙事，转换为松散、独立、可拆解的要件，与其说网文读者在读故事，不如说他们"单独就与原著故事无关的片段、图画或设定进行消费"[①]。"由于受众的兴趣在于故事的片段与设定的集合，传统的线性叙事就遭到肢解"，当代受众对网络文化产品的关注，从大塚英志所谓追随故事的大叙事即"物语消费"，向东浩纪所谓凝视片段的萌要素即"数据库消费"转换。[②]

数据库消费钟情的，是那种特点明确、易于辨识的文本，它们具备媒介转换所必须的特性，即成为好 IP 的潜质。"IP"原指知识产权，但在中国网络文化语境中，却多指网文具备的跨媒介转换能力。它之所以受重视，是因为只有产权明晰，后续才能改编开发，进行利益分配。因此，IP 也可以看作网文经过内容简化后剩余的，有利于媒介改编的要素组合。这些要素必须具备能脱离故事整体结构的独立性和明确辨识度，而数据库消费的"片段、图画或设

---

① ［日］东浩纪：《动物化的后现代：御宅族如何影响日本社会》，褚炫初译，台北大鸿艺术股份有限公司 2012 年版，第 61 页。
② 黎杨全：《从物语消费到数字消费：新媒介文艺消费逻辑的演进》，《苏州大学学报》2021 年第 1 期。

定"正是特征明显、差异分明的。因此,IP 生产恰好对接数据库消费。数据库消费的文本不必有逻辑清晰的紧密结构,却必须有具备独立特性的审美要素;而在 IP 的媒介转换视野中,由于不同媒介诉诸感官序列不同,也需要重新调整叙述次序,因此结构同样是隐退的。对 IP 生产和数据库消费来说,只有具备共识性和开放性的审美要素不可或缺,而制造这类要素必须充分熟悉网络语境,具备高超的造梗吐槽能力,同时能够与青年文化流动的热点同步。

热门网文《大王饶命》就是一部具备以上特性的作品:它结构平淡甚至松垮,但在角色搭配、能力设定和对话吐槽等点状要素方面,却十分突出。《大王饶命》发生在灵气复苏世界,开篇是温情脉脉的小确幸,以夸张的反差萌吸引读者,故事不断有轻松搞笑的小高潮,结局试图从日常琐碎进行升华,但读来却有失空泛……作为一部网文,《大王饶命》具备轻松解闷的基本娱乐功能,但始终缺乏强有力的标志性记忆点,因此,就故事本身来说,即便在作者本人的创作中也难登榜首。使它脱颖而出得以在网文历史上留名的,是空前的人气。《大王饶命》连载时,恰逢起点中文网设置"本章说"功能,即一种类似页面批注的功能,读者可以将评论标注在小说每一个句子之后,不必转到文后的留言外集中讨论。这一功能为读者提供了对作品进行评点,生发感想、衍生意义的机会。打开起点中文网的《大王饶命》链接,每段文字之间几乎都显示着数字"99＋",即"本章说"的回复量。这部作品以"单章评论量 1.5万","网络文学史上首部在原生平台拥有超 150 万条评论"的记录而一举成名。网络读者空前的热情,使作者"会说话的肘子"在连载期间即一举跻身"白金作家"行列,当谈到创作经验时,"肘子"认为秘诀在于每次看到有趣的段子都会反复琢磨,融汇精髓并运用到写作中。不难发觉,与其说肘子是天才,不如说他是把握住了网语的魅力:幽默的言辞和对时事的改写与投射,反映出与生活同步的网络段子强大的意义张力。在现实与虚构之间形成互文,搭建起文本内外的共时性桥梁。

《大王饶命》在读者中引发的狂欢式回应,表明随着网络时代生产合作程度的加深和传播技术的开掘,文艺生产已从个体走向集体乃至模糊大众。口传时代,人们传颂灵光一现的独家经典;印刷时代,人们试图通过拆解和学习再现大师的魅力；网络时代则与之不同，重心转移到了以 IP 生产串联的劳动泛化和生产力提升上。借助新媒介多向互动的传播方式，网络将消费者转换为生产者。人们只需简单地注册账号即可变身网络作者，但即使不注册、不原创，只是浏览、点赞或转发，也能参与网文制造。可见，在碎片化叙事、数据库消费模式下，再少的时间、再细微的兴趣，也能被数据资本攫取并予以开发利用，为内容生产贡献力量。在网文速成培训和人人皆可参与的召唤下，原本大众自发的散点性碎片化叙事，被纳入网络文化工业整体，成为资本运转的一环节。

针对这种现象，有理论家将其称为"平台资本主义"或"玩劳动"，认为媒介平台借助数字资本引导民众深度卷入，以娱乐为名榨取其工作。① 近来从廉价走向免费的网文可谓旗帜鲜明地实践着这一思路：网民获得了大量免费阅读的网文，但他们废寝忘食的浏览和刷屏行为，实际在为系统填充数据、筛选题材、解析热点。这样看，似乎上网越快乐，剥削就越严重，互联网的绑架令人身不由己。但事实上，我们也许不用如此悲观。当前网文确实受技术支持，并攫取大众的免费劳动展开自我生产，但大众也非毫无知觉、无从摆脱，以至于被动地跟随着资本走向被操控的终点。仍以《大王饶命》为例，将其推上流量巅峰的是"本章说"，"本章说"形式的散漫、意义的琐碎、话题的延宕等，与网文资本的开发重点即 IP 媒介转换并不相符。"本章说"的功能设置是评点，开发者希望利用它生产辅助数据分析的网络原生评价话语，从而为统计结果提供解读和分析。然而，《大王饶命》虽带动百万回复，其中却只有"点"，少见"评"：类似情节联想、句式拓展之类对故事发展有价值的回复十分稀少，更多的是与内容完全无关的签到、排队、抢沙发……在页面上盖楼的读者挥洒着点状词句激发的情绪。他们开创出与文本并行的群体书写空间，这一空间游离于故事主干，有很大随机性，并无助于网文自身的完备。"本章说"虽然热门却并不挣钱，它们不可迁移也无益于开发，除为原网页带动流量外，可复制利用性低。网络媒介虽擅长数据分析，但由于"本章说"发起随机、

---

① ［加］尼克·斯尔尼塞克：《平台资本主义》，程水英译，广东人民出版社 2018 年版。

文字琐碎,对其进行阐释需要大量基于文化背景和时事动态的语义分析。试图从中提炼或挖掘新的审美要素,投入远远大于产出。不仅如此,这些话语的变动性让原本薄弱的结构更松散,使原本受数据引导的故事在散漫的话题中趋于失控——不利产业开发的内容翻转成为流量获益者——而这绝非开发者本意。"本章说"虽然调动参与,增强首发站点的黏着度,但商业价值贡献较低,不仅不减轻后续媒介转换投入,反而可能由于议论的差异提升难度,它使 IP 原本清晰的价值转为模糊。

促使故事结构和审美要素进一步分离的热门功能"本章说",一方面再次证明网络文学中群体协作大规模生产的可行性;另一方面也说明,在文化产业视野下,小说的价值已从文本对读者的吸引力,转向激发读者主动参与和行动的能力。而网络使用者是天然的话题生产者,因此网络小说比起以往印刷媒体的文本,天然具备进入公众议程的优先性,更容易成为热点。随着越来越多人参与,网络文学在文学专业体系、网络资本、宣传和舆论中左右摇摆,而集读者、论者、消费者和免费劳动贡献者于一身的网民力量,在网络文学面貌的塑造中不可小觑。那些活跃的一线"网生评论家"曾利用自由发言的机会,以第一手的阅读感受和文本实例将对作品优劣的评判从专业评论家讨论研判体系中解放。在网络小说成为类型生产之后,从读者变成消费者或"玩劳动"生产者的网民,同样担负起与网络资本和权力话语对峙的责任。在"玩劳动"的陷阱中,大众热议的 IP 确实能够引流资本,通过对审美要素的全面开发攫取利润。但另一方面,投资一拥而上也可能导致过度曝光以致遭到网民厌弃。在兴趣迅速迁移的网络环境中,淘汰话题的速度与生产一样快,集中抢夺和过度开发的结果是资本内卷的损耗。对资本来说,新功能是否能够获得持续投入和存续,要看它是否能够贡献收益。类似"本章说"之类较低数据可控度的功能,即已偏离了资本的预期。但是作为一项人气颇高的应用,留有标注的网页已升华出类似网络文化纪念碑的功能。这种超出实际使用的意义,使得它在数据生产之外具备新的不可量化的价值,也使这一低收益的功能不再可能被资本轻易停用。通过大量使用,为喜爱的网络应用赋予经济价值以外的能力,或许可以看成网民利用"玩劳动"的剩余精力,反向利用资本，从而一定程度上摆脱屈服于数据的宿命。

"数据收集—偏好分类—模拟配比—按需推送"，是一个将个体文学创作转换为工业化文学生产的流程。作为技术进步产物的大数据和算法，精准地将网络小说从文学创作带向文化生产，使网络文学成为文学与多媒体、故事与数据库、独特性与普遍性的综合体。而民众的选择孕育了多种形式的网文，使技术、资本和其他不同的价值维度暂时和平共处，形成动态稳定局面。在二十余年的发展中，简单明了又随性的简称"网文"逐渐替代饱含争议、不易概括的原名，使"网络文学"更加亲民，从专业作品彻底转为人人皆可言说的大众文化。与此同时，普泛性的新媒介文化也日渐暴露出审美的平庸和标签化等特征，不由令人惊呼，以点赞和省略语为特征的网络文化，引诱我们日益患上马尔库塞"单向度人"①的肯定性症候。然而，从大众对网络文学的创造、"本章说"的顾左右而言他中，似乎又可看出一些主动性的狡黠：也许在新媒体时代，批判和否定性已经不再是唯一的力量。以往的媒介受众，如今的写作者、生产者、参与者们，正通过肯定、支持加曲解的演绎方式，让新媒介形式通过赢取流量从工业化的同质性中脱颖而出，进而获得资本支持强大起来；在此基础上，通过戏仿、言说和曲解，生产自己的新的意义。

谈论网络文学，既要考虑其自身特质，也要顾及传播中的损耗变形。这一现象已不再是稳定媒介场域中的固定对象，而是一个在话语权纷争中挣扎，在替代与遮蔽中坚持的，不断变换、生成的概念。穿过芜杂语境，重回历史现场，校正误读并厘清每一个关键性节点的变化与动因，才是我们当前判断网络文学整体面貌亟需做到的。

---

① ［德］马尔库塞：《单向度的人》，刘继译，上海译文出版社 2014 年版。

# Z世代与网络文学的传承与新变

胡 笛①

摘 要 Z世代是拥有互联网思维的一代人,我们关注Z世代实际上正是关注年轻人。在经济全球化的时代,Z世代在多元文化交融中用自己的方式去选择和拼贴各种文化元素,既可以看见他们对传统文化的传承,又可以看见全然不同的新质。网络文学浩大磅礴的玄幻世界神魔谱系,追根溯源多是中国传统神话的重写和再造。但网络媒介的变革与Z世代的更迭,又给网络文学带来了新的面貌。

关键词 Z世代 传统文化 网络文学 传承与新变

## 一、何谓Z世代?

不同以往我们用80后、90后、00后来指称一代人,现在越来越多的媒体喜欢用Z世代来称呼最新的一代年轻人,比如《李大钊朱自清从弹幕中走来,Z世代为何爱上网"追"课》《"Z世代"推动网络文学快速迭代》《赢得Z世代共情共享,主流电影为暑期档火热高开》《老字号如何拥抱"Z世代"》《"一个都不能少"Z世代手绘扶贫长卷上线,开启全网"寻宝"》,Z世代一词在文化、教育、经济、娱乐等不同领域都成为了高频词,那么何谓Z世代?

19世纪的法国历史学家托克维尔曾写道:"每诞生一代人,就如同产生了

---

① 胡笛,华东师范大学文学博士,现供职于上海市作家协会研究室,主要从事当代文学研究与批评。

一个崭新的民族。"①不同于中国常用的十年一个代际的划分,西方流行的世代划分是 X 世代、Y 世代、Z 世代。Z 世代是 1995 年后出生并伴随着互联网发展的一代人,他们一出生面对的就是数字时代,被称为数字原住民。在时间的长河里,代际纵横交错,并非那么鲜明可界定,代际的划分,无论哪种划分方式都有争议。但 Z 世代确实是新的一代,网络世界就是他们特有的出发点,他们是拥有互联网思维的一代。我们关注 Z 世代的背后实际上正是关注年轻人。

消费市场似乎对 Z 世代的形成有着敏锐的嗅觉,关于 Z 世代的研究专著较早的如美国的《Z 世代营销》,书中指出,"在改变世界的进程中,Z 世代已经成为最强大的力量,到 2020 年将占消费人口的 40% 以上"②。中国的 CBNData《Z 世代圈层消费大报告》指出:"作为优渥物质条件下成长起来的 Z 世代并非大众眼中'圈地自闭'的一群人。反而,Z 世代青年是伴随着互联网快速发展,活跃在各类兴趣文化社交前沿的'Online'一族。他们更向往归属感以及认同感,志同道合的圈子文化和自成一派的语言体系,让他们的社群有序建起。"③Z 世代五大圈层代表有电竞圈、二次元圈、国风圈、模玩手办圈、硬核科技圈。网生一代、物质优渥、圈层化等都成为 Z 世代的身份标识。

## (一) B 站上的 Z 世代年轻人

作为数字原住民,Z 世代活跃在各种网络平台,而在中国,B 站是 Z 世代青年的聚集地之一。用 B 站董事长陈睿的话来说,每两个中国年轻人就有一个是 B 站的用户。我们不妨以 B 站作为了解 Z 世代的窗口。

B 站早期是一个以动画、漫画、游戏内容与视频创作的分享网站,经过十多年的发展已经涵盖了 7 000 多个兴趣圈层的多元文化社区,早已不能仅用

---

① [法]阿列克西·德·托克维尔:《论美国的民主》,曹冬雪译,译林出版社 2013 年版,第 181 页。

② [美]杰夫弗若姆、安吉·瑞德等:《Z 世代营销:洞察未来一代、赢得未来市场的通用法则》,电子工业出版社 2020 年版,第 25 页。

③ https://cbndata.com/home.

亚文化、二次元来定义它。而 Z 世代年轻人也用他们的方式在打破人们对年轻人的刻板印象,他们在传统与现代、东方与西方文化交融中有自己的选择。

从 2011 年开始,B 站开始有了年轻人自己的春节晚会"拜年祭",每年都有很多精彩的节目受到热烈的欢迎和讨论,如这两年的《繁华唱遍》《京韵大鼓:复仇者联盟》《万古生香》《横竖撇点折》,都是二次元的动漫形象与中国古典诗词、传统戏曲、历史人物的结合。2018 年为 B 站上市敲钟的是 8 位"Z 世代"UP 主,热爱 ACG 文化的舞姬、创造年轻潮流的鬼畜 UP 主、用舞蹈寻找同好的 UP 主、从翻唱到原创的音乐人、用古筝演奏国风曲的 UP 主、游戏视频 UP 主、动漫游戏评论人、国际化视角文化差异解读者,他们都代表着多元文化的跨界与融合。

还有一些特别热门的年轻 UP 主,如不久前因为复原三星堆黄金面具和权杖的 UP 主才疏学浅的才浅,在复原过程中发现面具鼻梁的纹路和权杖花纹设计的奥妙,与古代匠人有了穿越时空的技艺交流。还有在米兰时装周大放异彩的 UP 主雁鸿 Aimee,她用金丝、雀羽、树枝等意象不到的材料制作而成的中国风饰品惊艳全场,日常甚至用易拉罐来制作明朝的翟冠。UP 主糖王周毅用翻糖蛋糕制作中国传统神话人物,他制作的九尾狐、嫦娥、唐婉、花木兰等等惟妙惟肖,人物头发上的步摇甚至能够随风摆动。汉服圈 UP 主更是数不胜数,UP 主老八捌的千年风尚合集展示了中国古今男女服饰、妆容的演变。

Z 世代的年轻人在用新的方式自觉传承和传播着传统文化,用新的逻辑去拼贴和组合这些要素。传统对他们而言并不是一成不变的古董,而是能够激发他们的创造力和想象力的源泉,同时,新科技新媒介已经成为表达他们日常生活的新方式。正如 B 站市场部总经理杨亮所说:"Z 世代是前所未有的一代人。他们不仅是拥有上亿规模的人群,而且普遍受过良好的教育,物质基础优越,文化素养高,独立、自信,注重精神世界。更重要的是,站在商业的角度,他们是愿意为内容付费的一代人。"①

---

① https://www.sohu.com/a/434681784_120560044.

### （二）国潮背后的 Z 世代

"国潮"一词是天猫 2018 年营销的关键词,国货正在成为人们消费的新热点,而背后的消费主力军正是 Z 世代。

中国的国货潮流正是百年中国发展历程的一个侧面,早在五四新文化运动时期,《申报》上的国货广告就成为了爱国主义消费的象征,广告语直白如"良心尚在,请用国货",那是中国在民族危亡之时的爱国主义表达,使用国货与抵制洋货是并行的。茅盾的小说《林家铺子》中就曾提到国货和日货的商品竞争。第二次国货的潮流则是 20 世纪 80 年代城市经济体制改革后,国产的家电产品销量剧增,国货品牌与外资品牌正面交锋适者生存,许多品牌我们至今仍在使用,很多则退出了历史舞台。而第三次正是当下,国家倡导供给侧结构性改革后,大力支持国货品牌,2017 年设立了中国品牌日,经济全球化背景下新国潮最大的特点在于它的文化属性,或多或少都力求有中国文化的要素符码,或深或浅都在传递东方的审美和价值。像自带中华文化属性的故宫和敦煌研究院的文创产品,一出手便赢得消费者青睐,还有许多品牌采取跨界联名的形式拥有这些文化符码,比如李宁和敦煌博物馆的联名,特步和少林文化的联名等等。

无论是福布斯报告所说的"抓住 Z 世代消费群体,相当于抓住了下一个 10 年的增长机会",还是麦肯锡报告所说的"Z 世代,是推动国内消费增长的下一个引擎",都说明了 Z 世代正是国潮消费市场最大的目标群体,消费市场正在敏锐地捕捉着 Z 时代的特征。他们成长在国富民强物质丰裕的年代,他们拥有的文化自信与国潮理念相互契合,鲜明的自我认知和个性化特征使得他们成为国潮的忠实拥护者。正如鲍德里亚在《消费社会》中说"消费的主体,是符号的秩序"[①],我们消费商品的自然属性,更消费它的社会属性和文化属性。Z 世代的消费就是一种自我的表达,正如同李宁品牌将偌大的方块字"中国李宁"直接写在胸口上,对文化的归属和认同都是如此直接表达。

---

① ［法］鲍德里亚:《消费社会》,刘成富等译,南京大学出版社 2000 年版,第 226 页。

# 二、Z世代与网络文学

网络文学发展二十多年来，伴随着网络媒介的革命和作者、读者的代际更迭。

作为网生一代，Z世代与网络文学的关系已经呈现出一些新的特点。我们不妨借用一下艾布拉姆斯在《镜与灯》中的提出的艺术批评的诸种坐标，从作家、作品、世界、读者四个维度来分析Z世代与网络文学。

中国社科院发布的《2020年度中国网络文学发展报告》中提到Z世代成为网络文学作家新增主体，新生代作家"成神"愈发年轻。阅文集团发布的《2021网络文学作家画像》显示网络文学创作迎来95后时代，占比最多，增长最快。Z世代年轻人在经济全球化的时代，同时接受着传统与现代，东方与西方的各种文化，在多元文化交融中用自己喜欢的方式去选择和拼贴各种文化元素。我们既可以看见他们对传统文化的传承，又可以看见全然不同的新质。网络文学浩大磅礴的玄幻世界神魔谱系，追根溯源多是中国传统神话的重写和再造。但是用网络游戏的架构来写小说，是Z世代网络游戏思维的一种崭新表达，扩展着传统叙事学的边界。

以2020年度网络文学榜样作家十二天王和近年来几个爆款的Z世代作品为例。从标题命名来看就很有特点，看上去都有些"凡尔赛"和"躺平"的意味，《我真没想重生啊》《我真没想当救世主啊》《我不是真的想惹事啊》《我真的不是气运之子》《我师兄实在太稳健了》《平平无奇的大师兄》，如果说70后、80后的网文核心主题还是主人公的成长逆袭，有一个宏大的目标，追求世俗意义上的成功，完成现实生活未尽的梦想，那么Z世代的风格整体上更加欢快跳脱。如90后作者"言归正传"的修仙类《我师兄实在太稳健了》，"稳健"背后是一种新的处世态度，比如主人公对于飞行高度的看法，不能太高也不能太低，高处经常有前辈高人路过，正面碰到容易冒犯，被他们记住，留下好印象不一定有好处，留下坏印象一定有隐患，也不能飞太低，因为大家都有明面上排位。还要躲避因果，要隐藏实力保留底牌等等，这些都是与Z世代活跃在亚文化空间,自给自足、自娱自乐,不渴求主流体系认可的某些心态是非常契合的。两度获得"银河奖"的95后作者天瑞说符则展示了Z世代丰富的想象力与严谨的创作态度,《死在火星上》里,在地球消失后一男人一机器猫留在火星上,还有一女孩在空间站。全文用诙谐的笔调讨论了一些深刻的道德伦理问题:"只剩下两个人类的时候你愿意分享给对方珍贵的生存资源吗?""作为最后的人类,如何对抗孤独,生命的全部意义是什么?"科幻作品充满了末日的哲学诗意,作者在文中还洋洋洒洒列出了中英文的参考文献。00后作者"笔书千秋"的《召唤至绝世帝王》则是用网络游戏的架构来写小说,主人公穿越之后不断跟系统对话,召唤华夏五千年来的文臣武将和英雄豪杰,完成系统任务获得角色的能力,已经完全是游戏的法则,这些都是因为网络媒介产生的文学新质,还有诸如无限流、直播流网络小说等新类型开始出现。

从作品的类型来看,阅文集团发布的《2021网络文学作家画像》显示Z世代最爱创作的题材是玄幻、科幻、言情,体裁上偏向轻小说和短篇,在现实题材创作中90后作家占比近一半。如果我们简单一点分类,按照欧阳友权在《网络文学二十年》提到的,最基础的分类是幻想类、现实类和综合类。网络文学中的许多现实主义题材作品不是传统意义上的现实主义,而是以社会现实和日常生活为背景和原型,但又穿插很多金手指如穿越、重生、架空、异能等因素,更加具有综合性。Z世代最爱创作和阅读的题材是幻想类,其次是综合类、现实类。首先这是由网络文学本身的特性决定的,网络世界本来就是一个虚拟的开放世界,是释放普通人欲望的平台。其次Z世代更加倾向幻想类小说可能也与他们的年龄、所处的人生阶段有关系,仔细阅读不难发现校园生活是他们不断书写的主题,90后作者卖报小郎君《大奉打更人》中的云鹿书院、90后作者老鹰吃小鸡《万族之劫》中的四大学府、95后作者枯玄《仙王的日常生活》的都市校园修仙,这些作品都是校园生活与各种类型的综合。《画像》指出在现实题材创作中90后作家占比近一半,"奋斗、创业、乡村、中年、婚姻、教育、育儿"等都是关键词,也说明随着创作主体的成长,他们书写的主题也就将日益丰富多元,更具社会现实意义。

据阅文集团的数据,Z世代读者占比近六成。《2020年度中国网络文学发展报告》指出,"Z 世代主导的网络文学用户呈现出付费意愿强、互动高频、热衷于衍生创作的网络文学用户新面貌。"①作为优渥物质条件下成长起来的 Z 世代更愿意为爱发电。在网文领域,Z 世代对于付费作品有自己鲜明的要求和标准,如学者庄庸指出他们"正在倒逼整个泛娱乐全产业链的'供给侧结构性改革',如 IP 化从头部内容、垂直细分到小而美反向定制精品孵化、创作与生产机制体制创新与变革"②。此外,Z 世代读者强烈的表达欲望催生了大量衍生文的创作,比如 95 后作者枯玄从最初的《枯玄君网文吐槽系列》开始到自己开始创作《仙王的日常生活》,短短的时间内完成了从读者到作者的身份转换,更不用说 B 站上各种才华横溢的读者对于网文或者热门影视剧的再制作。

## 三、传承与新变

爱德华·希尔斯的著作《论传统》中有一个比喻,传统就像一座旧的建筑,人们长年住在里面,时不时翻修,它基本保持原貌,但人们不会把它说成是另一座建筑。③ 艾略特也在《传统与个人才能》一文中曾形容过文学传统的稳定与变迁,文学传统被每一部融入该传统的重要作品改变,现存秩序在新作品问世之前形成了完美的体系,当新鲜事物加入后,整个体系必须有所修改,尽管是微乎其微的变化,这就是新事物与旧事物之间的协调。④

一方面个人认为网络文学仍旧遵循着文学这个大的传统,同时网络文学是文学传统中的新事物,这种新质与网络媒介本身的属性有关,网络技术的发展是对于文学生产、传播和消费的革命。"技术的影响不是发生在意见和观念层面上,而是不可抗拒地改变人的感觉和感知模式。"⑤就像对于 Z 世代来说,工作、娱乐游戏、阅读可以用超链接的方式同时开启,抽象的文字艺术

---

① http://www.zuojiawang.com/xinwenkuaibao/45448.html.

② http://www.chinawriter.com.cn/n1/2016/1214/c405172-28947207.html.

③ [美]爱德华·希尔斯:《论传统》,傅铿、吕乐译,上海人民出版社 2009 年版,第 50 页。

④ [英]托·斯·艾略特:《传统与个人才能》,上海译文出版社 2012 年版,第 3 页。

⑤ [加]马歇尔·麦克卢汉:《理解媒介:论人的延伸》,商务印书馆 2000 年版,第 46 页。

转化为图像试听艺术,多感官同时深度参与。另一方面,一个时代有一个时代的文学艺术,每一代人都在遵循自己的步调推动历史的发展,每一代人也都像新事物一样去融入传统久远的时空秩序中,与传统对话。在经济全球化、多元文化交融的时代,Z 世代是更容易拥有文化自觉的一代,社会学家费孝通先生对文化自觉有过定义:"它指生活在一定文化历史圈子的人对其文化有自知之明,并对其发展历程和未来有充分的认识。更重要的是文化自觉是一个艰苦的过程,只有在认识自己的文化,理解并接触到多种文化的基建上,才有条件在这个正在形成的多元文化的世界里确立自己的位置,然后经过自主的适应,和其他文化一起,取长补短。"①相信 Z 世代会给历史交出属于这一代人的满意答卷。

---

① 费孝通:《发思·对话·文化自觉》,《北京大学学报(哲学社会科学版)》1997 年第 3 期。

# 附　录

## 2020—2021 年上海文学活动纪要<sup>①</sup>

**上海书展**　2020 年上海书展于 8 月 12 日至 8 月 18 日在上海展览中心举办。本次上海书展开设 150 个分会场，联合了各种网上平台，举办了 1 000 多场线上线下活动。各区也举办了相关活动 270 余项，内容涵盖新书发布、文学讲座、艺术表演等。2020 年的上海书展汇聚了很多行业大咖，比如疫情期间被众多网友称赞的张文宏医生、受到很多成人读者喜爱的"马亲王"马伯庸，电影粉的挚爱戴锦华等都在书展现身。书展通过对一系列创新项目的挖掘和培育，引入圈外的新力量，扩大阅读可触及的范围。"未来阅读馆""作家餐桌计划"成为书展"出圈"的标志性案例；多家实体书店集结的实景版书香街区，展现了跨界发展的新尝试；上海书展"进商圈""进社区"活动尝试推动书店与其他商店从"相邻"走向"相融"，从"书店＋""阅读＋"走向"＋书店""＋阅读"。直播间成为参展出版社的标配，幕后的编辑们走到镜头前，用新形式、新视角推荐图书。截至 8 月 17 日，书展圈内圈外相关页面总量 1.14 亿次，线上活动观看量达 611.37 万次。"上海书展·阅读的力量"线上平台访问量达 55.58 万次，成为市民读者了解书展信息的首选。

---

① 由本书编辑组根据公开资料整理。

**思南读书会**　2020年2月,思南读书会作为上海书展、上海国际文学周的常态化延伸,也作为"上海书展·阅读的力量"活动的组成部分,为读者们特别策划和推出了一档线上阅读栏目——思南读书会对话录,《在思南阅读世界》回顾专栏每晚19时与读者们"云上相约"。这档线上阅读栏目希望以网络连线打破疫情期间人与人之间的物理阻隔,一起在线上阅读,享受精神食粮,感受书香氛围。10月4日,因疫情暂停了近9个月的线下思南读书会重启,"有温度的人民城市"是重启后第338期思南读书会的主题。

**《上海市志·文学艺术分志·文学卷(1949—2010)》**　2020年6月18日下午,《上海市志·文学艺术分志·文学卷(1949—2010)》评议会在市作协大厅召开。会上,以中共上海市委宣传部原副部长、上海文化发展基金会副会长陈东为评议专家组组长的10位专家在前期认真审读志稿的基础上,对《文学卷》评议稿进行了细致评审。专家们认为,《文学卷》总体铺排有序、内容详实、观点正确,基本符合地方志书的体例特点和叙事风格,展现了1949年至2010年这60年来上海文学发展的真实情况。同时,专家们从专业角度对志稿的修改完善提出了一系列意见建议,希望在概述、大事记、彩页、叙述方式等方面有进一步的提升。陈东对《文学卷》的前期编纂工作予以肯定,并总结归纳了专家们提出的意见建议,还提出了补充上海文学艺术奖、海派文化丛书等相关内容,对彩页照片进行分类编排等具体意见。

**巴金藏名家书画展**　2020年9月,由巴金故居、巴金研究会、世纪朵云共同主办的巴金藏名家书画展开幕仪式暨《巴金的世界》新书首发式在朵云书院旗舰店举行,活动同时启动了朵云书院上海之巅读书会全新板块"首发上海"系列。本次活动展示了巴金先生的珍藏,缅怀前贤;探讨"在今天,我们如何面对巴金精神遗产"等话题,以此纪念巴金先生,发扬巴金的精神。评论家毛时安表示,在许多人需要修复自身灵魂的当下,巴金先生是重构我们精神世界的动力资源。

**《上海文学名家文库·40后卷》**　2020年上海作协推出《上海文学名家文库·40后卷》丛书,收录了9位极具代表性的上海40后作家——叶辛、王纪人、张重光、王晓玉、谷白、罗达成、彭瑞高、王小鹰、殷慧芬的最新自选集,作品体裁包括小说、散文、报告文学、文艺评论、影视剧本等,题材从石库门中的人情纠葛到体育赛场的拼搏对峙,致力于全方位、多角度地展现上海 40 后作家的创作风貌。

**青年学子品读文学经典大赛** 2020 年 10 月,第三届青年学子品读文学经典大赛在上海作协发布了获奖作品,来自复旦大学的杨兆丰凭借《"候补"之谜——拓展中狂人结局的读解》获得一等奖。面对五四一代作家留存的宝贵精神遗产,大赛选出 20 部文学经典,包括鲁迅的《狂人日记》、叶圣陶的《倪焕之》、巴金的《雾》、施蛰存的《春阳》等,参赛学子可从中任选一部撰写具有独立见解的书评。这种"新""老"互动,让 90 后、00 后学子以新一代读者的新锐视角重新打量并解读文学经典,发出自己新的声音,提升了年轻人的艺术感受和鉴赏力,再度挖掘发现新文学的魅力。

**"天马文学奖"** 2020 年 8 月 4 日,由上海市新闻出版局、上海市作家协会、中共上海市虹口区委宣传部共同主办的首届上海网络文学最高奖"天马文学奖"揭晓,血红的《巫神纪》、齐橙的《大国重工》、猫腻的《择天记》、何常在的《浩荡》、吉祥夜的《写给鼹鼠先生的情书》等五部作品为 2020 年"天马文学奖"首届获奖作品。"天马文学奖"于 2018 年 10 月上海网络文学周宣布启动,每三年评选一届获奖作品。首届"天马文学奖"评奖对象是 2017 年 1 月 1 日至 2019 年 12 月 31 日在全国各大文学网站发表且已完本的华文网络文学作品,公开发表或出版的理论评论作品,以及已翻译成外文且在国外网站连载或出版的华文网络文学作品。五部获奖作品以对时代特征的反映和对时代精神的讴歌,给网络文学树立了精品标准,成为反映当前网络文学创作水平的一个窗口,通过评奖推介和挖掘新品佳作为上海乃至全国的网络文学发展贡献力量。

**上海国际网络文学周** 2020 年 11 月 16 日首届上海国际网络文学周于上海浦东开幕,以"开放文学力量,网聚时代精彩"为主题,探讨如何以网络文学为载体,促进世界文化联结和产业发展,缔造全球原创网文新格局。开幕现场发布的《2020 网络文学出海发展白皮书》呈现了全球文化交流背景下网络文学的发展趋势,以阅文集团旗下起点国际为研究样本,首次披露海外市场分析报告及用户画像。白皮书显示,起点国际自 2018 年 4 月开放海外创作平台以来,至今吸引了超 10 万名海外创作者,创作出网络文学作品超 16 万部。事实表明,"网文出海"已成为中国文化在国际舞台大放异彩的重要现象之一。网文出海,不是简单的作品出海、产品出海,而是生态落地、文化出海,加大网文商业模式在海外的培育,包括联手当地产业方共同对网文内容进行培育、分发和衍生开发,推动网文和中国文化更深层次地向海外输出。这也意味着从"无功无过"到"传神易懂",网文翻译需迎接更多挑战。

**上海文学艺术翻译奖** 为进一步活跃和促进中外文化交流,助推中外优秀文艺作品更多地在沪出版、展演、展映,推动和促进文学艺术翻译事业的发展,由上海市文学艺术界联合会、上海市作家协会、上海翻译家协会共同发起设立"上海文学艺术翻译奖"。2020 年 5 月 7 日正式启动的首届上海文学艺术翻译奖对标国际最高水平,评选和表彰 2014 年 1 月 1 日至 2018 年 12 月 31 日全球范围内涌现的专业水平上乘、社会影响广泛的优秀文学、艺术翻译作品,以后拟定为每 3 年举办一届。

**陈伯吹国际儿童文学奖** 2020 年 11 月 12 日,2020 陈伯吹国际儿童文学奖颁奖典礼在上海宝山国际民间艺术博览馆举行。《不存在的小镇》《建座瓷窑送给你》《我和小素》《奔跑的岱二牛》《荆棘丛中的微笑:小丛》等 5 部作品获年度图书(文字)奖;《一楼右侧》《布莱克先生和他的狗》《天上掉下一头鲸》《下雪天的声音》《老者的真相》等 5 种图书获年度图书(绘本)奖。本届特殊贡献奖颁发给了中国儿童文学家张秋生,年度作家奖颁发给了美籍华裔插画家杨志成。

2021 年 12 月 8 日,2021 陈伯吹国际儿童文学奖颁奖。澳大利亚学乐出版社出版的《大流行》(文字作者:杰姬·弗兰奇;绘图作者:布鲁斯·沃特利)、柯瑞尼出版社出版的《可怜虫蚯蚓的生活》(文字作者/绘图作者:诺埃米·沃拉)、青岛出版社出版的《喜鹊窝》(文字作者:海飞;绘者:杨鹉)等 5 种图书获本年度图书(绘本)奖。少年儿童出版社出版的《和平方舟的孩子》(作者:简平)、二十一世纪出版社集团出版的《逐光的孩子》(作者:舒辉波)、浙江少年儿童出版社出版的《绿珍珠》(作者:汤汤)等 5 种文字图书获年度图书(文字)奖。颁奖仪式上,文学奖设立 40 周年纪念活动也拉开序幕,并宣布全市首个以陈伯吹为主题的陈伯吹儿童文学馆正式启动,陈伯吹国际儿童文学理论研究会也同时成立。

陈伯吹国际儿童文学奖(CICLA)是中国连续运作时间最长的文学奖项之一,该奖项由上海籍儿童文学作家、翻译家、教育学家陈伯吹(1906—1997年)创立于 1981 年,旨在表彰为中国乃至世界儿童文学事业做出卓著成绩和巨大贡献的儿童文学作家、插画家及相关儿童文学专业人士。2014 年起被正式提升为国际性的儿童文学奖项,旨在促进国际文化交流、鼓励优美且鼓舞人心的儿童内容创作、在中国推广健康的阅读习惯。

**"禾泽都林杯——城市、建筑与文化"诗歌散文大赛** 2020 年 7 月由上海市作家协会、文学报社、《上海文化》杂志社主办,禾泽都林建筑与城市研究院、华语文学网承办的第八届"禾泽都林杯——城市、建筑与文化"诗歌散文大赛揭晓,上海作家黄胜的画意组诗《择水而居》荣获诗歌类一等奖;美国海伦的《建筑史上的时空纪念碑》以及山西作家任晋渝的《华夏建筑里的人文情怀》获诗歌类二等奖。四川作家杨献平的厚重散文《丰饶之境——阆中记》荣获散文类一等奖;北京作家胡烟的《造园记》以及香港作家戚元的《半山亭与"半山亭记"》获散文二等奖。

第九届"禾泽都林杯——城市、建筑与文化"诗歌散文大赛于 2021 年 12 月初揭晓。山东省济宁市作家陈秀珍的组诗《一方庭院》获诗歌类一等奖;荷兰华语作家桂斌创作的《童年的老屋》和上海诗人张洁的《城市在我心中》获诗歌类二等奖。上海作家陆萍的抒情散文《悬空寺》荣获散文类一等奖;安徽作家葛亚夫的《时光在米公祠颗粒归仓》和江苏作家陈益的《建筑语境中的昆曲》获散文类二等奖。本届评出的得奖作品,是评委们从九届应征稿中的2 700 多篇散文以及 4 000 多首诗歌作品中,历经初选、入围以及隐名终评最后确定的得奖名次。参赛作者既有成熟作家,也有来自海内外的华语写作者。"禾泽都林杯"征文活动的作者遍及各大洲,众多华语作者以文学的样式记录建筑的渊源,以诗歌散文的名义交流和联谊,已成为一项国际文学大赛和盛会。

　　**上海国际诗歌节**　2020年10月16日,第五届上海国际诗歌节在衡复艺术中心开幕。鉴于全球均面临新冠肺炎疫情的严峻挑战,本届诗歌节以"天涯同心"为主题,凸显艰危时期人类命运共同体的重要和珍贵。塞尔维亚著名诗人德拉甘·德拉戈洛维奇获得本届国际诗歌节"金玉兰"大奖。

　　2021年12月8日,第六届上海国际诗歌节开幕。本届国际诗歌节以"诗,和人类命运共同体"为主题,力图以诗歌表达时代的回响,打造人类命运共同体文化语境下,文学传播与镜鉴的精神之光。墨西哥著名诗人马加里托·奎亚尔获得本届国际诗歌节"金玉兰"大奖。

　　**现实题材网络文学征文大赛**　2021年5月25日,由上海市新闻出版局支持、阅文集团主办的第五届现实题材网络文学征文大赛的颁奖典礼在沪举办,詹农用笔名令狐与无忌创作的小说《与沙共舞》获得一等奖。作为持续多年的一项征文大赛,本届大赛共有19 256人参赛,同比增长40.6%;参赛作品共计21 075部,同比增长42.4%,参赛作者和作品数量再创历史新高。大赛共评选出13部获奖作品,主题丰富,既有描写扶贫第一书记的《华年时代》,讲述科技扶贫的《致富北纬23度半》;也有刻画社区工作者的《故巷暖阳》,聚焦社区建设的《洋港社区》,关注女性成长的《婆家三十六丈厚》等。很多作品被改编成影视剧,影响力随着传播不断扩大。

　　**《上海文学》奖**　《上海文学》奖由《上海文学》杂志社主办,创立于20世纪80年代,旨在鼓励优秀中篇小说、短篇小说、诗歌、散文和文学评论的创作,在文学界和读者心目中颇有影响。2021年6月,第十二届《上海文学》奖揭晓,本届获奖作品从近四年间在《上海文学》刊登的作品中遴选而出,获奖作者中有优秀作家,也有文坛新秀,莫言的作品《一斗阁笔记》获特别奖。本届获奖作家共计27人,中篇小说有郭楠的《白色水母》、童莹的《东风如意》、徐皓峰的《入型入格》、王可心的《风从北方来》、糖匪的《看云宝地》等;短篇小说有陈思安的《冒牌人生》、鲁敏的《球与枪》、卢德坤的《逛超市学》、沈大成的《花园单位》、阮夕清的《黄昏马戏团》等;专栏有殷健灵的《访问童年》、梁鸿鹰的《万象有痕》、陈希米的《循环与断章》等;散文有章念驰的《我所知道的王元化》、王占黑的《香烟的故事》、裘小龙的《昨天仍在解释着今天》、草白的《常玉,以及莫兰迪》、蔡维忠的《哈佛导师》等。诗歌有杨克、安谅、吴重生、龚学明和杨绣丽等人的作品；理论和评论文章有郭冰茹、刘芳坤、马兵等人的作品。

**"短篇小说双年奖"** 为鼓励和推动当代青年作家的短篇小说创作,丰富中国短篇小说的创作风貌,由上海人民出版社、上海文艺出版社联合主办,《小说界》编辑部和《思南文学选刊》杂志社承办的首届"短篇小说双年奖"于2021年6月启动。此次评选的范围为2017至2020年间刊登于《小说界》和《思南文学选刊》上的短篇小说。2021年9月,首届"短篇小说双年奖"结果公布:艾玛的《白耳夜鹭》、董夏青青的《科恰里特山下》、赵松的《公园》、王苏辛的《接下来去荒岛》、张玲玲的《五月将尽》成为本届获奖作品。5部获奖作品分别来自70后、80后、90后三代作家,从题材到风格,都截然不同,宛如多声部的合唱。

**华东师范大学-分众传媒"未来文学家"大奖** 华东师范大学中国创意写作研究院在2021年6月设立了"未来文学家"大奖,旨在评选出包括网络文学在内的多位最具潜力的未来文学家,在更广泛的领域推出青年写作者。据中国创意写作研究院副院长黄平介绍,"未来文学家"大奖提名作品须为小说,作家年龄在四十岁以下,含网络作家。在2021年8月公布的大奖"长名单"里,王占黑、孙频、张怡微、陈楸帆、吾道长不孤、郑执、周恺、爱潜水的乌贼、笛安、榴弹怕水这十位青年作家榜上有名,其中"90后"接近一半。2021年10月11日,华东师范大学-分众传媒"未来文学家"大奖揭晓:张怡微凭借《家族试验》,爱潜水的乌贼凭借《诡秘之主》共获大奖。

**"海外亚洲汉学中的上海文学研究"系列丛书** 2021年10月,由上海社会科学院文学研究所"中国城市文学研究"创新学科组织编纂的"海外亚洲汉学中的上海文学研究"系列丛书由上海人民出版社、上海远东出版社出版,首辑含《日本汉学中的上海文学研究》《韩国汉学中的上海文学研究》《东南亚汉学中的上海文学研究》三种。该丛书邀请韩国、日本及东南亚地区的知名学者主持各卷编选,将各地区研究上海文学的代表性成果汇集成册,较为全面地呈现了域外学者的研究风格和研究范式,更重要的是为国内学界推进对上海文学和中国城市文学的研究提供借鉴和启示。

**图书在版编目(CIP)数据**

上海文学发展报告. 2022 / 徐锦江主编. —上海：
上海远东出版社，2022
（上海文化发展系列蓝皮书）
ISBN 978 - 7 - 5476 - 1787 - 8

Ⅰ. ①上… Ⅱ. ①徐… Ⅲ. ①当代文学—文学研究—
上海—2022 Ⅳ. ①I209.951

中国版本图书馆 CIP 数据核字(2022)第 037451 号

**责任编辑** 唐　鋆
**封面设计** 徐羽情


**上海文学发展报告(2022)**
后疫情时代的文学力量

主　　编　徐锦江
执行主编　袁红涛

出　　版　**上海远东出版社**
　　　　　（201101　上海市闵行区号景路 159 弄 C 座）
发　　行　上海人民出版社发行中心
印　　刷　上海中华印刷有限公司
开　　本　710×1000　　1/16
印　　张　13.75
插　　页　3
字　　数　204,000
版　　次　2022 年 6 月第 1 版
印　　次　2022 年 6 月第 1 次印刷
ISBN 978 - 7 - 5476 - 1787 - 8/I · 360
定　　价　98.00 元